Le plus doux des liens

*

L'inoubliable chirurgien

KRISTINE LYNN

Le plus doux des liens

Traduction française de
FRANÇOISE PINTO-MAÏA

BLANCHE

HARLEQUIN

Collection : Blanche

Titre original :
BROUGHT TOGETHER BY HIS BABY

HARPERCOLLINS FRANCE
83-85, boulevard Vincent-Auriol, 75646 PARIS CEDEX 13
Service Lectrices — Tél. : 01 45 82 47 47 - www.harlequin.fr
ISBN 978-2-2804-9806-7 — ISSN 0223-5056

Composé et édité par HarperCollins France.
Imprimé en décembre 2023 par CPI Black Print (Barcelone)
en utilisant 100% d'électricité renouvelable.
Dépôt légal : janvier 2024.

FSC
www.fsc.org
MIXTE
Papier issu de sources responsables
FSC® C159065

Pour limiter l'empreinte environnementale de ses livres, HarperCollins France s'engage à n'utiliser que du papier fabriqué à partir de bois provenant de forêts gérées durablement et de manière responsable.

1

Laisse-moi... Je t'en prie !

Mais Kelsey eut beau supplier et fermer hermétiquement les paupières, les images pâles et tragiques s'imposaient à elle avec, en bande-son, les cris atroces de Page.

En tant que médecin et amie, elle aurait pu – elle aurait *dû* – faire quelque chose ! Cette certitude était comme une douleur qui lui écrasait la poitrine, et les souvenirs l'assaillaient au point qu'elle eut du mal à respirer.

Tout ce sang... Un nouveau-né qui n'émettait aucun souffle, la réanimation sur son petit corps jusqu'à ce qu'un cri emplisse enfin la pièce... Puis le bip constant d'une machine indiquant que le bébé était devenu orphelin.

S'arrachant à ces visions, Kelsey ouvrit les yeux et regarda son téléphone. 3 h 11 du matin. Autant dire que ses chances de trouver le sommeil s'étaient définitivement envolées !

Elle soupira. Attrapant le jogging au bord du lit, elle l'enfila, avant d'avaler d'un trait le verre d'eau posé sur la table de nuit. Mais les effets du cauchemar persistaient, et sa peau était glacée.

Tu n'as pas tué Page, lui répéta une voix lasse dans son cerveau.

Ce n'était que partiellement vrai. Bien sûr, le décès de Page n'était pas survenu sous sa garde. Mais si elle ne l'avait pas persuadée de démissionner du Nid doré, sa fondation, pour que les frais de son accouchement soient couverts... Après tout, elle avait créé cette structure en pensant aux femmes comme Page qui n'avaient pas de famille ou pas de moyens financiers au moment le plus important de leur vie.

Et c'était encore elle qui avait mandaté cet obstétricien de Santa Barbara, parce que traiter elle-même Page, infirmière au Mercy Hospital et ancien membre du bureau du Nid doré, aurait représenté un conflit d'intérêts. Pour la première fois, elle avait délégué son autorité, et sa meilleure amie en avait payé le prix.

Le chagrin étreignit Kelsey. La mort de Page venait lui rappeler qu'elle devait garder le contrôle à tout instant. Dans l'exercice de son métier, à la fondation...

Et avec Emma.

Quand des cris vigoureux retentirent dans la chambre voisine, elle bondit immédiatement.

Emma... Mon bébé chéri.

Enfin, *presque* le sien. Encore une série de papiers à signer, et elle deviendrait officiellement la tutrice de la petite fille. Elle exhala un soupir douloureux en se remémorant la lettre de Page qui avait changé sa vie.

Si tu lis ceci, c'est que le pire est arrivé et que tu es tout ce qu'il me reste, Kelsey. Ou, plutôt, tout ce qu'il reste à Emma. Prends soin d'elle. Prends soin de ma petite fille...

Bien sûr, Kelsey le ferait, et jusqu'à la fin de sa vie. Mais cet engagement lui avait valu de perdre son compagnon. Dexter était parti, le jour où les services sociaux avaient déposé Emma chez eux. Il n'avait pas voulu d'enfant, mais Kelsey avait tenu bon. Il avait été hors de question pour elle de laisser la petite Emma partir dans une famille d'accueil. La rupture avec Dex l'avait blessée, certes, mais pas assez pour la faire changer d'avis.

Elle alluma la pièce, et le lustre aux pampilles de cristal étincela, donnant presque à l'espace de la chambre l'allure d'un palais.

Si seulement ! Car les monarques avaient du personnel à disposition pour les soulager, les nuits comme celle-ci.

Elle frissonna et enfila un peignoir. Quand ce n'étaient pas les cauchemars, c'étaient les responsabilités familiales qui la forçaient à se lever au beau milieu de la nuit. Concilier son métier d'obstétricienne pour l'élite hollywoodienne avec sa vie de mère célibataire était un vrai défi. Mais pour rien au monde, elle n'aurait renoncé au temps précieux qu'elle partageait avec Emma. Le bébé était son équilibre, sa chance d'être le genre de mère qu'elle aurait aimé avoir. Ce qui ne voulait pas dire que ce n'était pas compliqué.

Son père n'avait pas hésité à lui donner son avis sur la question.

« C'est ça, être parent, Kels. J'aimerais pouvoir te dire que c'est facile, mais je ne suis pas du genre à raconter des histoires. »

Oh non, tu ne bluffais pas, papa ! pensa-t-elle en entendant de nouveau Emma hurler.

— J'arrive, chérie. J'arrive...

Une fois dans la cuisine, elle mit le chauffe-biberon en route et ne put réprimer un bâillement. Ce serait bon d'avoir un peu de sommeil... Son père lui conseillait d'engager une nourrice, ajoutant qu'avec son métier elle n'avait pas le choix. Mais à qui ferait-elle confiance pour s'occuper de son enfant ? Non, mieux valait laisser Emma à la crèche de l'hôpital où elle pouvait garder un œil sur elle.

À propos d'hôpital... En attendant que le biberon soit prêt, Kelsey passa en revue ses rendez-vous de la matinée. Un accouchement à risques à 8 heures, suivi par des consultations, puis une réunion du bureau de la fondation pour accueillir le remplaçant de Page...

L'angoisse l'envahit. Une fois que celui-ci aurait signé le contrat, toute l'œuvre de Page ne serait-elle plus qu'un souvenir ?

Concentre-toi sur l'accouchement, s'adjura-t-elle en sentant une nouvelle vague de tristesse la gagner.

S'il n'en tenait qu'à elle, elle effectuerait directement une césarienne, puisque ça se terminerait probablement de cette façon. Seulement, sa jeune patiente avait exigé des caméras dans la salle d'accouchement, car la naissance devait être diffusée en direct sur les réseaux sociaux. Mais une présentation par le siège était une réalité incontournable et, à moins d'un miracle, la chirurgie était inévitable. L'équipe de tournage devrait donc quitter les lieux.

Quoi qu'il en soit, elle en était quitte pour une longue journée de travail, se dit-elle en s'assurant que le biberon était à la bonne température.

Sur quoi, elle se rendit dans la chambre de sa fille.

Sa fille... Elle ne réalisait toujours pas. Après avoir attendu des années que Dex daigne fonder une famille, elle avait un enfant à elle.

— Oh ! Emma, murmura-t-elle en se penchant au-dessus du berceau pour la prendre dans ses bras. Je ne t'échangerais pour rien au monde, mais je voudrais tellement que ta mère revienne parmi nous.

Les cris d'Emma firent place à des gémissements avides.

— Voilà, petite demoiselle, dit Kelsey en lui présentant le biberon. Tout à l'heure, nous verrons Henry, l'ami de grand-père. C'est l'avocat qui nous aidera à devenir une vraie famille.

La veille, elle avait voulu remplir les derniers papiers concernant l'adoption, mais elle avait eu du sommeil à rattraper.

Bah, qu'est-ce que quelques heures quand tout l'avenir s'offre à nous ?

Emma fit entendre un gloussement de satisfaction en goûtant la première gorgée de lait, et Kelsey déposa un baiser sur son front.

— Tu es tout ce que j'ai toujours désiré. C'est aussi grâce à toi que je tiens.

Comme son bébé, repu, commençait à s'endormir, son téléphone se mit à sonner, déchirant le silence de la chambre. Emma se mit à pleurer.

— Chut... Tout va bien, trésor, dit Kelsey en la berçant.

Heureusement, la petite fille se calma presque aussitôt. Kelsey était néanmoins en colère. Elle ne mettait jamais son portable en mode silencieux la nuit, pour que ses patientes puissent la joindre en cas d'urgence, mais en cet instant elle le regrettait vivement. Son irritation vira à l'inquiétude quand elle vit le numéro de son père s'afficher.

Elle décrocha immédiatement.

— Papa ? Que se passe-t-il ?

— Je t'ai réveillée ? demanda Mike Gaines.

— Non. J'étais debout.

— Les cauchemars encore, mmh ?

— Comment as-tu deviné ?

— Tu es ma fille. Je te connais mieux que personne.

C'était la vérité. Son père était l'un de ses meilleurs amis – et même le seul depuis que Dex avait pris la fuite et que Page...

Kelsey frissonna.

— Tu n'as pas répondu à ma question. Que se passe-t-il ?

Il hésita.

— Tu sais que je considère Emma comme ma petite-fille déjà,

n'est-ce pas ? Et que je ne supporterais pas qu'il vous arrive quoi que ce soit, à l'une ou à l'autre ?

— Je sais, papa. Tu me fais peur. De quoi s'agit-il ?

Mike soupira.

— Je viens d'avoir Henry au téléphone. Il y a un problème avec la tutelle.

Un grand froid envahit Kelsey.

— Pardon ? Je dois justement le rencontrer aujourd'hui pour signer le dernier document. Il m'a dit que tout allait bien, que la lettre de Page suffisait...

— Jusque-là, oui. Kels, je suis désolé de devoir te dire ça, mais je ne veux pas que tu l'entendes de la bouche de quelqu'un d'autre.

Il marqua une pause, et Kelsey sentit comme une menace dans l'air autour d'elle.

— Un membre de la famille d'Emma réclame sa garde, lâcha enfin Mike.

— Non, ce n'est pas possible ! Le juge laissait soixante jours à ceux qui ont un lien avec elle pour se faire connaître, et personne ne s'est manifesté. J'ai contacté le grand-père paternel d'Emma au Texas pour lui demander de l'accueillir, et il m'a envoyé sur les roses. Il a perdu sa chance maintenant. Emma est à moi ! Je t'en prie, dis-moi que Henry a une solution et que personne ne peut me l'enlever. Surtout pas un parent éloigné qui ne vise que l'argent !

Car la tutelle d'Emma était assortie d'un versement de quatre cent mille dollars par l'assurance-vie de son père, Liam. D'abord porté disparu dans une zone de guerre, le mari de Page avait finalement été déclaré mort au combat, après que son sac et son équipement avaient été retrouvés brûlés près d'un avant-poste ennemi. Le grand-père paternel d'Emma avait rajouté cent mille dollars à cette somme quand il avait renoncé à ses droits sur l'enfant. Kelsey n'avait pas besoin d'argent, aussi avait-elle tout placé en fonds fiduciaires pour qu'Emma en bénéficie à sa majorité.

— Ce n'est pas un parent éloigné, Kels, reprit Mike. C'est son père, Liam. On l'a retrouvé vivant, et il veut rencontrer sa fille.

Les pensées de Kelsey se mirent à tourbillonner comme un manège endiablé, tandis qu'elle arpentait la chambre, le bébé sur sa hanche.

Liam Everson est vivant ? Elle avait passé en revue tous les scénarios possibles, et celui-là ne lui était pas venu à l'esprit. Page lui avait parlé de cet homme, un chirurgien militaire, dont elle avait été séparée. Il était resté au Texas, et elle avait trouvé un poste d'infirmière au Mercy Hospital de Los Angeles. Ils avaient bien essayé de se donner une nouvelle chance, mais leur réconciliation n'avait pas fonctionné. Et Page avait découvert qu'elle était enceinte quelques jours seulement après que Liam avait été envoyé en mission avec son unité. Ni l'un ni l'autre ne s'attendaient à l'arrivée d'un enfant, mais ils s'étaient mis d'accord. Ils feraient tout pour que leur bébé soit aimé et ils opteraient pour une garde partagée au retour de Liam. Seulement, il avait été capturé, et cette nouvelle avait tout changé.

Et maintenant, il est de retour, sain et sauf. Et je tiens sa fille dans mes bras.

D'un côté, c'était un miracle. Mais de l'autre… Ce miracle pourrait la séparer d'Emma, pensa Kelsey avec désespoir.

— Peut-il la prendre, papa ?

— Je n'en sais rien. Henry te contactera dès qu'il en saura davantage. Pour l'instant, ce gars semble seulement décidé à rencontrer sa fille. Mais comme il est stationné au Texas, je ne sais pas comment ça va se passer.

— Mais comment prendra-t-il soin d'elle s'il est militaire ? dit Kelsey d'une voix de plus en plus aiguë.

— Je sais que tu es bouleversée, dit son père. Nous le sommes tous. Mais tu dois écouter Henry. Pour lui, la façon dont nous gérons la situation peut mettre ta carrière en danger. Page faisait partie de ta fondation, et ça se saura à un moment ou à un autre, si le père d'Emma réclame sa garde.

— Je me fiche de ma carrière ! C'est Emma qui m'importe.

— Personne ne remet ça en question, mais tu dois entendre raison. Le capitaine Everson est son père. Il a réussi à s'évader d'un pays en guerre. Après avoir passé un mois à se cacher et à fuir, il est de retour depuis deux mois et il doit se faire à la pire nouvelle qu'un soldat puisse recevoir. La mère de son enfant est morte. Te rends-tu compte ?

Kelsey respirait par saccades. Elle avait l'impression de se noyer.

— Je sais, murmura-t-elle. Mais ça ne veut pas dire que je ne compte pas, n'est-ce pas ? C'est moi qui élève Emma depuis six mois...

Sa voix se brisa, et elle déposa un baiser sur les cheveux de la petite fille en respirant son parfum de bébé.

— Bien sûr que tu comptes, dit Mike. Mais tu ne peux pas refuser à un soldat, ni à n'importe quel homme d'ailleurs, le droit de connaître son enfant.

Et je ne peux pas non plus rester les bras croisés et laisser le destin me l'arracher !

Kelsey avait envie de hurler. Alors qu'elle travaillait dur et faisait de son mieux pour tout concilier, tout finissait par lui échapper. Ce n'était pas possible !

— N'ai-je pas mon mot à dire ? J'étais la meilleure amie de Page, et elle a écrit noir sur blanc qu'elle me choisissait pour élever sa fille.

— Ne crois pas que je ne suis pas d'accord avec toi...

Elle perçut la fêlure dans la voix de son père, et ce fut suffisant pour lui donner envie de fuir avec lui et Emma, de préférence vers un pays sans traité d'extradition.

— Mais ça ne dépend pas de nous, reprit-il. Page a fait ce choix en pensant qu'elle n'avait aucune autre option. Mais que tu le veuilles ou non, Kels, une option s'est présentée. Vois ça comme une chance pour Emma. Elle a un père, et il veut faire partie de sa vie.

— D'accord, répondit-elle en étouffant un sanglot.

Elle essuya ses larmes, déterminée à aimer cette enfant jusqu'à ce que quelqu'un la force à y renoncer.

— Pour moi aussi, ça fait mal, dit Mike. J'ai très peur de ne pas voir la petite grandir. Mais c'est une bonne nouvelle, Kels.

— Je n'imagine pas ne plus me réveiller la nuit pour elle, ne plus la voir. Rater ses premiers pas, son premier mot...

Ses jambes tremblaient, et elle dut s'asseoir dans un fauteuil du salon. Emma se blottit contre son cou, et Kelsey sentit son souffle léger et chaud contre sa peau.

— Et si je passais chez toi juste avant ton rendez-vous avec Henry, pour que nous puissions décider de la conduite à tenir ? dit Mike. Il aura peut-être d'autres infos à nous communiquer, avant que le père d'Emma n'arrive chez toi.

— Quoi ? Il vient ici ? Aujourd'hui ? Je vais perdre Emma là, tout de suite ?

La panique s'empara de Kelsey.

— Il n'est pas question de ça, ma chérie. Il vient juste pour la voir.

Kelsey exhala un long soupir, mais elle était incapable de relâcher la tension qui l'accablait.

— Kels..., dit doucement son père.

— Ça va aller.

— Je n'en doute pas. Mais il y a encore une chose.

— Comment ça ?

Elle eut l'impression que le sol s'ouvrait sous ses pieds. Que pouvait-il encore arriver ?

— Rien de dramatique. Juste un truc que Henry a dit en passant, et j'ai pensé qu'il valait mieux que tu le saches avant que tu ne rencontres ce gars. Je ne sais pas si Page t'en a parlé, mais le père de cet homme est le fondateur et le président de...

— Je sais qui il est. On ne peut pas travailler dans le médical et ne pas connaître les cliniques du groupe Everson Health. Mais quel rapport avec Emma ?

— Henry semble penser qu'ils utiliseront tout le poids et la réputation du groupe Everson Health, si Liam décide d'engager une bataille judiciaire pour la garde d'Emma. Ce n'est pas ce qu'il compte faire, d'après ce qu'on sait. Mais Henry veut parer à toutes les éventualités.

— Ils ne vont pas faire ça. Le père de Liam a refusé la garde il y a six mois. Il y a même un document signé au tribunal.

— Je n'en suis pas si sûr. Mais surtout, ne t'inquiète pas, d'accord ?

— Arrête. Je t'en prie, arrête ! Je te remercie de m'avoir appelée, mais je ne peux pas en supporter davantage. J'ai besoin de me reposer. On se voit tout à l'heure ?

— Bien sûr, Kels. Le repos te fera du bien. Je te promets que les choses auront une meilleure perspective au matin. C'est ce que Henry m'a dit il y a quelques dizaines d'années, et regarde ce qu'il en est maintenant. Tu es la meilleure part de ma vie, ma petite fille.

Kelsey grimaça. Elle n'avait pas besoin qu'il lui rappelle que, trente-cinq ans plus tôt, elle avait causé la mort de sa mère en venant au monde, faisant de lui un homme veuf.

Elle mit fin à la communication et souleva Emma pour la remettre au lit.

Revenant dans le salon, elle regarda autour d'elle. Un an plus tôt, la pièce avait été décorée par un célèbre designer et avait même fait la une de *Vogue*. Kelsey figurait sur la photo, vêtue d'une tenue sophistiquée et de sa blouse blanche de médecin. À présent, elle était en jogging, affalée sur son canapé couvert de linge, et son tapis de style bohème-chic disparaissait sous les jouets.

Sa vie avait complètement changé, mais elle l'adorait ainsi. Emma avait comblé un vide, dont elle n'avait même pas soupçonné l'existence. Être avec elle, c'était tout ce à quoi elle aspirait, en plus d'aider d'autres femmes à réaliser leur rêve de maternité.

Sentant pointer un mal de tête, elle alla dans sa chambre et chercha sur son téléphone des informations sur le capitaine Liam Everson. Elle visionna une vidéo émouvante de son retour. Kelsey reconnut ses traits ciselés, car Page lui avait montré une photo. Avec sa barbe et ses cheveux longs et emmêlés, il ressemblait à un guerrier. Un guerrier qu'elle pourrait bien avoir à affronter dans une bataille capitale.

Elle repassa la vidéo encore deux fois, cherchant des réponses. Pourquoi avait-il attendu si longtemps pour trouver Emma ? Car il était aux États-Unis depuis deux mois maintenant.

Se jetant dans le rocking-chair, elle s'enveloppa d'une couverture en laine douce et laissa les larmes rouler sur ses joues.

Elle n'était pas sûre de profiter encore de la petite fille merveilleuse qu'elle aimait comme la sienne. Son avenir était en suspens, et le malaise qui découlait de cette situation l'irritait. Oui, elle avait besoin de repos, mais elle avait encore plus besoin de faire face à ce nouveau développement qui avait pour nom Liam Everson.

Elle ne remettait pas en question le fait qu'il fût le père d'Emma, ni la raison pour laquelle il avait été incapable de faire valoir ses droits sur elle jusque-là. Mais elle aussi méritait de faire partie de la vie d'Emma. En tant que médecin, elle faisait naître chaque jour des bébés en toute sécurité. Qui était mieux placé qu'elle pour protéger Emma ?

Une détermination farouche fusa en elle, et elle alla ouvrir l'armoire. Elle ôta sa tenue négligée, se débarrassant du même coup de la peur et de l'angoisse qui pesaient sur ses épaules, et choisit un tailleur.

Quand Liam Everson, le guerrier, viendrait ici, il saurait qu'elle était prête à se battre pour ce qui comptait le plus dans sa vie.

2

Liam fixa la porte richement ornementée et se passa une main dans les cheveux. Cette nouvelle coupe lui faisait du bien. Elle lui rappelait celui qu'il avait été avant la... enfin, *avant*, point.

Les événements de sa vie se rangeraient ainsi, désormais. Il y aurait un avant et un après sa capture. Avant qu'il ne laisse Page toute seule, au début d'une grossesse à risques, avec les papiers du divorce posés sur le bar américain. Et après les mois les plus horribles de son existence, quand il avait été animé du seul désir de rentrer pour connaître son enfant. Un enfant qui avait un nom : Emma Lynn.

Tu as fait le plus dur, mon vieux. Maintenant, ce n'est que du plaisir. Tu vas rencontrer ta fille.

Un sentiment de crainte le traversa. Et si tous ces efforts s'avéraient vains ? Si, en voyant sa fille, il ne ressentait rien ? L'inquiétude surgit et, avec elle, ses souvenirs douloureux d'enfant négligé. Parce qu'il avait été élevé par l'homme le plus égoïste du Texas – ou qui figurait parmi les cinq premiers.

Levant les yeux vers la maison où sa fille vivait depuis ces six derniers mois, il ébaucha un large sourire et tâcha de se raisonner. Il ne l'avait pas encore rencontrée que tout tournait déjà autour d'elle. Non, il n'était pas comme son père et ne le serait jamais.

Il frappa de nouveau, plus fort cette fois, et se retint de justesse de sonner, au cas où Emma dormirait. Toujours rien. Hé ! Y avait-il quelqu'un ?

La nervosité lui fit serrer les poings, et ses ongles lui entraient dans les paumes. Bon sang ! Il aurait dû les couper plus court pour ne pas risquer de griffer Emma quand il la tiendrait dans ses bras.

Il avait attendu d'être prêt pour rencontrer sa fille, et maintenant il l'était, après avoir fait un travail sur lui-même pour s'assurer de construire une relation saine avec elle et qui durerait toute la vie.

Il n'avait pensé qu'à ça pendant le vol entre Austin et Los Angeles. Austin, où il était né et où il avait grandi… Il avait peut-être détesté cet endroit, mais ce n'était plus le cas. Quand il retournerait au Texas avec Emma, pour la première fois il aurait l'impression de rentrer chez lui.

Il se répéta le mantra qu'il avait appris aux jeunes médecins de l'hôpital militaire : corps détendu, respiration contrôlée, esprit concentré.

— Nous lui avons bien dit midi, non ? dit Nancy, la médiatrice qui l'accompagnait, en tapant nerveusement du pied.

— Oui, c'était ce qui était convenu.

Il grimaça quand elle donna deux coups de sonnette. Il n'avait pas voulu des services de qui que ce soit – surtout pas de cette femme qui ressemblait à un tireur d'élite –, mais son supérieur, le major Peters avait insisté.

— Même si vous ne comptez pas demander la garde exclusive maintenant, protégez au moins vos intérêts pour plus tard.

Liam n'était pas sûr que ce soit une bonne stratégie. Après tout, si Page avait choisi cette femme, Kelsey Gaines, il y avait une raison. En se présentant accompagné d'une représentante du tribunal, il donnerait forcément une mauvaise impression. S'il avait attendu deux mois, c'était précisément pour éviter d'en arriver là. Mais il était d'accord avec son supérieur sur un point : il était le père d'Emma et il prendrait ce rôle au sérieux. Avec un emploi stable à Austin, il serait là pour elle.

— Alors, quoi ? Plus personne ne sait être à l'heure ? s'exclama Nancy en regardant sa montre.

— Donnons-lui un peu de temps. Elle s'occupe d'Emma depuis six mois. Elle mérite bien qu'on lui accorde quelques minutes.

Nancy hocha la tête.

— Bien. Respirons et soyons patients. Nous jouons une stratégie à long terme.

Liam sentit l'irritation le gagner. Ce n'était pas un jeu. Il s'agissait de sa famille, de son avenir.

C'était la première démarche que cette médiatrice faisait pour lui, mais ce serait aussi la dernière. Il avait besoin de quelqu'un de très professionnel pour défendre ses droits, pas d'un sniper !

Il prit une profonde inspiration. *Corps détendu, respiration contrôlée...*

Liam se renversa en arrière et contempla la façade moderne de la grande maison. L'entrée devant eux ouvrait sans doute sur un univers très différent de celui qu'il s'était imaginé. Si le lustre qu'il distinguait par la vitre au-dessus de la porte était un indice suffisant pour le renseigner sur les ressources de cette femme, Emma ne manquait de rien. Mais l'argent n'était pas synonyme d'amour.

Son père était la parfaite illustration de cet adage. Il était richissime, mais avait refusé d'accueillir sa propre petite-fille. « Parce que j'ai fini d'élever des enfants et, pour être franc, je n'ai pas beaucoup aimé ça la première fois. »

Maintenant, c'était à lui, Liam, de réparer ces erreurs, et il savait qu'il ne commettrait jamais celles de son père.

— Vous ne voulez pas que je remplisse des papiers pour la garde, monsieur Everson ? demanda Nancy. Vous êtes sûr ? C'est *votre* fille, pas la mienne.

— Certain. Et M. Everson, c'est mon père. S'il vous plaît, appelez-moi Liam.

Il serra les dents et sentit un muscle battre convulsivement sur sa joue. Le stress émanait de cette femme comme de l'eau de Cologne bon marché !

Esprit concentré...

Mais la médiatrice insista.

— Un juge pencherait en votre faveur.

— Ce n'est pas d'actualité. Mme Gaines et moi, nous déciderons ensemble de la suite, quelle qu'elle soit.

Elle pourrait prendre l'avion pour venir le voir, ou vice versa. Il ne s'opposait pas à ce qu'elle rende visite à Emma, pas après tout ce qu'elle avait fait pour protéger sa fille. Ils pourraient gérer ça eux-mêmes, sans passer par des avocats.

— D'accord. Mais méfiez-vous de Mme Gaines. Peu importe ce

que vous pensez de ce médecin, elle est presque la tutrice légale de votre fille. Elle risque de riposter.

— Merci, Nancy. J'ai compris, dit-il en réprimant son exaspération à grand-peine.

Tout ce qu'il ressentait pour Kelsey Gaines, c'était de la gratitude. Il avait conscience que la situation aurait été autrement plus difficile si sa fille avait été placée en famille d'accueil. De plus, ce que Page avait dit d'elle lui faisait imaginer une femme gentille et raisonnable.

Les minutes passaient, et il dut se résigner à sonner.

La porte s'ouvrit enfin, et un visage apparut. Sévère, déterminé, mais d'une beauté fascinante.

C'était le Dr Gaines ? Liam l'enveloppa du regard, cherchant à faire coïncider l'image de la jeune femme avec ce qu'il savait d'elle.

Kelsey Gaines était riche, dirigeait un service d'obstétrique qui s'adressait presque exclusivement à l'élite hollywoodienne, et les photos des magazines la présentaient comme une femme prestigieuse.

Oui, ça collait.

Elle portait un pantalon noir et un chemisier décolleté vert jade. Ses cheveux étaient tirés en arrière en queue-de-cheval, et un maquillage sombre et austère complétait son apparence. Puis Liam rencontra ses yeux. D'un vert lumineux, ils sondèrent les siens avant de détailler sa silhouette avec la précision d'un scalpel, comme prêt à le découper. Bon sang ! Ce regard était déstabilisant.

— Capitaine Everson, jeta-t-elle comme si elle avait décidé de le maudire. Désolée, je faisais manger Emma.

Habillée comme ça ?

— Kelsey Gaines, n'est-ce pas ? dit-il. Ravi de vous rencontrer.

Il lui tendit la main, mais elle ne répondit pas à sa politesse. Liam laissa passer ce moment de gêne. Page lui avait décrit une femme gentille et chaleureuse. À première vue, elle n'était ni l'une ni l'autre.

— *Docteur* Gaines, dit-elle d'un ton appuyé. Mais oui, c'est un plaisir.

— Veuillez m'excuser, docteur. Je vous présente Nancy Thomas. Elle est ici juste pour observer.

Il lui parut important d'apporter cette précision, car Kelsey Gaines ne semblait pas particulièrement ravie de leur venue.

— Enchantée, madame Thomas. Veuillez entrer. Et désolée de vous avoir fait attendre. Emma passe avant tout.

Ses paroles étaient empreintes d'une douceur sirupeuse, et Nancy semblait sous le charme. Alors, c'était *lui* que le Dr Gaines n'aimait pas. Liam grimaça. Page avait dû lui parler de lui durant les trois ans qu'elle avait travaillé avec elle. De cet autre qu'il avait été et qui avait causé leur séparation.

Mais je ne suis plus ce type-là.

— Merci de nous recevoir dans un délai si bref, dit-il en lui emboîtant le pas. Je suppose qu'être parent et médecin à plein temps ne vous laisse pas beaucoup de temps libre.

Ce disant, il évitait de regarder la multitude de photos accrochées sur les murs de l'entrée, mais chacune d'elles le tiraillait émotionnellement.

— En fait, nous nous débrouillons très bien. Mon père a emménagé dans une maison sur ma propriété et il s'occupe d'Emma quand je suis au travail. Quand il ne peut pas, je la dépose à la crèche de l'hôpital. C'est la meilleure du comté. Mais merci pour votre sollicitude. Je suis capable de trouver un bon équilibre, plus que vous ne semblez le penser.

Elle se détourna et commença à monter l'escalier.

Liam haussa un sourcil appréciateur. Elle avait une démarche séduisante, et il aurait été sous le charme si elle ne l'avait pas traité comme un adversaire.

Elle s'arrêta devant une double porte blanche et, quand elle se tourna vers lui, il nota que ses yeux étaient d'un vert limpide, cette fois. Son pouls s'accéléra, et il prit une profonde inspiration.

— Je veux que vous sachiez à quel point j'aime cette petite fille, murmura-t-elle. Vous êtes sa chair et son sang, capitaine Everson, mais je suis sa mère. Et quoi qu'il arrive, rien ne changera ça.

Liam accusa le coup. Il avait envisagé la charge émotionnelle de cette rencontre avec Emma, sachant que Page ne serait pas là. Mais il avait sous-estimé la revendication de la tutrice, comme la façon dont elle s'insinuait par-dessus ses défenses.

— Rassurez-vous, je ne vais pas le contester. Je vous suis

infiniment reconnaissant de ce que vous avez fait pour elle, docteur Gaines. Je viens ici seulement pour rencontrer ma fille et réfléchir à la façon de prendre soin d'elle à l'avenir.

Cette réponse dut la satisfaire, car elle répondit presque immédiatement :

— Appelez-moi Kelsey.

Puis elle ouvrit la porte, révélant une suite immense aux murs décorés d'animaux, avec des jouets en peluche un peu partout. C'était une nurserie parfaite.

Son cœur se mit à cogner à grands coups. Passant devant Kelsey, Liam s'avança vers le berceau. La pression derrière ses paupières était insupportable et, quand il découvrit le petit être que Page et lui avaient créé dans ce qu'il restait alors de leur amour, les larmes jaillirent naturellement.

Il se pencha et prit le bébé dans ses bras. Sa chaleur l'émerveilla et, quand Emma se mit à gazouiller contre sa poitrine, une émotion intense l'envahit tout entier.

Un amour infini combla les gouffres que le chagrin avait creusés dans son cœur, et l'avenir lui apparut clair et limpide comme une évidence.

Il se tourna vers Kelsey.

— Pouvons-nous parler ?

Voyant les yeux de jade de Kelsey et ses lèvres brillantes légèrement entrouvertes, Liam sentit sa résolution vaciller. Il l'avait effrayée, constata-t-il.

Mais il ne put réfléchir davantage, car au même instant la petite main d'Emma s'enroula autour de son pouce. Il fut alors tout à elle.

— Nancy, dit-il en se souvenant de la présence de la médiatrice. Je maîtrise la situation. Vous pouvez partir.

Elle eut l'air de vouloir protester, mais il lui lança ce regard d'acier par lequel il savait se faire obéir des jeunes médecins.

— Très bien. Mais appelez-moi plus tard. Nous discuterons des prochaines étapes.

Il l'appellerait plus tard, c'était certain. Mais pas pour discuter.

— Je... je vous raccompagne, Nancy, dit Kelsey. Donnons-leur un peu de temps pour faire connaissance.

Liam capta le regard tendre dont elle enveloppa Emma, et il

sentit sa poitrine se déchirer. Il savait si peu de choses de Kelsey Gaines, à part son activité de bienfaisance et ce qui concernait son travail à l'hôpital – des informations qu'il avait eues par Page, à l'époque où ils essayaient de sauver leur mariage. Mais elle aimait Emma, c'était évident. Restait à savoir si elle serait dans de bonnes dispositions vis-à-vis de lui.

Une fois que les deux femmes eurent quitté la chambre, Liam exhala un soupir et regarda son enfant. Du doigt, il caressa les petits sourcils froncés jusqu'à ce que les traits d'Emma se détendent et qu'elle laisse échapper un rire minuscule, le plus joli qu'il eût jamais entendu. Ses yeux pâles et ambrés – les yeux de Page – brillaient de joie.

— Je veillerai à ce que tu gardes toujours cette expression, murmura-t-il en respirant son doux parfum. Peu importe ce que je dois faire pour ça.

Comme si elle avait compris sa promesse, la petite fille se jeta contre son torse. Il tressaillit et posa une main sur sa tête, mais elle se tortilla vigoureusement.

— Qu'est-ce qui ne va pas, mon chou ? dit-il, pétrifié à l'idée d'avoir fait quelque chose qu'il ne fallait pas.

— Tout va bien. Il faut juste que vous souteniez son dos, dit Kelsey en revenant dans la chambre.

Dès qu'il posa une main dans son dos, Emma se calma.

J'aurais dû le savoir, pensa Liam. Mais il était chirurgien, pas pédiatre.

— Merci. J'ai beaucoup à apprendre, répondit-il.

— Oui. Un livre vous aiderait. Mais je suppose...

Elle marqua une pause, et son visage refléta des sentiments contradictoires.

— Je peux répondre à toutes vos questions, reprit-elle. Emma est un bébé plutôt facile.

Il était clair qu'elle voulait faire de son mieux, sauf si ça signifiait perdre la garde d'Emma. Liam comprenait ce sentiment, et même de façon viscérale.

— J'avais un livre, dit-il. Mais ça concernait les nouveau-nés. Je ne crois pas qu'une seule page puisse être utile.

Kelsey les regarda tour à tour, Emma et lui, et il se sentit mal à l'aise.

— Vous vous y prenez plutôt bien, dit-elle finalement.

— Merci. C'est ce qui m'importe le plus.

— À moi aussi.

Cet objectif commun les mettait aussi en conflit, analysa-t-il. Là où l'un gagnerait du terrain, l'autre en perdrait. Mais il ne s'agissait pas d'eux. C'était l'intérêt d'Emma qui prévalait. Page et lui étaient tombés d'accord là-dessus.

Une idée prit forme dans son esprit. Une solution qui avait l'avantage de lui donner ce qu'il désirait le plus, sans faire ce que son père avait fait. À savoir, payer une nurse pour élever son enfant et avoir ainsi les mains libres.

— Vous vouliez parler ? demanda-t-elle.

— Oui...

Liam pensa aux deux changements qui étaient survenus dans sa vie au cours des dix dernières minutes.

— Je ne peux pas vivre sans Emma, dit-il en formulant le premier. Et je ne veux pas l'arracher à la vie qu'elle connaît avec vous.

Kelsey croisa les bras sur sa poitrine. Ses yeux verts étaient immenses, et elle se mordillait la lèvre inférieure.

— Que voulez-vous dire au juste ?

— J'aimerais trouver un moyen de rester ici, à Los Angeles, pour apprendre à connaître Emma.

— Vous restez ?

— Je pense, oui. Je veux passer le plus de temps possible avec cette jeune demoiselle. Mais je ne me sens pas capable de le faire seul.

— Moi, je peux.

— Attendez. Vous pensiez que je la laisserais ici avec vous ? s'enquit Liam.

— Je suis mère célibataire, et il me semble que j'ai fait du bon travail depuis six mois.

Liam sentit un frisson le traverser. Il ne s'attendait pas à une dispute, ni à ce qu'elle ait raison.

— Reprenons à zéro, Kelsey. J'ai pris ma retraite de l'armée, et un travail m'attend à la direction du groupe Everson Health à mon retour à Austin. Mais je pense qu'il serait préférable d'élever

Emma ici, en nous aidant mutuellement. Une coparentalité, en quelque sorte. Si vous n'êtes pas d'accord, je peux l'emmener et réfléchir à une autre solution là-bas.

— Non ! Je vous en prie, ne l'emmenez pas.

C'était la première fêlure dans son attitude réprobatrice, le premier aperçu de la personne qui se cachait sous son extérieur de marbre.

— Très bien. Alors, qu'en dites-vous, docteur Gaines ? Vous êtes partante ?

3

Les nerfs à fleur de peau, Kelsey se mordilla l'extrémité d'un ongle. Parce que Liam tirait la langue à Emma et que la petite fille l'imitait en riant aux éclats.

— Elle va faire ça à la crèche maintenant. Bravo ! dit-elle d'un ton réprobateur.

— C'est adorable, vous ne trouvez pas ? Et ce n'est pas comme si elle avait cinq ans et qu'elle se montrait insolente envers un professeur.

— C'est ça, votre principe d'éducation ?

Liam releva les yeux, un demi-sourire aux lèvres.

— Désolé. Je ne pensais pas qu'elle serait capable de faire ce genre de choses. Elle est si débrouillarde.

— Oui. Certains enfants de son âge ne marchent pas encore à quatre pattes.

— Emma le fait ?

Kelsey ne put s'empêcher de sourire en voyant son étonnement.

— Eh oui.

Le visage de Liam était rayonnant de fierté.

— Vous comprenez pourquoi je ne peux pas partir en laissant ma fille ?

Kelsey essaya de se montrer diplomate.

— Oui. En fait, quand votre père...

— Je ne suis pas mon père, coupa-t-il d'un ton ferme. Même Page était d'accord là-dessus, indépendamment de mes défauts en tant que mari.

— Désolée, mais j'ai besoin d'une explication. Parce que je ne comprends pas bien ce que vous voulez.

Elle gardait le regard rivé sur son visage pour ne pas se laisser troubler par l'image d'Emma blottie contre son large torse. Mais cette tactique était une erreur, car le sourire qu'il lui adressa était incroyablement séduisant.

Ça n'est pas une bonne idée, lui souffla une voix intérieure. *Liam n'est pas un ennemi, mais il est hors de portée.*

Kelsey dut en convenir. Elle avait beau être dans l'incertitude au sujet d'un million de choses, elle n'avait aucun doute là-dessus.

— J'aimerais rester à Los Angeles, déclara-t-il. Faire plus ample connaissance avec Emma, selon un planning qui vous conviendra, bien sûr.

— Qu'est-ce que Nancy pensera de ça ?

Il haussa les épaules.

— Ça m'est égal. Je vais la prévenir que je me passerai désormais de ses services.

— Pourquoi l'avoir amenée ici, alors ?

— Mon supérieur m'a fait comprendre que, si je voulais réclamer la garde de ma fille, Nancy était la personne indiquée, parce qu'elle travaille... efficacement.

— Mais la garde d'Emma, ce n'est pas ce que vous voulez obtenir ?

— Pas pour l'instant. J'aimerais d'abord essayer de partager les responsabilités parentales avec vous.

— Que faites-vous de ce travail qui vous attend au Texas ? J'ai l'impression que nos objectifs sont opposés. Je suis ici, et vous voulez être là-bas.

Liam ne répondit pas immédiatement, et Kelsey retint son souffle. L'apparition fracassante de cet homme bouleversait son équilibre. Car il n'était pas un simple inconnu déterminé à la priver de ce qu'elle aimait le plus. Il était aussi le mari de son amie défunte qui désirait avoir du temps pour sa fille.

— Vous posez beaucoup de questions, fit-il remarquer.

Elle se raidit imperceptiblement.

— Je ne devrais pas ? Nous parlons de l'avenir d'Emma. Les questions vont amener des réponses qui changeront le cours de sa vie. Et les nôtres aussi.

— Je suis d'accord. J'emmènerai Emma au Texas à un moment donné, mais pas tout de suite. Et c'est là que vous intervenez.

Il fit un geste entre eux deux, et Kelsey déglutit péniblement.

— Quel est votre plan ?

Il eut un rire bref.

— Pas la moindre idée. Pour tout vous dire, j'échafaude au fur et à mesure. Je vais commencer par me procurer un livre sur les bébés de son âge pour savoir comment procéder avec elle.

Comme si Emma arrivait à la même conclusion, elle remua entre ses bras.

— Si je peux me permettre une suggestion, dit Kelsey, soyez décontracté. Relâchez la tension de vos bras, vous n'allez pas la briser. Et elle sent que vous êtes tendu.

— C'est vrai ? répondit-il en regardant sa fille. Comment est-ce possible, Emma-Bear ?

Kelsey se hérissa en entendant ce surnom.

— L'héroïne des livres pour enfants, c'est Emma-*Bean*.

— Peut-être pour vous. Moi, j'aime bien Emma-Bear, et il n'y a aucune raison de ne pas employer les deux.

— Elle pourrait faire la confusion plus tard.

— Vous ne disiez pas qu'elle était intelligente ? répondit-il avec un sourire désarmant.

Kelsey dut se rendre à l'évidence. C'était la première entorse à son autorité. Combien d'autres suivraient si elle acceptait la coparentalité avec Liam ?

Emma se détendit et nicha sa tête au creux du bras de son père. Au bout de quelques instants, elle s'endormit.

— Voulez-vous que nous descendions pour parler de tout ça ? suggéra Kelsey.

— Oui, bonne idée. Euh... je peux me déplacer avec elle sans risquer de la réveiller ?

— Mais oui.

Il n'était pas l'ennemi à combattre, se dit-elle. Un jeune papa désorienté ? Oui, certainement. Un obstacle à son adoption d'Emma ? Probablement. Mais devait-elle le craindre ? Non, sans doute pas.

Ils se rendirent à l'arrière de la villa et s'installèrent dans les fauteuils de jardin à l'ombre d'un parasol.

Emma faisait entendre un petit ronflement très doux. Il lissa ses cheveux et y appliqua un baiser léger. Un élan primitif et douloureux tirailla le cœur de Kelsey.

— Voyons la logistique, dit-elle très vite. Vous pensez vous installer à Los Angeles. Ça veut dire, travailler ici aussi ?

Il haussa les épaules, ce qui mit en valeur sa belle carrure. Bien que Liam fût inaccessible pour elle, Kelsey était sensible à son physique, et d'une manière qu'elle n'avait pas prévue. Il y avait beaucoup d'hommes séduisants à Hollywood, mais ils ne paraissaient pas avoir acquis leur musculature en dehors d'une salle de sport.

— Oui, dit-il. Mais c'est cher ici. Et j'aimerais me débrouiller sans demander de l'aide à ma famille… si vous voyez ce que je veux dire.

Oh ! elle comprenait parfaitement. Avec un père engagé dans les marines, elle aussi avait dû se débrouiller plus ou moins toute sa vie.

— Et vous êtes médecin ?

— Chirurgien traumatologue. Formé au combat, mais dûment assermenté. Pourquoi ? Vous m'aideriez ?

Kelsey hésita. Parce que, si elle acceptait, il n'y aurait pas de retour en arrière possible.

— Il y a une chose que je dois d'abord savoir.

— Allez-y, dit-il avec un sourire si engageant qu'elle se troubla.

Oh ! Page, je comprends ce que tu voyais chez ce garçon.

— Promettez-moi que vous n'emmènerez pas Emma. Pas sans m'en parler d'abord.

Le sourire de Liam disparut. Il riva son regard au sien, comme s'il essayait de lire dans ses pensées.

— Je vous le promets. Et si nous sentons que cette coparentalité ne fonctionne pas, nous pourrons trouver une autre solution qui nous arrange tous les deux.

— Pourquoi feriez-vous ça ? Je ne suis ni sa mère biologique ni son parent adoptif maintenant.

Bon sang ! Cherches-tu à le convaincre de te prendre ta fille ? Arrête ce discours !

Mais elle devait connaître ses intentions pour se bâtir une défense.

— Parce que Page avait confiance en vous, répondit Liam. Et même s'il y avait des hauts et des bas entre nous, je me fiais totalement à son jugement. De plus, je vois comment vous êtes avec Emma. Je serais stupide de ne pas remarquer que vous vous efforcez de rendre sa vie meilleure de toutes les façons possibles.

Kelsey se mit à réfléchir. Que risquait-elle de perdre si elle n'acceptait pas ce marché ? Une dernière chose l'empêchait de se décider, pourtant. Il avait parlé de sa confiance en Page. Que voudrait son amie maintenant que Liam était de retour sain et sauf ? Qu'il soit le seul à assurer la garde d'Emma ? S'en tiendrait-elle à la lettre qu'elle avait écrite ? Cette coparentalité avec Liam, était-ce un compromis ou une vraie solution pour eux trois ?

Mais ces questions n'auraient plus lieu d'être dans quelques semaines, se dit-elle. Après avoir testé les biberons à 3 heures du matin et les couches odorantes, le beau capitaine pourrait bien rentrer dare-dare au Texas, et seul.

En attendant, avait-elle le choix ?

— D'accord. Trouvons un arrangement ensemble.

4

Liam sentait ses poings endoloris à force de cogner le sac de frappe. Sur une main, la peau s'était ouverte, mais à cause des callosités seul un mince filet de sang était visible à la surface.

Il consulta sa montre. À travers le verre fissuré – souvenir de sa dernière mission –, il constata qu'il était 11 h 45. Il était temps de rejoindre Kelsey pour mettre au point ce système de garde qui était sans doute le plus bizarre au monde.

Pas d'avocats, pas de tribunal. Un seul parent biologique, mais deux personnes motivées pour donner à Emma la meilleure vie possible. Il y avait pire comme situation.

Ce n'était pas l'étrangeté de cet arrangement qui le poussa à donner une nouvelle série de coups dans le sac, mais le regard de Kelsey quand elle l'avait supplié de ne pas lui enlever Emma. Sa douleur avait atteint cette partie de son cœur qu'il avait cadenassée après sa séparation avec Page. *Oh ! bien avant ça, même...*

Curieusement, il avait eu envie de lui ôter son chagrin.

Ce n'est pas ton travail, mon vieux.

Non, bien sûr, et il ferait bien de s'en souvenir. Dans sa liste intitulée « Ne pas devenir comme mon père », la première chose qu'il avait notée était : *prendre soin de ma fille.* Et rien ne disait dans le reste de cette liste : *trouver attirante la femme qui l'élève !*

Pourtant, même si cela ne faisait que deux jours qu'il ne les avait pas vues, il était si impatient de les retrouver qu'il frappait comme un fou dans son punching-ball.

Une heure et une douche glacée plus tard, il se sentit l'esprit plus clair. Après tout, c'était normal qu'il s'inquiète pour celle qui s'occupait de son enfant. Peut-être mélangeait-il aussi son sentiment de gratitude pour Kelsey avec ceux plus profonds qu'il avait pour sa fille. Ce n'était rien d'autre que ça.

Liam gara sa voiture devant la villa de Kelsey Gaines et sonna.

Moins de deux secondes s'étaient écoulées quand la porte s'ouvrit et ce qu'il vit le fit tituber en arrière, jusqu'au bord des marches. Il retrouva l'équilibre, mais resta sidéré.

Quel mot avait-il employé l'avant-veille pour la décrire ? Sévère ? Eh bien, le qualificatif volait en éclats.

Elle était moins maquillée. Elle ne portait qu'un trait d'eye-liner qui rehaussait l'éclat de ses yeux verts, les faisant ressembler à des pierres précieuses. Mais ce n'était pas ce qui le stupéfiait le plus.

À la place du tailleur sombre et professionnel, elle portait une jupe crayon beige et un chemisier blanc, lesquels révélaient des courbes qu'il n'avait pas remarquées jusque-là.

Et qu'il ferait bien d'oublier, se dit-il, tandis qu'elle le toisait, les mains posées sur ses hanches voluptueuses.

Puis elle rejeta ses cheveux libres en arrière, et ses mèches châtain clair accrochèrent la lumière du soleil.

Sévère et intouchable ? Quelle blague ! Cette femme était une bombe sexuelle.

Le tressaillement au fond de lui n'avait rien à voir avec la nervosité. Après dix-huit mois d'abstinence, sa libido se réveillait au moment le plus gênant.

— Bonjour, Liam. Entrez.

— Bien sûr, répondit-il gauchement.

À quand remontait la dernière fois où il était resté hébété au point de ne pas pouvoir prononcer une parole sensée ? Il ne s'en souvenait pas.

— Euh... merci d'avoir accepté. Ça compte beaucoup pour moi.

— Pas de problème. On ferait tout pour Emma, n'est-ce pas ?

— Tout à fait.

À la mention de sa fille, Liam revint au présent et au rôle de Kelsey Gaines. Elle était le coparent, rien de plus.

— Je peux soigner cette blessure, si vous voulez, dit-elle en indiquant la coupure sur sa main.

— Ce n'est pas nécessaire. Juste un peu de sang séché. Et je suis aussi capable de suturer une plaie superficielle.

— Je ne voulais pas dire le contraire. Puis-je au moins vous apporter un pansement ?

Il réprima un soupir. *Quel début lamentable !*

— Oui, merci. Et pardon pour ma maladresse. Je n'ai pas l'habitude qu'on se soucie de ma santé.

— Je comprends. Je suis pareille. Nous sommes dehors, à l'arrière de la maison. Je vais chercher le pansement et je vous rejoins.

Nous ? Mais il n'eut pas le temps de la questionner.

Elle bifurqua en direction sans doute de la salle de bains. Cette fois, Liam prit le temps d'apprécier son intérieur décoré avec goût. C'était moderne, coûteux, plutôt décontracté et exquis. Un tableau aussi grand que lui ornait le mur sur sa gauche, et trois autres du même style occupaient le mur opposé. Un lustre magnifique éclairait ces œuvres d'art, leur donnant un éclat sublime. Kelsey savait utiliser son argent, il lui reconnaissait ça.

— Vous devez être le capitaine Everson, dit une voix derrière lui.

Liam se détourna et se trouva face à un homme presque aussi grand que lui, mais plus massif. Ses yeux verts étaient plus pâles que ceux de la jeune femme, mais ils avaient la même intensité.

— Appelez-moi Liam. Vous devez être le père de Kelsey. Un vétéran, n'est-ce pas ?

— Oui pour les deux. Mike Gaines, ancien marine. Mais ne m'en tenez pas rigueur.

Liam le trouva immédiatement sympathique.

— Enchanté. Votre fille a une belle maison.

— Oui. Ça lui convient très bien. Moi, je deviendrais fou à fixer tout ce blanc. Mais la cour, c'est autre chose. Vous voulez voir ?

Liam acquiesça, même s'il avait vu l'endroit deux jours plus tôt.

— Avant que ma fille ne nous rejoigne, je voulais vous dire combien je suis désolé pour votre deuil. C'est comme si on vous amputait d'une partie de vous-même et que vous essayiez de faire comme si elle était toujours là.

— C'est ça, dit Liam, la gorge nouée. Votre femme, aussi ?

— Oui, et pareil, pendant l'accouchement. Mais nous avons

eu ensemble deux filles en bonne santé. Alors, je me considère comme chanceux.

Ils approchaient de la terrasse, et Liam espérait que la chaleur intense qu'il sentait derrière ses yeux se dissiperait. Page et lui avaient été en instance de divorce, mais pas parce qu'il n'avait pas été attaché à elle. Ils n'étaient pas faits l'un pour l'autre, voilà tout.

— Allez-y, dit Mike. Je suis sûr que vous préférez parler avec cette petite personne plutôt qu'avec moi, alors je vous laisse. Faites comme chez vous.

Emma était dans son parc. Mike se pencha pour la prendre et la déposer dans ses bras. Comme la première fois, Liam se sentit submerger par les larmes.

— Hé, capitaine !

Il regarda Mike, regrettant de céder à l'émotion. De ses petites mains potelées, Emma lui tapota les joues. Il ne put s'empêcher de rire.

— Je voulais ajouter que je vous suis reconnaissant de ce que vous avez fait en tant que soldat, dit Mike. Soyez le bienvenu.

— Merci, monsieur Gaines.

— Appelez-moi Mike. Cette petite créature est magnifique, n'est-ce pas ? Je vous laisse tous les deux.

Sur quoi, il rentra à l'intérieur de la villa.

Liam prit une profonde inspiration, tandis qu'Emma faisait de son mieux pour ramener son visage vers le sien. Mike avait raison. Cette petite fille qui le fixait de ses yeux ambrés le faisait fondre.

Son père avait-il jamais ressenti cela pour lui ? Avait-il toujours été aussi distant qu'aujourd'hui ?

À cet instant, Kelsey reparut, et il sentit son pouls s'accélérer.

— Elle vous ressemble, dit-elle en plaçant un pansement et un grand verre d'eau devant lui.

La boisson était appropriée car, en entendant le soupir sensuel sur lequel elle prononça cette phrase, il sentit sa bouche s'assécher.

— Vous le pensez vraiment ?

— Oui. Emma a la même façon d'incliner la tête que Page. Mais c'est clairement votre fille.

— Page et vous avez passé beaucoup de temps ensemble ?

— Oui, elle vivait dans la chambre d'amis la moitié du temps, dit Kelsey.

— Elle habitait dans cette maison ?

— Par intermittence, répondit Kelsey. Jusqu'à ce qu'elle apprenne qu'elle était enceinte, après son dernier voyage à Austin.

— Quand nous avons décidé que notre séparation serait définitive, dit-il pensivement.

— Elle a voulu avoir un endroit à elle pour pouvoir accueillir votre enfant chaque fois qu'elle en aurait eu la garde. Je pense qu'avant ça elle avait toujours gardé l'espoir que ça fonctionnerait entre vous.

— Je n'ai jamais pu voir son logement. Sa sœur s'est occupée de la succession, je crois.

— C'était assez confortable, mais pas extraordinaire. Elle n'avait pas encore mis de meubles. Puis sa grossesse est devenue compliquée et...

— Elle n'a jamais emménagé ?

— Non, dit Kelsey dans un murmure.

Liam exhala un soupir douloureux. Page avait cru en leur couple... Sans doute l'avait-elle vu comme un homme idéal à un certain moment. Mais c'était il y a longtemps, avant que leurs disputes ne mettent en lumière les conséquences néfastes de son passé sur son comportement. Avant qu'Emma, et même l'éventualité de sa naissance, ne viennent le sortir de cet état d'esprit. Mais il avait été trop tard.

Emma se mit à gigoter, en tendant les bras vers Kelsey, si bien qu'il lui remit la petite fille. Instantanément, le manque se fit sentir. En serait-il toujours ainsi, quand il devrait la laisser à Kelsey à la fin d'un week-end, par exemple, ou quel que soit l'arrangement qu'ils mettraient en place ?

Mais Emma aurait le meilleur de leurs deux univers. Du sien, simple et sobre, pendant qu'il apprendrait tant bien que mal son rôle de père, et de celui, riche et somptueux, de Kelsey. Il s'efforcerait de vivre avec ce manque. N'était-ce pas ce que tous les parents faisaient ?

— Si nous essayions de mettre ça noir sur blanc ? déclara-t-elle.

Ses jambes croisées haut dévoilaient un peu ses cuisses bronzées. Résolument, il la regarda dans les yeux.

Elle sortit un bloc et un stylo de derrière elle, le plus naturellement du monde, comme si elle n'avait pas un bébé dans les bras. Puis elle mâchonna le bout du crayon, et Liam lutta contre le désir qu'elle suscitait en lui.

— Vous avez vraiment l'intention de rester dans les parages ? demanda-t-elle.

— Oui. Je ne suis pas emballé par le haut niveau de vie de Los Angeles mais, d'après ce que j'ai lu, les gens d'ici pourraient avoir besoin d'un chirurgien supplémentaire.

— Et en ce qui concerne la coparentalité ? Vous tenez vraiment à cet arrangement ?

Liam laissa son regard s'égarer vers la fente de sa jupe.

— Oui. Page m'a suffisamment parlé de vous pour que j'aie confiance. Personne n'a désiré cette situation, mais je suis déterminé à la faire fonctionner. Si ce n'est pas le cas, comme je vous l'ai dit, nous nous rabattrons sur un autre plan.

— Vous n'êtes pas ce à quoi je m'attendais.

Ses lèvres s'incurvèrent en un semblant de sourire. C'était plutôt mignon avec ses yeux qui se plissaient joliment au bord de ses tempes.

Liam laissa échapper un rire amer.

— Ça, j'en suis sûr. Je peux imaginer ce que Page vous a dit à mon sujet. Le plus triste, c'est que ces choses-là étaient probablement vraies à l'époque.

— Elle m'a dit que c'était difficile pour vous deux, qu'elle voulait davantage. Mais elle... elle vous aimait, même quand elle a su que c'était fini entre vous.

— Elle n'avait pas besoin d'être aussi gentille. Mais j'ai beaucoup travaillé sur moi, et ce type que j'étais avant n'existe plus.

— Bien. Je suppose que vous n'avez pas encore trouvé de logement ?

— Non. C'est la deuxième étape, après l'emploi. Mais je ne pourrai sans doute pas me permettre de vivre sur place. Je n'ai que la retraite de l'armée. Nous devrons faire la navette pour amener

Emma et aller la chercher, ou trouver un endroit à mi-chemin pour nous rencontrer.

Kelsey posa son stylo.

— Pourquoi ne resteriez-vous pas ici ?

Instinctivement, Liam lui jeta un regard empli de confusion et de quelque chose de moins inhibé. Néanmoins, il espéra lui faire comprendre que ce n'était pas une bonne idée.

Une rougeur sublime colora les joues de Kelsey, tandis qu'elle réalisait l'ambiguïté de sa question.

— Je veux dire, dans le chalet qui se trouve sur ma propriété, dit-elle très vite. On ne l'utilise pas, et vous pouvez vous y installer aussi longtemps que vous en aurez besoin.

— Pourquoi me proposer ça, alors que vous ne me connaissez pas ?

— Vous n'êtes pas un inconnu, puisque vous êtes le père d'Emma. Et vous me faites confiance pour vous aider à l'élever, du moins pour le moment. Je vais être honnête, cela m'arrangerait aussi. Je n'arrive pas à rester loin d'elle mais, si vous habitez ici, je n'y serai pas obligée. Et si vous avez besoin d'aide pour vous occuper d'elle, je serai juste à côté.

Liam réfléchit. Évidemment, cela cochait bon nombre de cases. Ce logement qu'elle proposait serait certainement plus dans ses moyens que n'importe quel boui-boui en ville. Il connaissait déjà la propriétaire et lui faisait confiance. Mais l'argument qui l'emportait indéniablement, c'était qu'il ne serait jamais loin d'Emma.

— J'insiste pour vous payer un loyer, répondit-il.

— Si vous y tenez... Le chalet est meublé, mais vous pouvez l'arranger à votre guise. Faites-moi savoir quand vous serez prêt à emménager.

Liam but une gorgée d'eau et contempla l'océan qui s'étendait en contrebas du parc. Quel cadre magnifique ! C'était bien plus que ce qu'il méritait.

— Merci infiniment, Kelsey. Je sais que j'ai encore beaucoup de travail à faire pour gagner votre confiance et celle d'Emma. Je ne prends pas ça à la légère, croyez-moi.

— Parfait. Maintenant, parlons de vous trouver un emploi. Vous seriez prêt à travailler dans le centre de Los Angeles ?

Liam ébaucha un large sourire, ce qui ne lui était pas arrivé depuis longtemps. En venant ici, deux jours plus tôt, il n'avait pas imaginé ce qui résulterait de cette première rencontre avec sa fille. Mais à présent, au plus profond de son âme, il se sentait réjoui. Les choses se mettaient en place pour le mieux – et pour la première fois de sa vie. Et il le devait beaucoup à la belle jeune femme qui tenait son enfant.

Liam se demanda soudain comment annoncer à son père qu'il devait envisager de nommer quelqu'un d'autre au conseil d'administration d'Everson Health. Car une chose était sûre : il ne rentrerait pas à Austin de sitôt.

5

Kelsey ôta ses gants et sourit à sa patiente enceinte de huit mois et dont c'était la première grossesse. Une douce sérénité émanait de cette jeune femme privilégiée qui caressait l'alliance à son doigt. Même avec près de mille accouchements à son actif, Kelsey s'émerveillait encore de la beauté d'une femme amoureuse sur le point de donner la vie.

Un tiraillement naquit au fond d'elle-même, lui rappelant ce vide qu'elle n'avait jamais pu combler. Son désir d'avoir une famille. Une famille *complète*.

Comme elle aimerait se réfugier dans les bras d'un partenaire qui l'adorerait et partagerait ses projets ! Mais avec le départ de Dex, le beau rêve qu'elle chérissait en secret avait volé en éclats.

Elle réprima un soupir de défaite. Même si Dex ne faisait plus partie du tableau, cette idée qui lui tenait à cœur n'était probablement pas à l'ordre du jour. Alors, elle devait se contenter de moments comme celui-ci, quand elle guidait une patiente à travers le parcours éprouvant mais si beau pour mettre un enfant au monde.

Mais aujourd'hui, cela ne suffisait pas à détourner son esprit des textos de son père l'informant de l'arrivée du camion de déménagement de Liam.

> Je suis fier de toi, ma chérie. Lui proposer le chalet est un pas dans la bonne direction pour vous tous. Surtout pour Emma. Réjouis-toi de ce qui arrive.

Facile à dire. Tout ce qu'elle ressentait depuis qu'elle avait présenté Liam à Kris Offerman, la directrice du Mercy Hospital, c'était de la crainte. Parce qu'elle ignorait comment Liam s'y prendrait pour éduquer Emma en son absence. Bien sûr, elle savait au fond d'elle-même qu'il ne lui ferait pas de mal.

Mais regarde ce qui est arrivé à Page quand tu as laissé quelqu'un s'introduire dans ton monde minutieusement organisé ?

Sa pire crainte était de savoir qu'elle ne pouvait empêcher ces choses-là d'arriver. Parce qu'elle n'avait plus l'entière responsabilité d'Emma et que le fait d'aider Liam à s'installer à proximité et à obtenir un emploi ne garantissait pas qu'il élève leur fille comme elle le voulait.

Elle s'adressa à sa patiente, Maggie.

— Vous n'êtes plus qu'à deux semaines de rencontrer votre petit… Mason, c'est ça ?

— Oui ! Et c'est moi qui l'ai emporté pour le choix du prénom. J'ai dit à Jeff qu'il choisirait pour notre second enfant. Mais si c'est une fille, je retire ce que j'ai dit.

Kelsey se mit à rire.

— Et quel prénom donnerez-vous à une petite fille ?

— Je pense à Paige. Avec un i.

Kelsey s'efforça de garder son sourire en place. *Page…* Ce nom la hanterait pour toujours. Son amie lui manquait terriblement.

— C'est un joli prénom, dit-elle, la gorge nouée.

— Merci. Comment va votre fille, docteur Gaines ? À ma dernière visite, vous m'aviez dit que vous aviez un bébé de six mois, n'est-ce pas ?

Kelsey cilla pour retenir une larme. *Oui, mais pour combien de temps ?*

— Oui, c'est ça.

— Oh ! avez-vous des photos ? J'aimerais beaucoup la voir.

Kelsey sortit son portable. Comme elle faisait apparaître les photos d'Emma, le téléphone fit entendre la sonnerie caractéristique qu'elle avait attribuée à sa patronne – le générique d'une série télévisée dont l'héroïne possédait un tempérament bien trempé.

— Voulez-vous m'excuser une minute ? dit-elle à Maggie.

— Bien sûr. J'étais contente de vous revoir, docteur Gaines. La prochaine fois que nous nous verrons, vous mettrez mon bébé au monde.

— J'ai hâte. Dites à votre mari que je suis ravie de sa nomination aux Emmy Awards, d'accord ?

Sur ce, Kelsey s'éloigna et prit l'appel.

— Bonjour, Kris, dit-elle posément.

— Puis-je vous voir à mon bureau quand vous aurez une seconde ?

— Bien sûr. J'ai justement un peu de temps...

— Parfait. À tout de suite, dit Kris Offerman avant de raccrocher.

Kelsey ressentit une vague inquiétude. Pourquoi cette convocation ? Elle avait pris un congé pour aider Liam à nettoyer le chalet, mais elle avait repris le travail. Alors, que se passait-il ?

Brusquement, elle repensa au moment où elle avait déposé Emma à la crèche ce matin. Elle avait entendu Barb, l'une des puéricultrices, dire que Dex était de retour, après un séjour de quatre mois en Afrique, où il avait participé à des travaux sur la santé mentale. Kelsey ne l'avait pas revu depuis qu'il était sorti de sa vie, le jour où elle avait accepté d'être la tutrice d'Emma.

Était-ce le motif de cette convocation impromptue ? Savoir si elle pouvait travailler avec le chef du service psychiatrique qui l'avait larguée ? Oh ! mais oui, elle en était capable. Mais une voix intérieure lui souffla que ce ne serait pas aussi simple.

Kelsey arriva devant le bureau directorial moins de deux minutes plus tard, sans avoir croisé Dex dans les couloirs. Elle toqua à la porte et, après avoir reçu l'ordre d'entrer, elle s'avança résolument dans la pièce.

— Kris, je sais qu'il est de retour, mais ça ne posera aucun problème. Nous nous sommes séparés en bons termes, et je suis passée à autre chose.

Pour faire bonne mesure, elle plaqua un sourire sur ses lèvres. Mais Kris lui renvoya cette expression narquoise qui la faisait décidément ressembler à l'héroïne de la série.

— Heureuse de l'entendre, mais je n'ai jamais douté de votre professionnalisme. C'est d'ailleurs la raison pour laquelle je vous demande de faire visiter notre hôpital au Dr Liam Everson ici présent, que vous nous avez recommandé.

Comme elle regardait enfin autour d'elle, Kelsey réalisa avec horreur que Liam se trouvait dans la pièce et qu'il l'observait en souriant.

— C'est un bon choix, rassurez-vous, reprit Kris. Nous parlions du travail de sa défunte épouse au sein de votre fondation, et il s'est porté volontaire pour assurer certaines fonctions, quand il sera installé.

— Quoi ? s'exclama Kelsey d'une voix étranglée.

Oh là là… Au temps pour le professionnalisme ! pensa-t-elle, mortifiée.

— Ce ne sera pas nécessaire, dit-elle très vite. Nous avons déjà comblé le poste vacant. Owen se chargera des donations à l'avenir. Merci quand même.

Elle adressa un sourire bref à Liam. Il voulait probablement se montrer gentil, mais elle devait poser des limites. Cette fondation était la sienne, et elle la gérerait comme elle l'entendait. Personne ne lui enlèverait ça.

— Si vous changez d'avis, vous savez où me trouver, dit Liam. J'informais justement le Dr Offerman de notre arrangement assez peu conventionnel.

Peu conventionnel… C'était une façon de voir les choses. Par deux fois, elle avait dû s'empêcher de regarder par la fenêtre, tandis qu'il passait sur le sentier devant chez elle pour rejoindre le chalet. Et voir sa voiture garée sur le parking de l'hôpital aujourd'hui lui avait presque provoqué une tachycardie.

— En effet. Mais… euh, nous faisons en sorte que ça fonctionne, répondit-elle à l'adresse de Kris.

— J'en suis ravie. Nous sommes heureux de vous accueillir, Liam. Oh ! Kelsey, j'allais oublier… *Il* ne revient pas avant demain.

Comme ils sortaient ensemble du bureau, Kelsey sentit le regard de Liam peser sur elle. En pensant qu'elle avait débité des choses si personnelles devant lui, elle eut envie que la terre s'ouvre pour l'engloutir.

— Un ancien petit ami ? s'enquit-il en lui emboîtant le pas pour la visite.

— Hmm… Si on oubliait ça ?

Elle esquissa un faible sourire pour réclamer son indulgence.

— Non. Mon passé est dans tous les médias. J'espère que vous me faites suffisamment confiance pour me parler un peu du vôtre. Rappelez-vous que nous élevons un bébé ensemble, docteur Gaines.

Il lui adressa un clin d'œil, et elle sentit son pouls s'accélérer. Bon sang, il allait finir par lui causer une arythmie !

— Vous marquez un point, admit-elle en reprenant sa déambulation le long des couloirs. Que voulez-vous savoir ?

— Que s'est-il passé ? demanda-t-il d'un ton sérieux, cette fois.

— Nous avons rompu il y a cinq mois, et je ne l'ai pas revu depuis. Comme il est de retour après une absence de quatre mois et qu'il est le chef du service psychiatrique ici, cela va probablement changer.

— Pourquoi l'avez-vous quitté ?

— Vous pensez que c'est moi qui suis partie ?

Il mit les mains dans ses poches et haussa les épaules.

— Je ne comprends pas pourquoi il aurait abandonné une femme comme vous.

— Quelle blague !

Néanmoins, Kelsey sentit ses joues s'empourprer à ce compliment inattendu.

— Non, c'est la vérité, dit-il. Je ne connais personne qui se soucie des autres autant que vous.

— Eh bien, merci, c'est gentil, répondit-elle, le cœur battant. En fait, c'est lui qui m'a quittée. Il refusait catégoriquement de fonder une famille. Mais je suppose que j'espérais...

— Qu'il changerait pour vous ?

— Quelque chose comme ça, oui.

— D'après mon expérience, les gens ne changent pour personne d'autre qu'eux-mêmes, dit Liam.

— Malgré tout, sa réaction m'a fait mal quand je lui ai annoncé que je comptais adopter Emma.

— C'est pour ça qu'il vous a abandonnée ? Parce que vous avez fait le bon choix ?

— Oui. Mais tout va bien.

— Je ne suis pas sûr de vouloir connaître ce type. Mes réflexes militaires risqueraient de l'emporter sur mon tempérament non violent.

— Je vous assure, ça va. Tout est pour le mieux maintenant.

Puis, réalisant que ses paroles pouvaient être mal interprétées, Kelsey préféra changer de sujet.

— Vous aussi, vous attendiez que Page change ? Elle n'a pas dit ça, mais... je crois que je me suis posé la question.

— Non, c'est moi qui devais changer. Moi et mes idées tordues sur moi-même. Honnêtement, si j'attendais quelque chose, c'était qu'elle réalise que je n'étais pas capable de lui offrir la vie qu'elle désirait. Mais elle est restée et m'a supporté...

Liam regarda au loin et reprit :

— Quand j'ai enchaîné les déploiements, elle a décidé de tourner la page. Je ne regretterai jamais qu'elle soit venue une dernière fois pour essayer de me réparer, de *nous* réparer, mais j'aurais aimé qu'elle ait la chance d'être heureuse sans moi.

— Je comprends. Mais attendez...

Ce disant, elle leva une main et rencontra le bras de Liam. Même si son geste était totalement fortuit, elle sentit une vive chaleur la parcourir à ce contact.

Il s'arrêta et fixa cette main qui le touchait.

— Désolée, dit Kelsey en abaissant son bras. Mais vous l'avez rendue heureuse à la fin. Page était ravie que vous désiriez tous les deux cet enfant et que vous soyez tombés d'accord pour l'élever.

— Vous avez raison. J'ai changé, parce que je ne voulais pas qu'Emma ressente ce que j'ai éprouvé en grandissant.

— Comment c'était ? demanda Kelsey avec douceur.

Elle rencontra son regard et nota l'éclat douloureux de ses iris mordorés.

— Je vivais tout seul sans personne à qui parler. Personne pour vous préparer les repas, vous faire des câlins, vous lire une histoire. La seule chose qui comptait pour mon père, c'était de faire tourner ses cliniques. Ça a failli me détourner complètement de la médecine, mais je ne pouvais pas le laisser détruire ma vocation.

— Je suis sincèrement désolée, Liam.

Il ébaucha un sourire qui ne se reflétait pas dans ses yeux.

— Waouh... Nous formons une belle paire de clowns tristes, non ? Emma a vraiment tiré le gros lot avec nos histoires pathétiques pour bercer son enfance.

Kelsey se mit à rire.

— Mais elle sera résiliente, c'est certain.

— En tout cas, merci. Pour la visite et pour tout.

— Hmm... De rien, répondit-elle avant de s'éclaircir la voix. Voulez-vous voir où Emma passe son temps quand mon père ne peut pas la garder ?

— Elle est ici ? Oh oui, bien sûr.

Ils prirent un autre couloir qui les mena devant la crèche. Les yeux de Liam s'agrandirent quand il découvrit les trois salles brillamment éclairées, ornées de fresques représentant des personnages de contes, et d'étagères à hauteur d'enfant chargées de jouets.

— C'est incroyable ! s'exclama-t-il. Elle aime être ici ?

— Elle adore. Elle aime beaucoup les puéricultrices, Barb en particulier, qui est là-bas. Quand on arrive, Emma quitte presque mes bras pour se jeter à son cou.

Liam revêtait déjà les sur-chaussures pour entrer dans la salle. Kelsey en profita pour ajouter le nom de Liam Everson sur la liste des personnes autorisées à déposer et à venir chercher l'enfant. Ses mains tremblaient légèrement, mais c'était l'une des nombreuses concessions qu'elle devait faire s'ils élevaient Emma ensemble. Et c'était toujours mieux que de devoir rayer définitivement son propre nom.

— Vous formez une jolie famille tous les trois, commenta Jen, une nouvelle assistante. Il s'en occupe très bien. Vous avez beaucoup de chance.

Kelsey regarda Liam jouer avec Emma. Il riait de bon cœur, tandis que la petite fille battait des mains. Oui, il était vraiment incroyable avec elle.

La confusion s'installa en elle. Théoriquement, Liam représentait tout ce qu'elle cherchait chez un homme – quelqu'un qui voulait des enfants et qui les aimerait de façon inconditionnelle. Mais le seul fait de penser à lui était une trahison. Parce qu'il était le mari de Page.

— Il est temps d'y aller, dit-elle.

Il ébaucha une grimace, mais se leva. Puis il embrassa Emma et lui murmura quelque chose à l'oreille que Kelsey ne put entendre.

— Merci de m'avoir amené ici, dit-il en la rejoignant. J'aime la voir heureuse comme ça. C'est fou de penser qu'elle va devenir aussi grande que certains des gamins qui sont ici.

— C'est vrai.

Kelsey espérait seulement qu'elle serait encore là pour le voir.

Ils reprirent la visite jusqu'à l'étape suivante : le service des urgences.

— Ah ! cette odeur d'antiseptique, dit Liam. J'ai appris à aimer les urgences.

Mais son sourire s'estompa quand les portes s'ouvrirent, livrant passage à une civière. Le patient étendu avait la poitrine couverte de sang. Il se tordait de douleur, et ses cris se répercutaient dans tout le service.

— Blessure par balle ! cria l'un des secouristes. Dix-sept ans, bradycardie et oxygène à 80.

Deux infirmières se précipitèrent, mais il n'y avait aucun médecin en vue. Avant que Kelsey ait eu le temps d'avertir un urgentiste, Liam avait jeté sa veste sur une chaise.

— Je dois intervenir. Ça ne vous gêne pas ?

— Non... Pas du tout.

Mais il était déjà dans l'action, ôtant la chemise ensanglantée du patient.

— S'est-il trouvé inconscient ?

— Par moments pendant le trajet, répondit le secouriste.

— Des signes de la balle ?

— Pas de blessure de sortie. Elle est probablement encore à l'intérieur et fait des dégâts.

Liam se tourna vers les infirmières qui l'observaient avec quelque méfiance.

— Je suis le nouveau traumatologue engagé par le Dr Offerman. Puis-je vous demander votre aide ?

— Bien sûr, docteur.

— Merci. J'ai besoin d'un litre de sang tout de suite et de trois autres en réserve. Prévoyez un scanner de l'abdomen. Je dois absolument trouver cette balle avant qu'elle ne cause d'autres lésions.

Il était calme et sûr de lui dans cet environnement, constata Kelsey. Il était vraiment fait pour être médecin.

Elle l'observait avec un mélange d'admiration et de respect qui lui donnait presque le vertige.

— Y a-t-il une salle de traumatologie de libre ? lui demanda-t-il.

Kelsey lui indiqua un box ouvert dans le hall. Liam continua de prendre les choses en main pendant que les infirmières préparaient les intraveineuses.

— Tina, pouvez-vous appeler le bloc pour les prévenir que nous arrivons ? demanda-t-il. Susan, voulez-vous demander au labo de me communiquer les analyses le plus rapidement possible ? Allons-y, nous sommes une bonne équipe.

Une équipe ? se dit Kelsey. Depuis quand ?

Depuis maintenant, idiote. On dirait que tu as bien fait de passer un coup de fil pour le faire engager ici.

Il incarnait le plus haut degré de compétence parmi ceux qui étaient présents, et personne ne discutait ses initiatives. Quand elle le vit retrousser ses manches et fermer le box, elle sut sans l'ombre d'un doute que le patient était en de bonnes mains. Liam Everson était vraiment un homme exceptionnel.

Fais attention, l'avertit une petite voix au fond d'elle-même.

La journée passa lentement. Les consultations s'enchaînaient dans un brouillard confus de visages et de dates d'accouchement, et Kelsey se demanda plus d'une fois comment le patient de Liam faisait face. Elle envisagea de descendre aux urgences pour s'informer, mais se ravisa. Moins elle s'investirait auprès de Liam, mieux ce serait.

Elle rentra chez elle à 17 heures, impatiente de voir le seul visage qui pouvait effacer en un instant le drame de cette journée. Mais elle trouva la maison vide.

Que se passait-il ? Son père devait être là avec Emma !

Des frissons de panique se mirent à courir sur sa peau. Elle inspecta toutes les pièces jusqu'à ce qu'elle entendît un son qui n'avait pas résonné dans la villa depuis des mois, peut-être même des années. Le rire de son père. Et un cri aigu qu'elle reconnaîtrait entre tous. *Emma !*

Les sons joyeux venaient du dehors. Se débarrassant de ses chaussures, Kelsey courut vers la terrasse.

Il n'y avait personne, mais un coup d'œil par-dessus la rambarde lui fournit l'explication. Sur la petite plage qui jouxtait sa propriété, Mike, Emma et Liam s'amusaient au bord de l'eau. Chaque fois qu'une vague venait chatouiller ses orteils, Emma poussait des cris ravis, puis les deux hommes la soulevaient en l'air.

La scène amena un large sourire sur les lèvres de Kelsey. C'était ce qu'elle avait espéré une grande partie de sa vie : voir son père rire de nouveau. Puis une vague plus forte éclaboussa copieusement les deux hommes, et elle se surprit à rire.

— Salut, les garçons ! lança-t-elle.

Son père releva la tête et agita la main, lui faisant signe de les rejoindre. Elle acquiesça et, montrant sa tenue, elle expliqua par signes qu'elle allait d'abord se changer. Mais il haussa les épaules, comme pour dire : « Qu'est-ce que ça peut faire ? »

Alors, sans hésiter, Kelsey ôta sa veste et releva les jambes de son pantalon. Ce faisant, elle ne quittait pas des yeux la petite main de sa fille placée dans celle de Liam. Et elle s'efforça de ne pas remarquer ses avant-bras bronzés et ses larges épaules.

— Hé, Kelsey ! Nous avons découvert que cette petite demoiselle aimait la mer autant que nous, dit son père comme elle s'approchait.

— J'ai vu. C'est adorable.

— Hey, Kels, dit Liam en arborant un large sourire.

— Hey, Liam. J'espère que votre première journée s'est bien passée. Comment va votre patient ?

— Le garçon va bien, et sa famille est soulagée. Il s'est trouvé au mauvais endroit au mauvais moment, mais il s'en remettra.

— Heureuse de l'apprendre.

Remettant Emma à Mike, il se dirigea vers elle. Kelsey capta son parfum viril mêlé d'air salin. Troublée, elle s'exhorta au calme.

— Merci de m'avoir aidé à obtenir ce poste. J'avais peur de ne pas réussir à m'intégrer, mais tout s'est bien passé.

— Vous pensiez que vous ne seriez pas à votre place ?

Il ébaucha un haussement d'épaules.

— Mercy est un hôpital très chic...

Kelsey ouvrit la bouche pour répliquer qu'à Mercy on respectait avant tout les patients. Mais Liam poursuivit :

— Je suis plus habitué aux baraquements et aux instruments rudimentaires. C'était une sensation incroyable d'être de retour dans un vrai bloc tout équipé. Je me suis senti de nouveau moi-même. J'ai retrouvé l'autre Liam, celui qui rêvait de réparer les gens. Merci pour ça.

Bon sang, Liam...

Juste comme elle pensait lui trouver un défaut, il disait des choses formidables, pensa-t-elle en réprimant un gémissement de frustration. Pourquoi fallait-il que cet homme soit parfait ?

— Alors, comment vous êtes-vous retrouvés sur la plage ? demanda-t-elle à son père, pour changer de sujet.

— En fait, c'était l'idée de Liam.

— Vraiment ? C'est une magnifique journée pour profiter de la mer.

Comme elle se penchait pour embrasser Emma, assise sur le sable, Kelsey remarqua une longue cicatrice au pied gauche de Liam. Il avait été brûlé... *Horriblement brûlé !*

Un frisson la secoua. Elle oubliait ce qu'il avait enduré pour être auprès de sa fille.

— Certainement, répondit son père. J'avais Emma dans le harnais et je marchais dans le jardin. Liam descendait vers la mer pour aller nager, alors il nous a invités et... nous sommes là depuis une heure. Emma pleure chaque fois que nous essayons de regagner la maison.

— C'est vrai, mon poussin ? dit Kelsey en riant.

Mais elle prit immédiatement une mine soucieuse.

— Une heure ? Tu as pensé... ?

— Oui, nous lui avons mis de la crème solaire, dit Liam en lui décochant un sourire si désarmant qu'elle sentit ses jambes flageoler. J'ai lu ça dans le livre de puériculture que je viens d'acheter.

Kelsey eut soudain le sentiment d'être inutile. Les hommes avaient pensé à tout. Cela aurait dû l'apaiser de savoir Emma en sécurité avec eux. Mais elle sentait seulement qu'elle n'était plus indispensable. Et si Liam en arrivait à la même conclusion...

Elle s'efforça d'étouffer la crainte qui s'infiltrait en elle. *Liam n'est pas Dex.*

— Au fait, Mike, vous devez m'apprendre à mettre en place le harnais. J'ai toujours peur qu'elle passe au travers.

— Bien sûr. Ce sera la deuxième leçon.

— Quelle était la première ? demanda Kelsey en prenant une part de la pizza qu'ils avaient apportée.

— Comment sécuriser un vieux chalet afin d'y accueillir un bébé sans risques, dit Liam. C'est encore en cours.

— Je suis heureuse que vous puissiez utiliser le chalet. Mon père refusait d'y habiter, même si l'endroit où il vit ressemble à une remise.

— Hé ! J'y suis très bien. Le chalet est trop grand pour moi. Bon, je vais ramener Emma pour la changer. Profitez du soleil et ne vous pressez pas.

Kelsey posa un baiser sur le front d'Emma. En voyant Liam caresser les cheveux de la petite fille et l'envelopper d'un regard tendre, elle sentit son cœur faire un curieux soubresaut.

Rappelle-toi qu'il n'est pas l'ennemi. Il a tant perdu dans cette histoire...

— Quelle incroyable petite personne ! dit-il quand ils furent seuls.

Il regardait la mer, et le soleil donnait à sa peau un éclat surnaturel qui ajoutait à sa séduction.

— Oui, elle est magnifique, répondit-elle.

Emma la reliait à cet homme, pour le meilleur et pour le pire. La garder heureuse et en bonne santé était leur priorité, ce qui impliquait qu'elle laisse à Liam un peu de liberté pour son éducation. Emma s'épanouissait certainement dans l'amour qu'il lui offrait.

— Elle ressemble tellement à Page, reprit-il. Et c'est génial. J'aurais seulement aimé qu'elle ait un peu de moi. Vous comprenez ?

— Oh ! mais elle tient de vous. Elle est têtue, par exemple.

Il se mit à rire, mais son regard restait fixé sur l'horizon.

— Comment lui avouer plus tard que j'ai abandonné sa mère tout en sachant qu'elle était enceinte ?

Il se tourna vers elle, et Kelsey eut l'impression que l'or du soleil était emprisonné dans ses yeux. De nouveau, son cœur manqua un battement.

— J'aurais dû être là pour Emma, reprit-il. Peu importe ce qui se passait entre Page et moi. Je n'aurais jamais dû partir pour cette mission.

Il en resta là, et Kelsey n'insista pas. Elle n'avait pas besoin de connaître ses secrets les plus intimes pour qu'ils élèvent Emma du mieux possible. Si seulement elle pouvait ignorer ce sourire ému accroché à ses lèvres...

Oh là là... Cette coparentalité avec un chirurgien héroïque et beau comme un dieu s'annonçait beaucoup plus compliquée qu'elle ne le pensait.

6

Liam emprunta un sentier qui passait devant la villa. La curiosité l'emportait finalement sur sa réserve. Il voulait savoir si elle était à la maison. Il pourrait toujours se servir d'Emma endormie sur sa poitrine comme excuse.

Sans blague ! Tu veux la voir, point final.

— Qu'en penses-tu, ma chérie ? Tu crois que c'est une bonne idée d'aller voir si maman est là ? dit-il en embrassant doucement la tête d'Emma.

Immédiatement, il se reprit. *Maman* ? Quand s'était-il mis à considérer Kelsey comme la mère d'Emma ? Le transfert était intéressant, étant donné ce qu'il ressentait pour elle et que sa tristesse au sujet de Page commençait à s'atténuer. Mais était-ce une bonne chose ?

Son retour aux urgences lui avait rendu les idées plus claires, du moins sur le plan professionnel. Pour le reste...

La voir dans ce tailleur sexy mouiller ses pieds nus dans les vagues lui avait échauffé le sang, et il avait besoin de ce moment de calme avec sa fille. Seulement, il n'arrivait pas à détourner son esprit de Kelsey. Chaque fois qu'elle apparaissait, il se sentait d'excellente humeur et, quand elle souriait, le soleil lui paraissait plus éclatant.

Mon vieux, tu es en train de t'attirer des ennuis.

Il devait à tout prix évacuer sa frustration en même temps que cette image imprimée sous ses paupières : celle de Kelsey accoudée à la rambarde de la terrasse, sa belle chevelure châtain clair flottant dans la brise marine...

Bon sang ! Elle le rendait fou. Il ferait mieux d'aller courir pendant un moment.

Il était à mi-chemin entre le chalet et la villa quand il rencontra Mike.

— Hé ! On dirait que vous maîtrisez le harnais, capitaine, dit Mike.

Liam sourit. Ces moments étaient si simples. Il ne se lasserait jamais de promener sa fille ou de bavarder avec Mike et Kelsey. C'était comme... être en famille, même s'il ne savait pas vraiment ce que cela voulait dire.

— Oui, merci pour la leçon, Mike. Vous devriez tenir un blog pour les gars comme moi qui essayent d'apprendre leur rôle de père. Vous feriez un malheur.

— Un blog ? Trop compliqué pour moi. Je préfère vous donner un coup de main quand je peux. Alors, où allez-vous comme ça, tous les deux ?

— Je voulais demander à Kelsey si elle pouvait garder Emma le temps que j'aille courir un peu. J'ai besoin de m'éclaircir les idées.

— Elle est sortie, mais pourquoi ne pas me confier la petite ? Je suis impatient de lui montrer ma nouvelle boîte à outils. Ça l'amuse beaucoup de me voir bricoler.

Cet homme avait une foule de choses à lui apprendre sur la façon d'être un bon père, se dit Liam. Ce que son propre père ne lui avait jamais montré. Il avait beau avoir trente-huit ans, cette blessure était toujours ouverte.

— Si ça ne vous gêne pas, ce serait formidable.

Une fois Emma harnachée contre son grand-père, il demanda :

— Vous pratiquez aussi la course à pied, Mike ?

— Non. Pas avec mes genoux usés par mon passage dans les marines. Mais je marche tous les matins.

— Vous avez pris votre retraite après vingt ans d'armée, c'est ça ?

Mike secoua la tête.

— Je n'ai pas pu aller jusque-là. Au bout de dix ans, j'ai perdu ma femme, Ana. J'ai donc changé de métier, je suis devenu professeur. Les week-ends, je fais du bénévolat à l'hôpital militaire pour aider les anciens combattants blessés. Ça remplit mes journées.

— Si je peux me permettre une question... Comment se fait-il que Kelsey ne parle jamais de sa mère ?

— Je crois qu'elle n'en a pas fini avec la culpabilité. Je n'arrive pas à la convaincre que ce n'est pas sa faute.

— Bien sûr que non. Elle venait de naître.

— Peut-être pouvez-vous la faire avancer là-dessus. Elle s'ouvre davantage depuis votre arrivée. Ses cauchemars semblent s'estomper aussi.

Liam acquiesça, en se promettant d'interroger Kelsey au sujet de ces cauchemars.

— Et pour votre deuil, fiston ? Vous vous en sortez ? Kelsey m'a dit que vous n'étiez pas en très bons termes avec votre femme, mais ça ne veut pas dire que ça ne laisse pas de traces.

— Ça va. J'ai beaucoup travaillé sur moi-même avant de venir ici. Je ne suis pas guéri, mais je récupère. J'ai moi aussi une bonne boîte à outils, dit-il en souriant. En fait, je suis surtout triste que Page n'ait pas connu ce petit ange.

— Je comprends. Mais Emma pourra compter sur vous pour garder vivant le souvenir de sa mère.

Liam hésita, car il n'avait jamais exprimé à haute voix cette pensée.

— Je pense que nous pouvons tirer le meilleur parti de ce que nous avons.

— Vous êtes quelqu'un de bien, mon garçon. Et un très bon père.

— Merci, Mike, répondit-il, la gorge nouée. Sachez que votre fille est un excellent médecin et une mère encore plus extraordinaire.

— Je suis heureux que vous pensiez ça. Elle ne partage pas l'ADN d'Emma, mais cette petite est pour elle le centre du monde. Allez, bonne séance de sport, Liam, dit Mike en s'éloignant.

Liam partit au pas de course, son énergie renouvelée après cette conversation, la plus étrange, mais la plus utile aussi, qu'il eût jamais eue.

Une heure plus tard, cependant, il revint au chalet en boitant, à peine capable de prendre appui sur sa jambe droite. Sous le porche, comme il se baissait pour se débarrasser de ses baskets boueuses, il sentit un claquement à l'arrière de la cuisse ainsi qu'une douleur aiguë.

— Ah ! bon sang…

Il se laissa tomber devant la porte, incapable de fléchir le genou. Pour un ancien des Forces spéciales, c'était un comble.

Je suis le pire des médecins, parce que j'aurais dû savoir que ça arriverait !

Les minutes s'égrenèrent, et il se demanda combien de temps il resterait là.

— Que vous est-il arrivé ?

La jolie voix qu'il avait essayé d'effacer de son esprit pendant son parcours résonna au-dessus de lui. Son intonation inquiète le remua jusqu'au plus profond de lui-même.

Et bien sûr, je suis dans un état lamentable ! Pas l'impression que je voulais donner à Kelsey.

— Rien… Je fais juste des étirements.

La sueur de son front coulait dans ses yeux, brouillant sa vision. Il se frotta vigoureusement les paupières. Quand il les rouvrit, il eut soudain la bouche sèche.

— Bien tenté, capitaine. Mais je vous entends crier depuis la maison. Vous êtes sûr que ça va ?

— En fait, non. Ce n'est pas terrible, avoua-t-il.

Et pour un tas de raisons…

— Je suppose que vous allez avoir besoin de mon aide, dit Kelsey en souriant.

Liam ne répondit pas immédiatement, cherchant à assimiler la vision de Kelsey en débardeur et legging. Sur la plage, son pantalon blanc avait suggéré ses courbes délicieuses. Mais cette tenue… S'il avait eu du mal à bannir Kelsey de ses pensées, à présent c'était absolument impossible.

— Je peux me débrouiller. Juste quelque chose de froissé au niveau du fémur, je pense, dit-il enfin.

Elle se pencha et lui étendit la jambe droite, lui causant une douleur aiguë qui fusa jusqu'à la hanche. Dire qu'il avait voulu se détendre en allant courir… Eh bien, c'était réussi ! Quant à la zone de sa cuisse où Kelsey posait la main, elle le brûlait comme un fer rouge.

— Il s'agit de votre biceps fémoral, dit-elle en posant sur lui ce regard vert dont il rêvait depuis plusieurs nuits. Vous êtes-vous échauffé avant de partir comme une flèche ?

— Non, avoua-t-il piteusement.

— Eh bien, voilà le résultat. Liam, pouvez-vous vous lever ? Parce que j'aimerais examiner ça.

— Vous n'avez pas besoin de..., commença-t-il.

Mais passant outre ses protestations, Kelsey glissa un bras sous le sien pour le soutenir. Elle était plus forte qu'elle n'en avait l'air.

— Entrons, et laissez-moi faire mes gestes magiques, dit-elle.

— Vous êtes kinésithérapeute pendant votre temps libre ?

— Il se trouve que j'ai étudié la kiné pendant mon premier cycle d'études.

— Qu'est-ce qui vous a poussée à changer de spécialité ? demanda-t-il, le souffle court, tandis qu'elle l'aidait à franchir le seuil.

— Ma mère, en fait. Quand je faisais mes stages de troisième année, je me suis retrouvée en obstétrique et j'ai vraiment senti sa présence. Comme si elle me disait que ma place était là, que j'allais aider les femmes pour qu'elles ne connaissent pas le même sort qu'elle.

Brusquement, elle leva les yeux vers lui et se mordilla la lèvre.

— Désolée. Je ne voulais pas manquer de tact, après tout ce que vous avez vécu.

— Aucun problème. Mais ça s'est fait juste comme ça ? D'étudiante, vous êtes devenue un médecin renommé ? Pour moi, l'écart est énorme.

— C'est comme passer de chirurgien à ranger dans l'armée de terre pour revenir au point de départ, non ? dit-elle malicieusement.

— Touché.

— En tout cas, ça ne s'est pas fait « juste comme ça ».

Elle tira une chaise et le fit asseoir doucement.

— Maintenant, posez votre pied droit le plus loin possible.

Liam obéit, mais il ne put tendre la jambe que sur quelques dizaines de centimètres.

— Racontez-moi toute l'histoire, dit-il, les dents serrées.

— Penchez-vous jusqu'à toucher vos orteils. Ensuite, nous verrons.

Il lutta contre la douleur. Mais plus il s'arc-boutait, plus celle-ci s'atténuait, remplacée par une brûlure modérée.

— Bien. Respirez à fond. Encore une fois. Encore, dit Kelsey. J'ai commencé à exercer à Détroit.

— Détroit ? C'est aux antipodes de Hollywood.

— Je confirme. Maintenant, relevez les orteils.

Liam s'exécuta. Immédiatement, la douleur revint en force.

— Aïe ! Ça fait mal... Il n'y a pas beaucoup de célébrités là-bas, si ?

— Alors, pointez vos orteils vers l'avant et détendez votre pied. Voilà. Non, pas de célébrités.

Kelsey se redressa pour aller chercher de la glace, et Liam ne put s'empêcher d'admirer sa silhouette. Le legging épousait délicieusement ses courbes. Il étouffa un juron en sentant la brusque tension de son entrejambe. Bon sang ! Pas moyen de dissimuler quoi que ce soit avec ce maudit short !

— Vous êtes restée longtemps là-bas ?

Comme elle revenait en rapportant une poche de glace enveloppée dans une serviette, elle souffla pour écarter une mèche échappée de sa queue-de-cheval. Il trouva le geste charmant. La mèche retomba sur son visage, et il dut résister à l'envie de tendre la main pour la ramener en arrière.

Ils avaient franchi une ligne au cours de ces derniers jours, passant d'une relation formelle entre coparents à celle, amicale, entre voisins-collègues. À présent, il sentait que la ligne bougeait de nouveau, les entraînant vers plus de familiarité.

— Cinq ans, répondit Kelsey. Maintenant, appliquez ça sur votre ischio-jambier. Nous allons alterner la glace et la chaleur pendant quelques heures et voir si cela vous soulage.

En réponse, Liam laissa échapper un gémissement. Kelsey se raidit, les mains sur les hanches. Sa posture sexy était juste la motivation dont il avait besoin pour supporter l'exercice qu'elle lui imposait.

— D'accord. Mais seulement si vous terminez votre histoire. Vous savez, pour me distraire.

L'ombre d'un sourire incurva les lèvres de Kelsey.

— Vous êtes coriace comme négociateur, mais j'accepte vos conditions.

Donc, elle savait donner et recevoir... C'était d'autant plus intéressant qu'il n'était pas du genre à reculer devant un défi.

— Marché conclu. Donnez-moi cette poche, doc, et dites-moi tout.

7

Kelsey ne s'était jamais autant confiée à quelqu'un. Elle pensait avoir connu la complicité avec Dex, mais ils n'avaient jamais atteint ce degré de connexion qui existe entre deux personnes quand elles sont sur la même longueur d'onde. En l'écoutant et en lui posant les questions nécessaires, Liam la poussait à aller de l'avant. C'était nouveau et électrisant.

Elle lui parla de sa mère, de sa sœur aînée, Mari, et de son départ de Détroit. Elle lui montra aussi des photos d'Emma sur son téléphone, lui raconta sa culpabilité d'avoir rendu son père veuf. Même le début de sa relation avec Dex s'invita dans la conversation.

Liam l'écoutait en souriant, l'encourageant à continuer. Personne ne lui avait montré une telle attention.

Ils parlèrent brièvement du temps que Page avait passé à Los Angeles, et ce moment fut plus facile que Kelsey ne l'aurait cru. En dépit du vide qu'elle avait laissé dans leurs trois vies, sa présence les accompagnerait toujours. Apprendre à vivre avec et partager avec Emma, plus tard, ce que Page avait signifié pour eux, voilà ce qui importait. Elle espérait qu'ils auraient le temps de le faire ensemble.

Et Liam avait un physique époustouflant. Tout à l'heure, quand elle l'avait vu, prostré à l'entrée du chalet, le torse nu, et n'ayant pour tout vêtement qu'un short de nylon, son cœur avait failli s'arrêter de battre.

Tu es fascinée, avoue-le.

Retrouvant ses gestes professionnels, elle lui plaça une genouillère.

Elle venait de serrer la dernière lanière quand son regard repéra une cicatrice sous son menton.

Tout en vérifiant la position de l'attelle, elle désigna la marque fine d'un signe de tête.

— Comment vous êtes-vous fait ça ?

Le regard qu'il lui renvoya contenait clairement un avertissement.

— Hé ! s'exclama-t-elle, frustrée. Je viens de passer une partie de la soirée à vous soigner pour que vous ne vous réveilliez pas au milieu de la nuit en hurlant. Je vous ai aussi raconté toute ma vie. Et vous ne voulez pas me parler d'une stupide petite cicatrice ?

Une moue de dérision incurva les lèvres de Liam.

— D'accord, mais ce n'est pas une histoire aussi héroïque que vous le pensez.

— À moi d'en juger, dit-elle avec un sourire mutin.

Bon sang ! Arrête de flirter comme une adolescente amoureuse.

— Un souvenir de hockey, dit-il enfin.

Cette réponse était si inattendue que Kelsey éclata de rire. Elle se calma en captant le haussement d'épaules fataliste de Liam qui semblait dire : « Je vous avais prévenue. »

— De hockey, vraiment ?

— Oui. Pas aussi sexy qu'une cicatrice de guerre, hein ? Même si j'en ai beaucoup.

Un frisson la parcourut, et elle eut l'impression que tout l'air tiède de la pièce venait d'être aspiré.

— Je ne trouve pas les cicatrices de guerre sexy. Mais je suis curieuse au sujet de cet accident de hockey.

S'appuyant à la table, Liam se redressa et boitilla vers la chambre. Il revint, tenant à la main un sweat à capuche avec le profil d'un cheval noir floqué sur le devant.

— On dirait que vous avez froid, dit-il en montrant la chair de poule qui couvrait ses bras nus. Je… je n'ai jamais laissé quelqu'un d'autre le porter.

— Merci. Vous semblez… l'aimer beaucoup.

— Oui. Il vient du premier bataillon de rangers que j'ai intégré. Nous étions les Dark Horses, un nom qui s'est avéré approprié quand nous avons dû utiliser des juments noires pour nous sortir d'une situation périlleuse.

— Ça ressemble à une scène de film, commenta Kelsey, sidérée. Combien de temps avez-vous passé là-bas ?

— Dans les Forces spéciales ? Presque dix ans. Quinze dans le corps médical de l'armée, au total.

— La vie militaire vous manque ?

Liam laissa échapper un rire teinté d'amertume.

— Les clowns, peut-être, mais le cirque, pas tellement, si vous voyez ce que je veux dire. Kelsey, ce n'est pas ce que vous vouliez vraiment me demander, n'est-ce pas ?

Elle sourit et posa le menton dans ses mains.

— Comment vous êtes-vous... évadé ?

Voyant ses traits se contracter, elle ajouta très vite :

— Je suis désolée, je ne voulais pas...

Elle s'était maintes fois répété qu'elle n'avait pas besoin de savoir. Mais assise là, dans son sweat dix fois trop grand pour elle, elle avait senti la curiosité la submerger.

— Non, ça va, dit-il d'un ton apaisant. C'est grâce à la femme d'un de mes geôliers. J'avais soigné son enfant qui avait un bras cassé et une plaie profonde au menton. Des blessures infligées par son père. Je suppose qu'elle m'était reconnaissante. Un mois plus tard, quand j'ai retiré le plâtre et les points de suture de son fils, elle a laissé les clés de ma cellule sur la table. J'ai pris la fuite. Et le retour vers la sécurité a été pour le moins risqué.

Il s'éclaircit la gorge, indiquant par là qu'il en avait fini avec les confidences, qu'il s'était acquitté de sa tâche.

— Mais vous avez raison, reprit-il. Je referais tout ça, l'évasion, la fuite, les dangers... N'importe quoi pour Emma.

— Et... Page dans tout ça ?

— J'aimerais qu'elle soit là pour connaître sa fille. Mais pour elle et moi... Nous étions pratiquement divorcés quand je suis parti.

Il secoua la tête, et Kelsey vit que son humeur avait changé.

— Je suis désolée. Elle m'avait dit que votre couple rencontrait des difficultés, mais pas à quel point.

Liam se leva et fit quelques pas dans le salon. Sa jambe était raide, mais Kelsey savait qu'elle lui causerait moins de problèmes le lendemain.

— Cela faisait un an qu'on ne s'entendait plus vraiment,

répondit-il. La vérité, c'est que nous n'étions pas faits l'un pour l'autre. Nous voulions des choses différentes, et chacun attendait que l'autre change.

Il se tut, le regard chargé de souvenirs. Kelsey exhala le soupir qu'elle retenait depuis qu'il s'était mis à parler de Page.

— C'était à propos d'Emma ? Ou de vos carrières respectives aussi ? demanda-t-elle d'un ton prudent.

— Emma était le seul sujet sur lequel nous étions d'accord. Ce n'est pas que nous étions mal ensemble au début, mais mes craintes de devenir comme mon père ont fini par interférer dans notre mariage. Même si la grossesse de Page a été un choc, c'était aussi la seule chose capable de me faire réagir.

— Que voulez-vous dire ?

— Je voulais croire que j'étais guéri de mon passé, mais je ne faisais pas grand-chose pour surmonter mes blessures. Mon père m'avait négligé, et ma mère avait toujours fermé les yeux. Quand Page m'a annoncé qu'elle attendait un bébé, j'ai senti tout ça fondre. J'avais parlé à l'aumônier militaire avant ma capture, et certains de ses conseils m'ont permis de tenir. Rentrer à la maison pour Emma est devenu ma priorité.

— Vous ne pensiez pas que vous pourriez vous réconcilier avec Page à votre retour ? Si vous vous sentiez mieux par rapport à votre passé ?

Liam secoua la tête.

— Non. C'était fini entre elle et moi. Mais j'ai réalisé que j'aurais dû lui parler plus tôt de ce que je ressentais, de la vie que je voulais. Au lieu de ça, je suis parti comme un lâche et j'ai enchaîné les missions sur tous les fronts. Je me suis répété tant de fois que je ne deviendrais pas comme mon père, mais à un moment donné j'ai agi exactement comme lui. Page n'avait aucune chance.

Il leva les yeux vers le plafond et se passa les mains dans les cheveux. Il n'avait toujours pas mis de chemise. Même si elle avait conscience que c'était mesquin de profiter de sa vulnérabilité, Kelsey laissa errer son regard sur sa silhouette athlétique. Les cicatrices qu'il avait mentionnées étaient là, mais sa musculature aussi. Il était taillé pour être militaire, c'était certain.

— C'est votre avis ? demanda-t-elle doucement.

— Non. C'est une excuse, pas une raison. Je fais tout pour ne pas être comme lui, dans tout ce qui compte. Avez-vous pardonné à Dex ?

Le revirement était si brusque que Kelsey se sentit prise de court.

— Pour être franche, je n'en sais rien. Il a été honnête sur la vie qu'il voulait avoir, c'est moi qui ne l'ai pas été. Je ne referai pas cette erreur.

— Je ne reprocherai jamais à quelqu'un de ne pas se sentir prêt à devenir père. Mais je suis désolé, c'est un imbécile.

Kelsey laissa échapper un petit rire.

— C'est sans doute la plus jolie chose que vous m'ayez dite.

— Considérez ça comme un remerciement pour m'avoir soigné.

— Alors, nous sommes quittes.

Un silence s'installa. Liam but une gorgée d'eau, puis ébaucha un sourire triste.

— Vous voulez savoir ce qui me tue, ce à quoi je n'arrête pas de penser ?

Kelsey hocha la tête, même si elle redoutait sa réponse. Celle-ci changerait-elle ce qu'elle ressentait pour lui ? Elle continuait de le tenir à distance, mais plus ils passaient de temps ensemble, plus cela devenait difficile.

— Je ne sais pas si j'aimais Page. Je veux dire, si je l'aimais *vraiment*. Si cela avait été le cas, je n'aurais pas voulu m'absenter si longtemps.

Kelsey ne se souciait plus des convenances à présent. Parcourant la distance qui les séparait, elle posa les mains sur les hanches de Liam, car elle ne pouvait atteindre ses épaules sans se tenir sur la pointe des pieds.

— Écoutez-moi, Liam. Je ne vais pas vous mentir. Avant de vous rencontrer, je pensais que vous étiez un crétin de premier ordre.

— Merci, répondit-il sur le ton de la dérision.

— Vous l'avez dit vous-même, vous n'étiez pas un bon mari. Vous avez quitté votre femme pour poursuivre vos rêves alors qu'elle était enceinte, effrayée de se retrouver en Californie, un État qu'elle ne connaissait pas, et forcée de se reconstruire. C'est bien ça ?

Il pinça les lèvres, mais hocha la tête d'un mouvement brusque.

— Puis-je vous demander quelque chose ? poursuivit-elle.

— Oserais-je répondre ?

— À quoi ces regrets vous servent-ils ? Servent-ils à Emma ? À Page ? Si vous voulez être pleinement là pour votre fille, vous devez assumer vos actes et vous en remettre. Rien d'autre ne compte.

Kelsey vit des traces humides briller au bord de ses paupières. Un long silence emplit la pièce.

— Vous avez raison, dit-il enfin.

— Je sais, répondit-elle en souriant. Je ne suis pas si mauvaise pour offrir des conseils que je n'ai pas l'intention de suivre. Je suis aussi là pour soigner les blessures aux ischio-jambiers, à l'occasion.

Elle fut soulagée de voir qu'il lui rendait son sourire.

— Merci pour tout, dit-il d'une voix saccadée. Je vais travailler là-dessus. Le lâcher-prise, je veux dire. Je le dois à Emma. Elle était ma motivation avant même que je ne m'évade. Savoir qu'elle existait m'a poussé à prendre tous les risques. Et cela m'a amené ici, un endroit où je me sens de plus en plus chez moi.

Il baissa les yeux vers les mains qu'elle gardait plaquées sur lui.

— Désolée, dit-elle en les retirant vivement pour les cacher derrière son dos.

Contre toute attente, Liam passa ses bras autour d'elle et lui encercla les poignets pour les ramener vers lui. Puis il porta ses doigts à ses lèvres avant de les remettre sur sa taille.

— Ne le soyez pas, murmura-t-il. En tant que coparents, nous avons l'une des histoires les plus compliquées de toutes celles que je connaisse. Mais je veux encore vous remercier d'avoir protégé Emma. Grâce à vous, je reviens vers une famille. Pourquoi Page a-t-elle choisi de venir à Los Angeles ? Je ne vais pas prétendre connaître ses raisons, mais…

Il marqua une pause, et un siècle parut s'écouler dans le silence vibrant qui s'installa.

— Mais je suis content qu'elle l'ait fait, termina-t-il en lui touchant la joue.

Kelsey se mit à trembler. Son cœur battait si fort qu'elle craignait qu'il résonne contre les murs en rondins. Un espace ténu la séparait du torse de Liam, de sa chaleur, de son parfum éminemment viril, et elle captait son pouls rapide sous ses paumes.

— Hmm…

Oh ! bravo ! Elle était incapable d'aligner deux mots même si sa vie en dépendait.

— Kelsey, regardez-moi.

Vaillamment elle rassembla son courage en lambeaux, releva la tête et se sentit happée par son regard brûlant de désir. Quand il franchit la courte distance qui les séparait encore, elle ne pensa plus qu'à ce qui allait arriver.

Du fond d'elle-même, une voix réprobatrice se mit à crier : « C'est mal ! » Même si elle s'efforçait de la faire taire, elle ne pouvait s'empêcher de s'inquiéter. Elle n'avait pas le droit d'être chez Liam Everson… et encore moins dans ses bras !

Il était le mari de Page, qu'ils aient été séparés ou non. Et indépendamment de ce qu'elle avait représenté pour lui, Kelsey ne pouvait oublier que Page avait été sa meilleure amie. De plus, si cela tournait mal – ce qui, selon son expérience, était très probable –, elle y laisserait beaucoup plus que son cœur. Elle perdrait aussi sa fille.

— Liam…, dit-elle dans un soupir.

Elle espérait que sa raison l'emporterait sur le désir qui avait pris possession de son corps. Ce corps qui implorait Liam de finir ce qu'il avait commencé.

— Je dois y aller, reprit-elle. Je… je viendrai demain voir si vous allez bien, d'accord ?

Elle s'écarta de son étreinte et nota son souffle déchiqueté. Au moins, elle n'était pas la seule à ressentir… *Quoi ?* De l'attirance ? De l'excitation ?

Oui, reconnut-elle non sans honte. Sans oublier la culpabilité.

Avant qu'il ne puisse réagir, elle prit ses clés et son téléphone sur la table, puis fonça vers la villa.

Ce fut seulement quand elle eut refermé la porte derrière elle et qu'elle retrouva son monde sûr qu'elle se rendit compte qu'elle avait gardé son sweat-shirt. Le vêtement portait son odeur enivrante qui l'engourdissait de pensées inappropriées et imprégnait son espace.

Kelsey se sentait accablée et confuse face à la vérité qui s'imposait à elle. Qu'elle l'eût voulu ou non, un certain chirurgien avait pris son esprit en otage, et il lui fallait survivre en gardant intacte sa santé mentale.

8

Liam entendit la voiture de Kelsey passer sous sa fenêtre. Depuis cinq jours, il faisait en sorte de ne pas croiser celle qui volait son sommeil et occupait la majeure partie de ses pensées. Étant donné qu'ils travaillaient dans le même hôpital, cela relevait de l'exploit.

Ce baiser qui n'avait pas eu lieu restait l'expérience la plus frustrante qu'il eût connue. Comme il aurait aimé aller plus loin… Et peu lui importait que ce fût une mauvaise idée !

Il soupira. Il avait besoin de se changer les idées. Seulement, il n'était plus question d'aller courir, car sa blessure à la cuisse n'était pas complètement guérie. Il avait assuré une garde de vingt-quatre heures à l'hôpital, espérant que cela le laisserait si exténué qu'il ne serait pas en mesure de penser à quoi que ce soit. En vain. Même chose avec les promenades sur la plage. Quoi qu'il fasse, l'image de Kelsey en débardeur et legging ajustés continuait de le hanter.

Bien sûr, il avait toujours la possibilité d'aller dans un bar de Hollywood et de rencontrer une fille, mais il n'y tenait pas. Il voulait Kelsey, et elle ne pouvait lui appartenir.

Elle était absolument incroyable avec Emma. À les voir toutes les deux ensemble, il ressentait davantage le besoin urgent d'avoir une famille. Mais pour cela, il devait encore affronter ses craintes au sujet de son héritage génétique…

Ces pensées le taraudaient sans fin, et seule Emma lui apportait un peu de paix et de joie. Elle poussait comme un ravissant coquelicot sous ses yeux. Elle avait sept mois déjà. Comment était-ce possible ?

Ses cheveux clairs devenaient plus fournis, et ses deux premières dents étaient apparues. Quant à ses yeux, ils étaient comme de l'ambre pâle, presque de l'or.

Les yeux de Page.

Au lieu de le rendre heureux, cette ressemblance l'inondait de regrets infinis. Il aurait dû être un meilleur mari… Il parlerait d'elle à Emma, quand elle serait en âge de comprendre, se promit-il.

Il se figea soudain, comme il lui venait une idée.

Et si… ?

Mais chaque chose en son temps. Du reste, il ne savait pas grand-chose de la fondation de Kelsey. Il attendrait avant de lui parler de ça. N'empêche que ce serait un formidable héritage à transmettre à leur fille, se dit-il avec un élan d'enthousiasme.

Maintenant que la voie était libre, Liam se dirigea vers la villa, ouvrant la porte grâce au code que Kelsey lui avait donné.

— Bonjour ! lança la voix de Mike depuis le salon. Emma, dis bonjour à papa.

— Bonjour à vous deux.

Chaque fois qu'on le désignait sous le nom de « papa », Liam sentait son corps se gonfler de joie et de fierté. Entre ses lectures sur la paternité et son observation scrupuleuse de Mike et de Kelsey, il se sentait de plus en plus légitime dans son rôle. Mais la confiance en soi ne s'acquérait pas aussi vite. Il avait passé trop d'années à subir la négligence de son père pour pouvoir balayer ça et aller de l'avant. Alors, de temps à autre, de mauvais souvenirs, comme de vieux éclats de balles, venaient lui entailler le cœur.

Il alla droit vers Emma. La petite fille rampa vers un jouet que Mike lui tendait, la langue entre les lèvres et le regard concentré.

Elle ressemble à sa maman.

Ce constat lui causa un tel choc qu'il faillit tomber à la renverse. Car la mère que son cerveau lui désignait était la jeune femme qu'il évitait depuis des jours, et non Page.

Bon sang !

Mais vous êtes coparents. Est-ce que ça ne fait pas de Kelsey sa mère ?

Se ressaisissant, il embrassa Emma, s'assit près d'elle et lui donna un jouet en mousse.

— Qu'est-ce qui vous amène, Liam ? Ce n'est pas que nous ne

soyons pas ravis de vous voir, mais… vous n'êtes pas de service ce matin ?

— J'y vais justement. Je passais juste vous voir avant.

— Vous êtes le bienvenu ici quand vous voulez, entre 7 h 30 et 17 h 30, dit Mike d'un air malicieux en faisant référence aux horaires de Kelsey. Alors, que puis-je faire pour vous ?

Liam releva la tête, surpris.

— Comment savez-vous que je l'évite ?

— Je l'ai compris quand je vous ai vu jeter des coups d'œil par la fenêtre. Manifestement, vous attendiez le départ de Kels. Je ne vous demanderai pas pourquoi, mais vous étiez aussi discret qu'un lance-missiles, capitaine.

Liam se mit à rire, avant de retrouver son sérieux.

— En fait, j'ai quelque chose à vous demander…

Il s'interrompit, conscient que la faveur qu'il venait solliciter était énorme. Terrifiante aussi. Il avait dit à Kelsey qu'il voulait attendre qu'Emma soit plus à l'aise avec lui. Mais c'était le cas depuis une semaine environ, et tout ce qui le retenait, c'étaient quelques excuses boiteuses.

— Voilà… Est-ce que je pourrais garder Emma cette nuit ? Chez moi ?

Mike le fixa longuement. Finalement, au bout d'un silence interminable, il hocha la tête.

— Je me demandais si vous franchiriez ce pas un jour. Mais ce n'est pas à moi de vous répondre. Vous savez à qui vous adresser pour ça. Et si je peux me permettre, un coup de téléphone ne suffira pas.

— C'est aussi ce que je pensais.

Liam soupira, libérant l'angoisse qu'il avait accumulée depuis qu'il avait envisagé cette idée folle de prendre sa fille pour une nuit. Donner le biberon à Emma, la coucher, regarder ses petits rêves prendre forme… Il avait tellement envie de vivre ça !

— Est-elle de bonne humeur aujourd'hui ? Elle a eu une matinée chargée ?

— Kelsey sait que vous êtes prêt. Faites-vous confiance, mon garçon, et bonne chance.

Liam repensait à ces paroles en roulant sur la Highway 1, quand son téléphone bipa, lui signalant un message entrant. Il se gara devant l'hôpital pour le lire.

C'est ton père.

Évidemment, puisque son nom apparaissait en tête du message ! pensa-t-il, passablement irrité. En même temps, il fut consterné en réalisant que le précédent texto qu'il avait reçu de lui remontait à son arrivée aux États-Unis. Rien depuis.

Je viens aux nouvelles.

Liam s'assombrit, mal à aise tout à coup. Parce que son père ne venait jamais simplement « aux nouvelles ».

Il répondit :

Merci, ça va. Et pour toi, à Austin ?

La réponse lui parvint au bout d'un certain temps.

Si tu en as l'occasion, peux-tu m'envoyer une photo de la petite ?

Liam répondit brièvement en joignant deux photos de lui avec Emma prises sur la plage.

Tu as l'air en forme, fiston. Elle est très belle. Appelle si tu veux qu'on parle. J'aimerais rattraper le temps perdu.

Liam se renversa contre l'appuie-tête. Qu'est-ce que ça voulait dire ? Il eut presque envie de demander à son père s'il n'était pas gravement malade, tant cet échange lui semblait surréaliste.

Frappant le volant de sa paume, il laissa échapper un juron avant de se décider à descendre de voiture. Car une conversation difficile l'attendait. Il allait devoir convaincre Kelsey qu'il était prêt pour le rôle de père à plein temps.

Il contempla l'extérieur du bâtiment d'obstétrique. Avec ses immenses baies vitrées et son environnement verdoyant, c'était la structure médicale la plus chic qu'il eût jamais vue. L'intérieur ressemblait à un spa luxueux avec sa fontaine et son atmosphère apaisante.

La musique douce diffusée dans l'ascenseur calma son esprit confus. En arrivant à l'étage où Kelsey exerçait, Liam ne put réprimer un sifflement admiratif.

Ma parole ! Cette femme était une magicienne. L'aménagement était clair et confortable, pour que les patientes se sentent rassurées. Il y avait même une salle de jeux pour les enfants, et deux jeunes femmes étaient chargées de s'occuper d'eux.

Savent-ils la chance qu'ils ont à Mercy d'avoir une obstétricienne comme Kelsey Gaines ?

Elle apparut à la porte de son bureau.

— Liam, que faites-vous ici ? Emma va bien ?

Il sentit son pouls s'accélérer. Vêtue de sa blouse médicale bien ajustée, elle avait l'air confiante et professionnelle, à la hauteur de sa réputation.

— Oh ! elle va très bien. Je... Attendez... Vous saviez que je venais ?

— Mon père m'a dit que vous passeriez peut-être avant de prendre votre service. Puis Ben, le responsable de la sécurité, m'a prévenue quand vous êtes monté dans l'ascenseur. Simple déduction de ma part, répondit-elle en souriant.

Liam laissa échapper un rire forcé qui lui parut ridicule.

Quel idiot ! Si tu n'avais pas essayé de l'embrasser quelques jours seulement après avoir bouleversé sa vie, tu ne serais peut-être pas aussi embarrassé maintenant.

— Que puis-je faire pour vous ? reprit-elle.

— Euh... je peux vous parler une minute ?

L'environnement apaisant n'y changeait rien, constata-t-il. Un sentiment d'imposture l'assaillait à présent, et il eut presque envie de l'entraîner aux urgences. Là au moins, il était dans son élément et pouvait penser clairement.

— Bien sûr, venez. Il me reste vingt minutes avant ma prochaine consultation.

Il la suivit vers un espace ouvert où se trouvait un bureau en chêne. Dessus, une douzaine de photos étaient posées, de grands portraits de bébés pris juste après leur naissance.

— C'est magnifique, dit Liam.

— Merci. Une des mères que je suivais a fait la première, pour me remercier, et je lui ai commandé les autres. Je dois dire que, des cadeaux que je reçois des patientes, ce sont mes préférés.

— Elle est très douée.

— Oui. Depuis, Angie s'est fait un nom. Certains de ses travaux seront exposés au dîner de la fondation à la fin du mois.

Kelsey s'approcha d'une photo, et son regard se remplit d'émotion. Liam y lut du regret et de la douleur.

— Cette photo est celle d'Emma.

Liam sentit son cœur battre à coups redoublés en contemplant le portrait.

— Elle est... si petite.

— Elle pesait à peine trois kilos. Cette photo, c'était mon cadeau pour Page.

Une douleur aiguë envahit Liam, en même temps qu'une colère sourde qui s'adressait à lui-même. Page était partie, et leur fille avait commencé sa vie sans un parent à ses côtés. Il ne pourrait jamais réparer ça.

Kelsey lui prit la main et la frotta par des caresses concentriques qui semblaient le laver de sa tristesse.

— Puis-je avoir cette photo ? demanda-t-il. Ou une copie ? J'aimerais l'accrocher au chalet, parce que c'est la toute première.

— Bien sûr. Je vous l'apporterai aujourd'hui. Désolée de ne pas vous l'avoir donnée plus tôt. Je ne savais pas si vous vouliez la voir.

— J'ai besoin de savoir et d'en regarder d'autres aussi. Comme celles que vous m'avez montrées l'autre soir.

Kelsey se mit à rire. Un rire léger qu'il se réjouit d'entendre.

— J'en ai pas mal. En fait, je ne peux pas m'empêcher de la photographier. Nous pourrions peut-être trouver un peu de temps ce soir pour les regarder ?

Ce soir ? N'était-il pas venu lui demander une faveur pour ce soir justement ? Avoir Emma pour la nuit ?

— J'adorerais ça, répondit-il. Vous pouvez amener Emma ? J'aimerais beaucoup qu'on passe du temps avec elle. Je veux dire, vous et moi.

Pour une raison qu'il ne s'expliquait pas, son intention n'était plus la même. Ce n'était plus aussi important d'avoir Emma pour lui tout seul. Ce qui comptait, c'était d'être ensemble, tous les trois.

Le visage de Kelsey s'empourpra, prenant cette nuance de rouge qui n'appartenait qu'à elle. Comment aurait-elle rougi s'ils étaient allés au bout de leur baiser ? Voire plus loin ? Il aurait bien aimé le savoir.

— D'accord, répondit-elle. Venez plutôt à la maison. Je cuisinerai.

— Alors, j'apporterai les boissons.

— Vous terminez à 18 heures ?

Liam acquiesça.

— C'est ça. Je serai à la maison vingt minutes plus tard.

À la maison... Il y avait des années qu'il n'avait pas utilisé ce mot.

Kelsey expliqua qu'ils ne pouvaient pas bavarder plus longtemps. Liam en fut presque soulagé, car il était incapable de contenir le sourire qui frémissait sur ses lèvres. Il était impatient d'être au soir. Un peu trop même, étant donné qu'il n'avait aucune idée de ce que Kelsey ressentait pour lui.

Il espérait que la soirée l'éclaircirait sur ce point. Parce que, à ce stade, il avait besoin d'un coup de pouce, dans un sens ou dans l'autre.

9

Kelsey regarda Liam traverser le plateau du service obstétrique. Son cœur battait à tout rompre.

Venait-il de lui proposer un rendez-vous ? Il semblait que oui.

La tête lui tournait, tant cela lui paraissait une mauvaise idée. Et pas seulement parce qu'il avait été le mari de sa meilleure amie et le père de l'enfant qu'elle s'apprêtait à adopter. Chaque fois qu'elle était avec lui, elle perdait le sens des réalités, et rien ne comptait davantage que de passer du temps en sa compagnie.

Son téléphone sonna, et elle le sortit de la poche de sa blouse d'un geste machinal, le regard toujours fixé sur la silhouette splendide de l'homme avec qui elle avait rendez-vous ce soir. Il bavardait à présent avec le mari d'une de ses patientes.

— Dr Gaines à l'appareil. Que puis-je faire pour vous ? dit Kelsey.

La respiration forte qu'elle perçut l'alarma immédiatement. C'était l'une des futures mamans qu'elle suivait, et celle-ci était clairement en détresse.

Kelsey passa mentalement en revue le nom des femmes qui étaient proches de leur terme.

— Je vous entends. Écoutez, je veux que vous preniez de longues inspirations et que vous expiriez lentement, d'accord ?

La patiente obéit, mais sa respiration était sifflante. Un œdème pulmonaire ? Si c'était le cas, Kelsey voulait la voir de toute urgence.

Elle regarda l'écran de son téléphone. L'indicatif était celui de Denver. Laquelle de ses patientes était à... ?

Nora !

Elle vivait habituellement dans la périphérie de Denver, mais elle se trouvait ici, à Los Angeles, jusqu'à la naissance du bébé – ce qui arriverait sans doute aujourd'hui.

— C'est Nora ? demanda-t-elle.

— Oui... Oui...

L'inquiétude s'infiltra dans ses veines car, en dépit de son expérience, elle sut qu'elle ne pourrait pas affronter seule cette situation.

Couvrant le téléphone d'une main, elle se pencha par-dessus la rambarde d'où on avait une vue sur le rez-de-chaussée.

— Liam !

Il leva aussitôt les yeux vers elle.

— J'ai besoin de vous, lança-t-elle.

Prenant rapidement congé de son interlocuteur, il grimpa l'escalier quatre à quatre.

Kelsey mit le téléphone sur haut-parleur dès qu'il la rejoignit. Il posa une main sur son épaule en signe de soutien. Penchés au-dessus du portable, ils écoutèrent les paroles hachées de la jeune femme qui respirait difficilement.

— Êtes-vous à l'hôtel, Nora ? demanda-t-elle.

— Oui...

Kelsey fit apparaître l'adresse de l'hôtel de la fondation, et Liam fit signe à une infirmière.

— J'ai besoin qu'on envoie une ambulance à cette adresse. Dites-leur de prévoir de l'oxygène. Il s'agit d'une patiente en détresse respiratoire.

— Elle est à trente-neuf semaines de grossesse, ajouta Kelsey. Pas d'antécédents familiaux, pas d'allergies.

L'infirmière s'éloigna rapidement.

— Je suis... toute seule..., fit la voix désespérée de Nora. Ma mère est sortie...

— Nous avons alerté les secours et nous appellerons votre mère, dit Kelsey. Une équipe de chirurgiens va vous prendre immédiatement en charge.

D'un ton grave mais empreint de gentillesse, Liam prit le relais.

— Nora, je suis le Dr Everson. Voici ce que vous allez faire. Allongez-vous sur le côté droit et respirez lentement.

— Oui... docteur...

Kelsey laissa échapper un soupir de soulagement quand la

respiration de Nora parut plus régulière. Regardant Liam, elle mima le mot *merci*.

Il lui retourna un sourire rassurant. Il lui donnait sa force.

— Dr Gaines ? J'ai peur...

— Vous n'avez rien à craindre, Nora. Il s'agit seulement d'un petit imprévu. Nous allons régler ça ici, et vous ferez connaissance avec le petit Evan un peu plus tôt que prévu, c'est tout.

Quelques minutes plus tard, les ambulanciers les informèrent qu'ils étaient sur place et que la patiente était en route vers l'hôpital.

— Dites-moi ce que vous savez sur Nora, dit Liam comme ils rejoignaient les urgences.

— C'est la même complication que...

— Non, coupa-t-il. Nous ne pouvons pas penser de cette façon. Nora est une patiente différente de Page. Alors, parlez-moi de ses antécédents pour que je puisse la sauver.

Il avait raison, pensa-t-elle. Mais ce qu'il ignorait, c'était que cette complication avait aussi tué sa mère quand Kelsey avait poussé son premier cri.

— Elle présente le syndrome des ovaires polykystiques à un niveau élevé, ce qui a entraîné trois fausses couches avant cette grossesse. Elle doit rester alitée. Je m'inquiète, car...

— Un risque de prééclampsie, n'est-ce pas ? Continuez.

Kelsey parla du saignement précoce et de l'hypertension, ainsi que du repos complet qu'elle avait prescrit deux semaines plus tôt.

— Une autre star de Hollywood qui arrive avec une équipe de tournage ? demanda-t-il tandis qu'il s'emparait d'une blouse pour chacun d'eux.

Il l'aida à enfiler la sienne, et Kelsey prit une profonde inspiration. La confiance qu'il arborait dans cet espace empli de tension lui redonna tout son allant. Elle ne descendait pas dans cet endroit, à moins d'y être obligée, préférant le calme et la sérénité de ses salles d'accouchement. Mais avec Liam à ses côtés, l'univers des urgences était moins stressant.

— Non, c'est l'une des patientes accueillies à la fondation. Nous les avons installées, elle et sa mère, à Los Angeles quelque temps avant la date prévue de la naissance, expliqua-t-elle tandis qu'ils se lavaient soigneusement les mains.

— Je croyais que vous aidiez seulement les femmes de la région, dit-il, surpris.

— Pas nécessairement. Nous soutenons toute femme lors du dernier trimestre de grossesse, si elle n'a pas de couverture sociale suffisante. La fondation couvre les frais d'hospitalisation ainsi que les frais accessoires pour que les familles n'aient pas à s'inquiéter sur ce plan-là.

— Comment choisissez-vous vos patientes ?

— Le bouche-à-oreille ou les nouvelles locales, comme ça a été le cas pour Nora. La mort de son mari a été diffusée dans la presse.

— Un militaire ?

— Un pompier qui combattait les incendies de forêt. Sa compagnie venait de l'Oregon. Il est mort en protégeant les maisons et les familles autour de Los Angeles.

Liam hocha la tête. Il semblait sur le point de dire quelque chose, mais à cet instant les portes des urgences s'ouvrirent brutalement, et deux ambulanciers entrèrent en courant.

— Docteur Gaines ? cria l'un des ambulanciers.

— C'est moi. Vous amenez Nora ? Comment va-t-elle ?

Le secouriste énonça les constantes vitales. Celles-ci n'étaient pas fameuses, mais elles ne s'étaient pas dégradées non plus. Nora, allongée sur le brancard, avait les lèvres bleues et la peau décolorée. Des signes qui faisaient fortement penser à un œdème pulmonaire.

— Kelsey, dit Liam, c'est votre patiente, mais j'aimerais avoir un bilan complet, au cas où le problème l'empêcherait d'accoucher normalement.

Elle acquiesça. Elle n'avait plus communiqué ses informations sur une patiente après ce qui était arrivé à Page. Mais c'était différent, cette fois. Elle faisait confiance à Liam.

Liam donnait des instructions aux infirmières.

— Tina, j'ai besoin que vous fassiez un électrocardiogramme et une échographie. Et demandez une IRM de ses poumons. Susan, voulez-vous préparer le bloc numéro 2 au cas où une intervention serait nécessaire ?

— Tout de suite, docteur.

Une heure plus tard, ils reçurent les résultats des examens pratiqués.

— Il y a un saignement sur la vertèbre C4, dit Liam en regardant les clichés par-dessus l'épaule de Kelsey.

— Deux, dit-elle en montrant une zone de l'utérus. Il faut l'arrêter en priorité ou nous perdrons le bébé.

Liam n'était pas de cet avis.

— Si nous ne nous occupons pas des cervicales, nous perdrons la mère.

Un frisson glacé traversa Kelsey.

Oh non, pas ça...

— Je vous fais confiance, Liam. Mais j'aimerais surveiller le bébé par monitoring pendant l'opération et, au moindre changement, j'interviendrai. C'est dans les directives préalables de Nora : sauver son enfant, s'il y a un choix à faire.

Un choix terrible, et elle espérait qu'ils n'en arriveraient pas là. Elle pensa à Emma qui était pleine de vie. Mais le chirurgien que Kelsey avait recommandé n'avait pu sauver sa mère. Liam aurait-il réussi, s'il avait été là ?

À présent, il travaillait près d'elle, avec une compétence de grand chirurgien. Avec lui, Nora avait toutes les chances de s'en sortir.

Quelques heures plus tard, Kelsey remettait un magnifique garçon de quatre kilos à l'infirmière, pendant que Liam refermait l'incision au niveau des vertèbres cervicales. La situation avait été critique, l'espace d'une minute, quand le rythme cardiaque du bébé avait ralenti. Mais l'intervention de Liam avait évité le pire, et Kelsey avait pu pratiquer une césarienne en urgence. Dieu merci, Nora et son petit Evan semblaient hors de danger.

— Je veux des comptes rendus heure par heure, dit-elle à Tina et à Susan. Bipez-moi au moindre souci, d'accord ? Et pas question qu'un médecin de garde s'occupe de Nora et du bébé. Elle est la patiente de notre équipe jusqu'à son retour chez elle.

— Bien, docteur. Vous avez fait un excellent travail. Remerciez aussi le Dr Everson.

— Merci, je n'y manquerai pas.

Pendant que Liam mettait de l'ordre dans la salle d'opération, elle vérifia ses mails – pour la plupart, des patientes demandant un nouveau rendez-vous, car elle avait dû annuler ses consultations.

Rien qui ne puisse attendre demain.

Pour autant, Kelsey n'était pas prête à rentrer chez elle. Du moins, pas encore.

— Vous avez fait du bon boulot, fit la voix de Liam derrière elle.

Elle pivota pour lui faire face.

— Merci, dit-elle en s'empourprant. Vous aussi. En fait, je suis contente que vous ayez été là, Liam.

— Vous rentrez à la maison ?

Était-ce la façon dont il prononça ces mots ? Toujours est-il qu'elle se prit à rêver. Comme ce serait bon de retrouver une vraie famille, avec un homme qui l'aimerait et la soutiendrait. Un homme comme Liam. Si seulement leur situation était moins compliquée…

— Pas encore. Avec tous mes rendez-vous repoussés, j'ai de la paperasse en retard. Je dois mettre ça à jour pour demain.

— D'accord. Vous voulez que j'attende ?

— Non, je n'en ai pas pour longtemps. Embrassez Emma pour moi.

Il posa une main sur son épaule, et Kelsey sentit son pouls s'affoler. Ses paroles continuèrent de l'accaparer longtemps après qu'il fut parti, et la chaleur perdurait sur son épaule, là où il l'avait touchée. Kelsey s'autorisa alors à libérer les émotions qu'elle contenait depuis maintenant sept heures. *Et même depuis sept mois.*

Pendant une demi-heure, elle resta assise, évacuant son chagrin et sa peur pour ne pas les ramener chez elle. Restait la fierté, parce qu'elle avait fait confiance à Liam pour sa patiente et que tout s'était bien passé.

Comme elle se levait pour rejoindre le parking, elle reçut un texto. S'essuyant les yeux d'un revers de main, elle constata qu'il venait de son père.

Je rentre me coucher. Liam et Emma sont au chalet. Bonne nuit. N'oublie pas que je vais à la pêche demain matin, je te verrai donc après ton travail. Liam a tout prévu. Je t'aime, ma chère Kels.

Kelsey ébaucha un sourire, mais celui-ci disparut très vite. Dans le chaos autour de Nora, elle avait complètement oublié sa promesse de montrer à Liam des photos de leur fille. Et elle ne se sentait certainement pas l'énergie de le faire ce soir.

Dix minutes plus tard, elle avait atteint la propriété et se rendit directement au chalet. Elle frappa mais, au lieu de l'accueillir à la porte, Liam chuchota, assez fort pour qu'elle puisse l'entendre par la fenêtre ouverte :

— C'est ouvert.

Kelsey entra... et resta bouche bée. Sur le canapé, près de la cheminée où un feu brûlait, Liam était installé, torse nu, Emma endormie dans les bras. Auprès d'eux, elle aperçut un biberon vide et le livre d'histoires.

Une vague de chaleur l'envahit.

— Bonsoir, dit-elle à mi-voix. Vous avez l'air adorables tous les deux.

— Merci. Elle s'est endormie après un biberon et une bouillie d'avocat.

— Waouh... Elle était affamée. Où avez-vous trouvé cette bouillie ? demanda-t-elle.

— Il y a quelques jours, j'ai mélangé un avocat avec des carottes et des petits pois, et j'ai congelé le tout en petites parts. J'en réchauffe une quand Emma est ici avec moi.

— Vous faites vous-même la nourriture pour bébés ?

— Ne soyez pas si surprise. Je vous ai dit que j'avais acheté un livre. J'ai aussi glané quelques conseils.

— Je suis vraiment impressionnée !

Parce qu'il était devenu un père – un excellent père, même.

— Vous voulez que je la prenne ?

Mais il secoua la tête. Un sourire doux éclairait ses traits, et ses yeux pétillaient d'une lueur étrange qui la fit fondre. Ce n'était pas le regard empli de respect dont il l'avait enveloppée aux urgences, quand elle avait parlé de sa fondation. Non, ce qu'elle lisait au fond de ses prunelles, c'était une flamme de désir.

Il tapota la place auprès de lui. Sans une seconde d'hésitation, Kelsey se débarrassa de ses chaussures et vint s'asseoir, les jambes repliées sous elle, contre son épaule puissante. Sa peau était chaude, et elle résista à l'envie de se couler contre lui.

Kelsey se pencha pour embrasser le petit bras potelé d'Emma.

— Comment vous sentez-vous, Kelsey ?

— La journée a été pénible. Longue, épuisante, mais magnifique aussi. Cela dit, je suis désolée d'arriver si tard. Vous avez mangé ? J'espère que vous ne m'avez pas attendue ?

— Si, et je vous ai gardé une assiette. Je vous ai aussi servi un verre de vin. Il est sur le bar.

Elle avait désespérément envie des deux – la nourriture et le vin –, mais il lui était impossible de quitter sa place.

— Je sais que vous vouliez regarder...

— Ce sera pour une autre fois, dit Liam. Et avant que vous n'ajoutiez un mot, je ne veux pas d'excuses.

Elle leva les yeux vers lui. Une erreur... Car Liam était incroyablement beau, encore plus vu de si près. Son sourire dévastateur, son menton volontaire avec la fine cicatrice, ses longs cils noirs... Emma avait les mêmes, d'ailleurs. Quelle chanceuse !

— Quoi qu'il en soit, je m'en veux d'avoir évoqué ce qui est arrivé à Page, dit-elle. Je ne sais jamais à quel moment parler d'elle.

— En fait, j'ai besoin d'en savoir davantage. Mais seulement si vous êtes d'accord, car votre père m'a dit que vous faisiez des cauchemars. C'est vrai ?

Kelsey secoua la tête.

— Pas depuis...

Pas depuis votre arrivée.

— Cela fait un moment que je n'en ai plus, se reprit-elle. Et ça ne me dérange pas de parler de Page.

Kelsey prit une profonde inspiration et se lança, expliquant tout, depuis leur amitié naissante jusqu'à l'accouchement de Page et les problèmes médicaux qui étaient survenus. Kelsey lui confia son sentiment de culpabilité pour ne pas avoir été là pour elle, même si les complications avaient été trop importantes pour qu'elle ait pu la sauver.

— Ce n'est pas votre faute, dit Liam. Ne vous blâmez pas de ne pas avoir fait ce qui relevait de l'impossible.

— Merci. Je porte cette culpabilité en moi depuis si longtemps... Mais ce n'est pas aussi simple. J'avais proposé à Page de l'accepter comme bénéficiaire de la fondation, puisque vous étiez séparés et que votre père...

— Laissez-moi deviner. Il n'a pas offert de l'aider, n'est-ce pas ?

— Non.

— Kels, vous avez fait tout ce que vous pouviez. Je suis terriblement désolé que vous ayez à porter ça et je ne vous en veux absolument pas.

Elle sortit son portable et retrouva la lettre que Page avait écrite directement sur son téléphone.

— Je peux vous lire ceci ?

En guise de réponse, Liam hocha la tête et passa un bras autour de ses épaules.

— « Tu es ma meilleure amie, et je n'imagine pas que ma fille puisse grandir avec quelqu'un d'autre que toi... », lut Kelsey à travers ses larmes.

Liam posa un baiser sur ses cheveux.

— Je suis d'accord, murmura-t-il.

Kelsey fut frappée par l'image qu'ils devaient donner pour quelqu'un venant de l'extérieur : celle d'une famille aimante. C'était une chose qu'elle-même commençait à ressentir, et là résidait le danger. Parce qu'elle n'avait pas le droit d'avoir ce genre de sentiment. Pour un tas de raisons.

C'était merveilleux de le voir avec Emma, mais elle était submergée par une émotion incontrôlable et dangereusement proche de l'amour. Or, dans cette situation fragile de coparentalité, il était nécessaire de garder le contrôle.

Elle avait terminé sa lecture, et ils restèrent silencieux pendant un moment. Puis Liam s'éclaircit la voix.

— Comment Page s'est-elle retrouvée au conseil de direction de la fondation ?

— Elle a postulé après avoir lu ce que je faisais dans le magazine *Military Spouse*. Elle est devenue un exemple pour le personnel infirmier du Mercy Hospital comme pour la fondation. Elle avait une énergie contagieuse.

— Je m'en souviens. Je suis content de savoir qu'elle avait retrouvé son tonus alors que j'étais parti. Elle ne s'est jamais vraiment épanouie dans notre mariage. Mais comment pouvait-elle devenir une patiente ? N'y avait-il pas un conflit d'intérêts ?

— Nous l'avons accueillie comme une patiente quand...

Kelsey hésita. Les mots devenaient difficiles.

— Quand elle a reçu votre demande de divorce. Elle ne pouvait plus être suivie dans un hôpital militaire, et sa couverture sociale ici n'était pas suffisante. Elle a quitté le conseil à ma demande afin que ses frais puissent être pris en charge.

— Oh ! je ne savais pas que cela avait été si difficile pour elle, dit-il d'une voix chargée de regrets. Puis-je vous demander pourquoi vous avez créé cette fondation ?

— C'est plus difficile de répondre à cette question. J'ai la réputation d'être l'obstétricienne des stars...

Elle grimaça. Dit à haute voix, cela sonnait encore plus honteux. Pourtant, le regard de Liam restait doux, sans jugement.

— Cela m'offre un style de vie que je n'aurais jamais imaginé avoir quand j'étais plus jeune, poursuivit-elle. Mais j'ai commencé à exercer dans des conditions très différentes, et je me suis engagée à revenir à ce qui me motivait.

— À quoi ressemblait votre métier à Détroit ?

— Ça n'avait rien à voir avec ce qui existe ici. Je recevais des femmes qui avaient peu de revenus, des grossesses à risques, des problèmes... Mais j'avais le sentiment de faire quelque chose d'utile et j'adorais ça. Puis une jeune femme est arrivée, enceinte de presque neuf mois. La star d'une émission de téléréalité devenue virale. Elle présentait une prééclampsie. Son état était très compliqué, mais elle et le bébé s'en sont sortis. Elle a apprécié la façon dont j'ai géré son accouchement et m'a demandé de lui rendre visite ici, à Los Angeles. Elle m'a versé une grosse somme d'argent pour le voyage.

— Vous êtes donc restée ici ?

Kelsey acquiesça.

— Ça fait dix ans déjà. La fondation, elle, existe depuis trois ans. J'aimerais pouvoir faire plus. En fait, je rêve d'ouvrir des centres dans d'autres villes pour aider plus de femmes. Mais je ne sais pas comment ça fonctionnerait.

Ni à qui je pourrais faire confiance pour m'aider à gérer un programme de cette ampleur.

— Peut-être pourrions-nous réfléchir à ça, un soir, et échanger nos idées, suggéra Liam.

— J'aimerais beaucoup ça.

Un groupe de réflexion entre amis ? Oui, ce serait génial. Les coudes sur les genoux, elle posa son menton dans ses mains. Du bout des doigts, Liam effleura son dos, lui causant des frissons qui l'électrisèrent tout entière.

Des amis ou... davantage ? se dit-elle soudain.

— Ce projet, c'était pour éviter que d'autres femmes ne subissent ce qui est arrivé à votre mère ? demanda-t-il doucement.

Kelsey hocha la tête. Il la comprenait d'instinct, et cette constatation lui décocha un élan d'adrénaline pure.

— C'est très noble d'accueillir des femmes qui n'ont pas accès aux soins. Je suis content que Page ait pu compter sur vous, maintenant que je sais à quel point elle était démunie. Je ne pouvais rien pour elle à l'époque, et ça me rend malade. Mais vous l'avez aidée, Kelsey. Je comprends pourquoi elle vous a choisie pour élever Emma.

Comme elle s'apprêtait à répondre, il l'interrompit.

— Non, ne changez pas de sujet, je le pense vraiment. Venez avec moi.

Et se levant avec précaution, il lui tendit sa main libre.

Kelsey posa sa main dans sa paume et le suivit vers la plus petite des deux chambres. Quand il actionna l'interrupteur, elle eut le souffle coupé.

— Oh ! quand avez-vous fait tout ça ? s'exclama-t-elle.

Après tout, il travaillait autant qu'elle et, quand il n'était pas de garde, il était avec Emma.

Liam haussa les épaules.

— On m'a aidé. J'ai aussi un peu forcé votre père à me donner un coup de main. Mais j'avais à cœur de le faire. Tous les pères se mettent à fabriquer un berceau au moins une fois dans leur vie, non ?

Kelsey était tellement interloquée qu'elle fut incapable de répondre. Parce que ce n'était pas seulement le berceau. Il avait apposé sur les murs un joli papier peint qui représentait des animaux. Dans un coin, une étagère supportait des livres et des jouets en peluche. Il y avait un fauteuil à bascule, le même que ceux qu'elle avait disposés chez elle dans toutes les pièces, et, derrière, une table à langer entièrement équipée. Quant au berceau, il était merveilleusement bien fait, avec le nom d'Emma peint dessus.

— Qu'en pensez-vous ? dit Liam comme elle restait silencieuse. Mike semblait trouver ça bien, mais je m'en remets à vous, comme vous êtes sa mère.

— C'est... parfait.

Sa mère ? Kelsey sentit son pouls s'emballer. Puis le souvenir de la disparition de Page tempéra son enthousiasme.

Mon Dieu, il a fallu ce malheur pour que je goûte ce moment...

Au fond d'elle-même, le besoin de rendre hommage à son amie se fit plus urgent, même si elle ne savait pas encore comment s'y prendre.

— Les magasins de bricolage et de décoration étaient ravis, expliqua Liam en souriant. Je pense que nous sommes devenus des clients premium.

Kelsey ne pouvait partager sa gaieté. Une émotion intense avait jailli en elle, chassant son stress, son épuisement et sa réticence.

Doucement, Liam coucha Emma dans le berceau et lui caressa le front. Puis se tournant vers Kelsey, il promena sa paume le long de sa joue d'une manière beaucoup moins innocente. Elle se coula contre sa main. Celle-ci était humide à cause des larmes de gratitude qu'elle versait.

Oui, c'était ce qu'elle ressentait, tandis qu'elle regardait autour d'elle. Elle était incroyablement reconnaissante à Liam de ce cadeau inattendu. La chambre décorée, son offre d'être coparent avec lui... et tout ce qu'il suscitait en elle.

— Ça va ? s'enquit-il d'une voix un peu rauque. Pourquoi pleurez-vous ?

— Oui, je vais bien. Très bien même. Merci, Liam. Ce que vous avez fait ici est incroyable.

— C'est bon de vous voir heureuse.

— Je suis plus qu'heureuse. Je suis...

Elle ne trouvait pas les mots qui expliqueraient ce que tout cela signifiait pour elle ou la place de plus en plus importante qu'il prenait dans sa vie. Son esprit était en proie à un délicieux chaos.

Mais Kelsey n'eut pas le temps de réfléchir davantage, car les lèvres de Liam capturaient les siennes en un baiser profond, passionné.

Elle ne songea pas à le repousser, cette fois. Au contraire. Malgré leurs passés compliqués et la montagne de problèmes qui les attendait sans doute, elle céderait à ce qu'il lui offrait ce soir, et peu importe ce que c'était.

Demain, il serait toujours assez tôt pour s'inquiéter des conséquences.

10

Liam la contempla, subjugué, tandis qu'elle se cambrait lascivement sur le lit. Sa peau dorée était une carte du plaisir, déployée juste pour lui, avec des monts voluptueux, des vallées harmonieuses, des zones tendres... Kelsey n'était vêtue que d'un mince triangle de dentelle, et il était si impatient de la toucher que c'en était une torture.

— Tu es sublime, murmura-t-il en posant ses lèvres sur une hanche qu'elle amenait vers lui.

Elle laissa échapper un gémissement qui raviva dans son cœur quelque chose qu'il croyait définitivement mort.

— Non, mais ça me plaît que tu le penses, répondit-elle avec un sourire aguicheur.

— Dis-moi ce que tu désires, Kelsey.

— Tes lèvres. Je veux sentir tes lèvres.

— Où ? Montre-moi, dit-il, déterminé à combler le moindre de ses désirs.

Elle désigna son nombril, et Liam y déposa un baiser langoureux. Puis ce fut son ventre qu'il lécha avidement, tandis qu'elle émettait des petits rires aigus. Quand elle posa un doigt sur un sein puis l'autre, Liam ne se fit pas prier. Aspirant leurs galbes entre ses lèvres, il leur donna toute l'attention qu'ils méritaient. Kelsey s'arc-boutait sous lui, l'encourageant de ses soupirs de plaisir.

— Je t'en prie... Je n'en peux plus... Liam !

Il songea à ignorer sa plainte, car elle lui agrippait les cheveux et son regard brillait d'excitation. Mais il se redressa et la contempla de nouveau. C'était vraiment la plus belle femme qu'il eût jamais vue. Chaque parcelle de son corps frémissant enflammait son désir. Chaque baiser dont elle le couvrait traçait un sillon de feu sur sa peau jusqu'à cette partie de son anatomie qui brûlait de la posséder. Il portait toujours son caleçon, malgré les tentatives désespérées de Kelsey pour le lui ôter.

— Pas maintenant, dit-il. Laisse-moi m'occuper de toi.

— Têtu, va.

Liam la ramena vers lui et, du bout des lèvres, il taquina la zone sensible sous le lobe de l'oreille.

— Vous vous plaignez, docteur ? dit-il d'un ton malicieux.

— Oh ! jamais je ne...

Les mots s'étranglèrent dans sa gorge, tandis que Liam glissait un doigt sous la mince bande de dentelle qui barrait sa hanche. En même temps, il passa à l'autre lobe qu'il souligna de coups de langue.

— Je vais te faire crier, Kelsey. Mais je veux prendre mon temps, d'accord ? dit-il en lui relevant les bras au-dessus de la tête.

Un hochement de tête vigoureux lui répondit. Il appliqua sa bouche sur son cou, puis la fit glisser vers la courbe d'un sein. Kelsey se mordilla la lèvre. Il aurait voulu prendre le relais et l'agacer du bout des dents, tant ce geste le rendait fou. Mais c'était son plaisir à elle qui lui importait. Au lieu de quoi, il entreprit de décrire des cercles sur son ventre doux, suçant ici, aspirant là.

— Je te veux en moi, dit Kelsey dans un souffle.

Brusquement, n'y tenant plus, Liam se dévêtit et se munit d'un préservatif. Puis, rampant de nouveau sur elle, il la conquit.

— Oui... Prends-moi !

Dès lors, ils mêlèrent leurs caresses dans un ballet effréné, s'explorant mutuellement, exaltant le désir qu'ils avaient l'un de l'autre. Enfoui profondément en elle, Liam répétait ses assauts jusqu'à ce que Kelsey laisse échapper un râle de plaisir. Alors, relâchant l'étau qu'il maintenait sur son désir, il la rejoignit dans la jouissance.

Plus tard, rassasié, ivre de bien-être, il roula sur le côté. Les draps avaient disparu, comme si une tornade avait traversé la chambre.

— Kelsey, j'aimerais te faire jouir toute la nuit. Jusqu'à ce que tu cries mon nom et qu'on t'entende sur Hollywood Boulevard…

C'était justement ce qu'il prévoyait de faire, quand un cri bien différent leur parvint de la chambre voisine.

Au lieu d'être déçue, Kelsey se mit à rire.

— C'est comme ça que tu comptes t'y prendre ? La stratégie du bébé affamé ?

Se redressant, elle enfila la chemise qu'il avait abandonnée sur le plancher. Liam lui donna une tape sur les fesses et bondit hors du lit.

— Reste au lit, dit-il en mettant son jean. Et pense à tout ce que je te ferai à mon retour. Tu peux même envisager de faire une sieste. Parce que vous allez en avoir besoin, docteur Gaines.

Sur quoi, il se pencha et l'embrassa passionnément jusqu'à ce que les cris d'Emma se fassent plus stridents.

— Je reviendrai, dit-il en parodiant la voix d'Arnold Schwarzenegger.

Kelsey pouffa de rire et lui lança un oreiller à la tête.

— Va chercher notre fille. Elle n'est pas près de se calmer, apparemment.

Liam quitta la chambre. Il ne s'était pas senti aussi léger depuis des mois, des années même. *Notre fille…* Ces mots lui paraissaient familiers à présent. Quelque chose avait changé au cours de cette nuit torride, ou peut-être que la situation avait évolué lentement depuis le jour où il avait rencontré Kelsey. Quoi qu'il en soit, ses échecs semblaient s'être volatilisés quand elle avait passé ses bras autour de lui. Ce qu'il ressentait à présent pour elle et Emma, peut-être était-ce le début d'une belle histoire, à l'opposé de ce qu'il avait connu jusque-là.

Il bifurqua vers la chambre d'Emma et s'arrêta net.

— Waouh, Em ! Reste comme ça ! Surtout ne bouge pas !

Emma se tenait debout dans son lit pour la première fois en s'agrippant aux barreaux qu'elle secouait comme une forcenée.

— Kelsey…, appela-t-il à voix basse.

S'il criait et qu'Emma lâchait prise, Kelsey manquerait ça, et il ne se le pardonnerait jamais.

Comme Liam sortait son téléphone de sa poche pour faire une vidéo, il remarqua trois appels manqués venant du Texas. Il allait les ignorer quand, à la suite, il découvrit un texto de son père. L'horodatage indiquait 3 h 43.

Je veux juste parler. Appelle-moi quand tu auras le temps.

Liam laissa échapper une plainte. La vue de ce numéro était comme une violation de son espace. Mais trois appels et un texto ?

Non, pas aujourd'hui. Après tout, son égoïste de père n'avait rien voulu savoir quand Kelsey lui avait demandé d'accueillir Emma. Eh bien, il pouvait attendre !

— Kelsey ! répéta-t-il. Viens vite !

Elle sortit en trombe de la chambre, pâle de terreur.

— Elle va bien ? Qu'est-ce qui… ?

Mais en voyant Emma, elle se mit à crier de joie. La petite fille dut prendre cela pour un encouragement à faire le clown, car elle cria à son tour en se dressant sur la pointe des pieds et en levant même une jambe.

— Elle est… *debout* ! s'exclama Kelsey en secouant la tête avec émerveillement.

— Oui. J'ai failli m'étrangler en entrant dans la chambre. Elle est déjà si grande ? Comment est-ce possible ?

Kelsey renifla discrètement, et Liam sut qu'ils partageaient la même émotion.

— Viens là, toi, dit-il en lui entourant la taille.

Cependant, comme elle se laissait aller contre son torse, il se sentit partagé entre son cœur et sa raison. Cela lui paraissait tellement naturel, bien sûr. Mais commencer une relation avec la femme qui était au cœur de cette histoire compliquée ?

Mais il avait appris à être un bon père. Pourquoi ne pourrait-il pas s'entraîner à être un bon partenaire pour Kelsey ?

Parce que ça ne figure pas sur la liste de ce que tu dois faire pour ne pas devenir comme ton père. Rappelle-toi ce qu'il t'a dit juste avant que tu n'épouses Page.

Comment pouvait-il oublier ces paroles ? « Tu penses peut-être savoir ce dont une femme a besoin, fiston, mais tu n'en as aucune idée. Tu verras, tu seras de retour dans un mois pour me supplier de te donner le nom d'un bon avocat spécialisé en divorces. »

Et les faits lui avaient donné raison, pensa Liam avec amertume. Il détestait son père qui n'avait été présent dans sa vie que pour lui claironner : « Je te l'avais dit. » Alors, pour ne plus lui en fournir l'occasion, il avait multiplié les déploiements extérieurs. Comme si être absent pouvait tout arranger !

Mais Kelsey n'était pas Page, et il n'était plus celui qui s'inclinait devant les exigences de son père. Il n'avait pas non plus l'intention de fuir quelque chose qu'il désirait désespérément : faire partie d'une famille. *De cette famille…*

— Elle est incroyable, murmura Kelsey.

Il sourit en sentant les vibrations de sa voix contre son torse.

— Oui, et toi aussi. Hé, je vais me chercher un verre d'eau. Tu en veux ?

La main posée sur son torse, Kelsey le ramena vers elle, ravivant en lui un désir qu'il ne contrôlait que de justesse.

— Tu n'es pas mal non plus, dit-elle. Plus sérieusement, j'aime bien ce qui se passe en ce moment…

Son index naviguait entre leurs deux corps. Liam respira l'odeur de cannelle et de sel qui imprégnait sa peau. Il avait des sentiments grandissants pour elle.

— Je suis d'accord. Tiens, prends une vidéo pour que nous gardions un souvenir de ce moment, dit-il en lui tendant son téléphone.

— Dépêche-toi de revenir, doc. J'ai des plans pour toi une fois que j'aurai fini de nourrir Emma, dit-elle avec un regard brûlant qui contenait une invite.

Liam dut faire appel à toute sa volonté pour s'arracher à elle. Ce n'était pas bon signe, quand il avait décidé d'y aller doucement avec elle !

La voix désobligeante de son père résonna dans sa tête : « Tu es en train de faire la même bêtise. »

Non, ça n'arriverait pas, se dit-il avec fermeté. Il pouvait faire preuve de vulnérabilité avec Kelsey. La passion, l'intimité, le fait d'avoir la même vision des choses… Elle redéfinissait ces concepts. Et elle assurerait son rôle de coparent avec lui, parce que Page le lui avait demandé. Mais il voulait… *plus que ça*. En même temps, être là pour elle, c'était aussi apprendre à la connaître, et il n'était pas génétiquement prédisposé à cela. Se montrerait-elle patiente envers lui ?

— Hé, ma chérie ! l'entendit-il s'exclamer dans la chambre d'Emma. Regarde par ici, Em. Tu es une grande fille, qui se tient debout toute seule !

Liam sourit, tandis qu'il remplissait deux verres d'eau. Oui, la vie d'Emma était remplie de joie, grâce à Kelsey. Tout ce qu'il désirait, c'était la combler en retour.

Tu en es capable. Tu sais déjà ce dont elle rêve et tu as le pouvoir pour que cela devienne réalité...

Oui, ils pourraient en discuter, et il mettrait ce projet en œuvre. Il ne voulait pas perdre cette occasion. Il connaissait justement les bonnes personnes, avec qui elle se sentirait à l'aise. Sans compter que ce serait un hommage à Page.

Un élan d'espoir jaillit dans sa poitrine.

— Hé ! Tu es parti pour ajouter des pancakes à ma commande ? dit Kelsey en entrant dans la cuisine, toujours vêtue de sa seule chemise.

Son apparition annihila toutes ses réflexions. La chemise atteignait le haut de ses cuisses et révélait ses fesses nues, pour son plus grand plaisir. Mais tout chez elle semblait fait pour son plaisir. Elle était devenue tellement précieuse à ses yeux qu'il avait une envie folle de la protéger.

— Bonne idée, ça me dirait de manger quelque chose, répondit-il. Emma a déjà fini son biberon ?

— Oui, Dieu merci, car je meurs de faim. Je n'ai pas eu beaucoup de temps pour dîner hier soir.

Liam se mit à rire.

— J'ai oublié de te nourrir, c'est vrai.

Elle se hissa sur la pointe des pieds et noua les bras autour de son cou.

— Oh ! tu m'as rassasiée... Mais je prendrais bien de la nourriture d'un autre genre maintenant. À ce stade, mon corps dénutri me ferait presque croire que j'ai violé le serment d'Hippocrate.

Liam se laissa faire, tandis qu'elle l'embrassait en caressant ses épaules et son torse musclé. D'une façon générale, Kelsey lui donnait le sentiment d'être exactement à sa place.

— D'accord. Faisons ces pancakes. Aïe, je n'ai plus de préparation, on dirait, dit il quand il ouvrit le placard.

Elle se mordit la lèvre inférieure. Bon sang ! Elle était tellement belle... Comment Dex avait-il pu la laisser partir ?

— Attends, j'en ai à la maison. Je m'habille et je vais en chercher.

— Je refuse que tu couvres ce corps magnifique. J'y vais. C'est dans l'arrière-cuisine ?

— Oui. Peux-tu prendre le sirop d'érable aussi ?

— Je peux, mais à un certain prix, répondit-il en se tapotant la bouche.

Kelsey lui plaqua un baiser en riant. Elle s'écarta, et dans l'espace qui les séparait physiquement Liam vit enfin clair en lui. Il allait montrer à Kelsey combien il tenait à elle, et sous d'autres formes que le désir qu'il avait de son corps.

Demain. Oui, demain, il relèverait ce défi.

— Oh ! voilà ton téléphone, dit-elle. J'ai sauvegardé la vidéo. Pendant que je filmais, tu as reçu plusieurs textos. Va vite, je vais faire chauffer la poêle.

Comme un peu plus tôt dans la chambre d'Emma, il sentit que le portable était lourd et intrusif entre ses doigts. Il refusa de penser à la réapparition soudaine de son père dans sa vie. D'autant plus qu'il connaissait sa façon de faire : surgir à l'improviste, rester assez longtemps pour qu'on pense qu'il s'intéressait à vous et disparaître sans plus donner de nouvelles !

— Merci, je reviens dans une minute.

Il mit des chaussures et une chemise, puis sortit du chalet en courant. La fraîcheur de la nuit le surprit, et il prit conscience du chemin qu'il avait à parcourir pour accéder à la vie dont il rêvait. Déstabilisé, il s'arrêta et consulta ses messages. Il y en avait trois de son père.

Tu ne vas sans doute pas me croire, fiston, mais j'aimerais avoir une chance de la connaître. Avant qu'il ne soit trop tard.

Il parlait d'Emma ? Et trop tard pour quoi ? Le message suivant n'était pas mieux.

Je sais que je n'ai pas été un père modèle, mais il n'est jamais trop tard pour essayer, n'est-ce pas ? C'est ce que je voudrais faire, avant que la fin n'arrive.

Bon sang ! Il était 4 heures du matin. C'était quoi, ces menaces voilées ?

Le troisième texto apportait enfin des éclaircissements.

Pourrais-tu venir me voir ? Je voudrais te parler de ton poste à la direction des cliniques Everson. S'il te plaît, rappelle-moi.

S'il te plaît ? Depuis quand son père utilisait-il cette formule ?

Jetant un regard derrière lui, il vit Kelsey qui dansait à travers la cuisine. Son père avait raison sur un point : il n'était pas trop tard pour essayer. Quant à la direction des cliniques Everson ? Il avait déjà un poste, et sa place était ici, avec Kelsey et Emma.

Il pianota la réponse suivante :

Si tu veux me voir, tu peux venir ici.

Il attendit, le souffle court. Quand un autre message arriva quelques secondes plus tard, il sentit son sang se glacer dans ses veines.

Je suis malade, fiston. Cancer du pancréas, stade 3. Je te demande de venir, car je crains que ce ne soit la dernière fois que nous nous verrons. J'aimerais vraiment connaître ta fille.

Une larme glissa sur la joue de Liam. Il n'avait pas le droit de rater les derniers mois de son père.

Je suis désolé de l'apprendre. Appelle-moi après 11 heures. Nous pourrons organiser quelque chose.

Le texto envoyé, il soupira, le cœur tourmenté par des émotions contradictoires.

11

Le soleil coulait à flots par les fentes des stores. Kelsey se réveilla au milieu des draps enchevêtrés. Elle s'étira. Oh ! pourquoi avait-elle mal partout ? Les zones les plus intimes de son corps étaient incroyablement sensibles.

En découvrant le désordre de la pièce, les souvenirs de la veille l'assaillirent par bribes. La magnifique chambre que Liam avait créée pour Emma, le goût du café sur sa langue, ses mains fortes parcourant son corps et l'amenant au plaisir, cet en-cas improvisé au milieu de la nuit avant d'autres ébats torrides…

Une vive chaleur l'envahit, tandis qu'elle se rappelait avec quelle audace elle l'avait caressé et comblé en retour. Une nuit parfaite, où chacun avait donné et reçu.

Comme si ce genre de pensée suffisait à le faire apparaître, Liam entra dans la chambre. Il était torse nu et tenait Emma dans ses bras.

— Bonjour.

Il posa Emma au milieu du lit et, se penchant vers Kelsey, il lui ramena une mèche derrière l'oreille. La petite fille se couvrit du drap en riant. La scène était si attendrissante que Kelsey sentit fondre sa résolution de tenir Liam à distance.

Comme je pourrais m'habituer à cette vie-là…

— Bonjour à vous deux. Depuis combien de temps es-tu levé ?

— Ça doit faire vingt-quatre heures maintenant.

Kelsey ravala son souffle, mais il balaya son inquiétude d'un rire décontracté.

— Et je suis plus reposé que je l'ai été depuis… deux ans environ, dit-il en regardant son poignet comme s'il consultait une montre. C'était un sacré premier rendez-vous.

Il sentait le shampoing à la menthe, et Kelsey se laissa griser.

— C'était donc un rendez-vous ? Je me demandais comment appeler ça, dit-elle en souriant. Je pensais qu'un dîner et un film étaient la façon traditionnelle de procéder, mais je dois dire que j'ai préféré ça.

— D'accord avec toi, dit-il en lui déposant un baiser sur les lèvres. Merci pour… hmm… avoir fait preuve de souplesse, hier soir. Au sens figuré, je veux dire. Désolé d'avoir contrecarré notre projet de dîner.

— Ce n'est que partie remise. Quel est ton emploi du temps aujourd'hui ?

— Je suis de garde jusqu'à 18 heures.

— Et moi, une césarienne prévue à 19 heures. Mais que dirais-tu de se voir après ?

— Ah ! la vie compliquée de deux parents qui travaillent ! Mais oui, on se voit en fin de journée. Et nous parlerons de ceci, dit-il en faisant un geste qui les enveloppait tous les trois.

Kelsey sentit son pouls s'accélérer, car « ceci » avait assurément un autre sens maintenant.

— Au fait, je voulais te demander si tout allait bien.

— Mais oui. Pourquoi ?

Il souriait et, de nouveau, Kelsey se sentit prise de faiblesse.

— Oh ! c'est simplement par rapport aux messages que tu as reçus cette nuit. Ça semblait urgent, vu l'heure.

Elle vit son expression changer brusquement, et ses yeux mordorés s'assombrirent.

— Ça va. Juste un truc de famille.

Son père ? Kelsey voulut le questionner, mais il refusait de rencontrer son regard.

— Si ça ne te dérange pas, nous bavarderons plus tard, dit-il. J'ai une réunion ce matin.

— Bien sûr.

Il hocha la tête avant de gagner la salle de bains.

Restée seule, Kelsey ne put réprimer un sentiment d'inquiétude. Il avait clairement éludé sa question. Elle lui faisait peu à peu une place dans sa vie, et il avait semblé partant la nuit dernière. Mais quelque chose avait changé. Liam avait été si honnête avec elle jusque-là. Regrettait-il ce qui s'était passé ? Peut-être… Mais alors, pourquoi l'avoir embrassée ? Si elle avait à choisir entre le sexe exceptionnel et la franchise, elle prendrait la deuxième option – du moins, l'espérait-elle.

Vivement, elle ramassa ses vêtements éparpillés. Son pantalon avait atterri sur le sol, et son slip… autour du montant du lit !

Elle mit Emma dans le harnais et traversa le parc jusqu'à la villa. Pour la première fois depuis qu'elle avait acheté cette maison, quatre ans plus tôt, elle ne ressentit que de l'indifférence en pénétrant dans le hall. D'une certaine manière, le chalet avec son décor rustique et douillet – et les bons souvenirs maintenant – lui apparaissait davantage comme un vrai foyer.

C'était grâce à Liam, se dit-elle, le cœur battant, tout en posant Emma sur son tapis de jeu. Et c'était bien là le problème. Parce que, en plus d'être attirée par lui, elle l'appréciait de plus en plus. Était-elle… amoureuse ?

Elle devait se concentrer sur le dîner de la fondation et sur sa fille, bien sûr – au lieu d'avoir des idées romantiques pour un homme qui ne partageait pas forcément ses sentiments. Un homme susceptible aussi de retourner au Texas à n'importe quel moment.

Oh ! non…

Elle enfouit son visage dans un coussin et gémit. Emma l'imita en se couvrant la tête de sa couverture. Puis elle sentit que la petite fille agrippait sa manche, et Kelsey grimaça en constatant qu'elle avait gardé *sa* chemise. Et bien sûr, elle était imprégnée de *son* parfum irrésistible. Cela devenait une pure torture.

Elle alla jeter le vêtement dans le panier à linge, puis prit une douche pour se désensibiliser de lui, en espérant effacer par la même occasion le souvenir de son corps magnifique pressé contre le sien.

Un peu plus tard, enfin prête, Kelsey quittait la villa au volant de sa voiture. Quand elle arriva à la crèche pour déposer Emma, Barb ébaucha un sourire entendu.

— Tu es un peu rouge. Ça va ?

Kelsey sut qu'elle devait s'éclipser en vitesse. Avant qu'on devine que le feu de ses joues était causé par ses activités nocturnes avec un certain chirurgien qu'elle ferait mieux d'éviter à tout prix !

Bon sang ! Que s'était-elle imaginé ? Qu'ils allaient être heureux pour toujours, comme dans les contes de fées ?

Oui, avoue-le. C'est exactement ce que tu espérais.

Elle se mordit la lèvre, horriblement frustrée. Car le pire était qu'elle continuait d'y croire, d'une certaine façon.

Et si ça ne marchait pas et qu'il demandait la garde exclusive d'Emma ? *Non !* Il fallait absolument qu'elle cesse de penser à lui.

Sage résolution. Mais quand en arrivant à l'hôpital elle le vit entrer directement dans le bureau de Kris, son pouls s'affola. L'expression qu'elle avait eu le temps d'apercevoir sur ses traits la poussa à attendre à l'extérieur de l'antre directorial. Elle avait une bonne raison de voir Kris de toute façon : l'organisation du dîner de la fondation.

Les voix étouffées qui lui parvenaient du bureau l'incitèrent à se rapprocher de la porte légèrement entrouverte. Elle retint son souffle, essayant de saisir leur échange.

— Sait-elle que vous êtes ici ? demanda Kris.

Elle ? Ils parlent de moi ?

Des paroles à peine audibles s'ensuivirent. Puis Liam déclara :

— C'est la meilleure chose à faire, Kris.

— Je suis d'accord.

Il y eut un bruissement de pages, l'ouverture d'un classeur métallique, puis la directrice reprit la parole.

— Alors, c'est réglé. Allez-vous lui en parler ?

— Pas encore. J'attendrai le bon moment pour ça.

Kelsey ne put saisir la suite de la conversation. Mais son imagination s'emballait. Qu'est-ce qui était réglé ? Liam envisageait-il de démissionner ? Et il n'allait rien lui dire ?

Une infirmière passa dans le couloir et lui jeta un regard réprobateur. Kelsey haussa les épaules, mais elle se sentit ridicule tout à coup. Il ne restait qu'une seule façon de découvrir la clé de l'énigme, se dit-elle en se raidissant.

Elle frappa à la porte.

— Un instant, lança Kris.

Puis elle ajouta, à mots couverts cette fois :

— En avons-nous terminé ?

— Oui, répondit Liam. Et merci pour votre discrétion.

Puis Kris éleva brusquement la voix.

— Entrez !

Kelsey s'avança, un sourire aux lèvres jusqu'à ce qu'elle rencontre le regard de Liam. C'était la même lueur chaleureuse, mais avec quelque chose d'autre, comme une distance indéniable.

Quoi qu'il en soit, c'était incroyablement gênant de le revoir au travail après la nuit torride qu'ils avaient partagée.

— Hé, Kelsey, dit-il d'un ton parfaitement décontracté. Je disais justement à Kris comme c'était épatant de travailler avec toi.

— Ah, oui ? C'est vrai que nous avons fait du bon travail, hier.

Sauf que ce n'était pas du tout ce qu'elle l'avait entendu raconter à la patronne du Mercy Hospital.

— J'ai lu le rapport, Kelsey, dit celle-ci. C'était une intervention excellente. Ce qui me fait penser… Avez-vous envisagé de demander à Liam de vous aider pour l'organisation du dîner de la fondation ? Vous formez une bonne équipe. Désolée, je n'ai pas eu le temps de vous demander où vous en étiez, mais avec le retour de Dexter et le conseil qui est sans cesse sur mon dos au sujet de l'affaire Emma Hartley… Heureusement qu'Owen a réparé sa chirurgie bâclée.

— Oh ! aucun problème, répondit-elle posément. Mais Liam a suffisamment à faire sans que…

— Non, coupa-t-il. J'aimerais beaucoup aider. Pourquoi ne pas en parler à l'heure du déjeuner ? Midi à la cafétéria ?

Kelsey faillit répondre qu'elle était trop occupée, avant de se rappeler qu'il connaissait déjà son emploi du temps de la journée.

— Hmm… Bien sûr. Midi, oui, c'est bien.

— Voilà, c'est réglé, dit Kris. Vous vouliez autre chose, Kelsey ? J'ai une réunion, mais vous pouvez passer me voir cet après-midi.

Kris les congédiait. Une fois dans le couloir, Kelsey essaya d'y voir clair dans ce qui venait de se passer. Pourquoi la directrice incitait-elle Liam à participer à son projet s'il était sur le point de partir ?

— Désolé si j'ai été un peu bourru ce matin, dit-il à cet instant. J'avais juste besoin d'un café.

— Aucun problème. Tout va bien entre Kris et toi ?

Elle scruta son visage à la recherche d'indices. Mais Liam ne laissa rien paraître de ce qu'il pensait. Pas le moindre battement de cils.

— Oui. Elle voulait savoir comment je m'adaptais.

Kelsey sentit son cœur sombrer. Jusque-là, elle avait pensé qu'il n'y avait rien de plus terrible que de voir les gens qu'elle aimait être blessés. Mais le fait qu'on vous mente délibérément était tout aussi douloureux. Comme si une main cruelle grattait votre plaie ouverte ! Comment avait-elle pu coucher avec cet homme ?

— Inutile de me donner un coup de main pour l'organisation du dîner, déclara-t-elle. C'est plutôt simple, et je me débrouille très bien.

— J'y tiens, Kelsey. Nous formons une équipe. En plus, j'ai hâte de découvrir ce que tu fais à la fondation.

Les membres d'une équipe ne se font pas de cachotteries ! pensa-t-elle, frustrée. Mais puisqu'il insistait pour connaître l'activité du Nid doré...

— Dans ce cas, d'accord.

— Peut-être pourrons-nous réfléchir à l'implantation de futurs centres ?

— Je ne sais pas... Je perdrais le contrôle sur la gestion, les nouveaux membres. Je ne suis pas sûre d'être à l'aise avec ce schéma.

— Mais tu aiderais beaucoup plus de familles.

— Oui, mais il y aurait aussi plus de risques, des protocoles moins rigoureux, plus de drames. Ça n'en vaut sans doute pas la peine.

— Hmm... Je ne te suis pas sur ce point. Ça te plairait que je te fasse part de quelques idées à l'heure du déjeuner ?

Ce disant, il posa une main sur son bras, et elle eut l'impression d'une brûlure. Comme il se penchait vers elle en avançant les lèvres, Kelsey se raidit.

— Liam... je ne pense pas que nous devrions...

Elle ébaucha un geste de recul qui la déséquilibra. Elle serait certainement tombée si deux mains fermes ne l'avaient rattrapée juste à temps.

— Hé là ! Même si nous sommes dans un hôpital, ce n'est pas la peine de s'offrir une chute.

Non, oh non !

Elle connaissait cette voix, et bien que ce timbre n'eût plus d'emprise sur elle, Kelsey n'avait aucune envie de se retrouver face à son propriétaire. Parce que ce serait la première fois depuis leur rupture...

— Bon réflexe, Dex, dit Liam en aidant Kelsey à se redresser.

Les deux hommes se serrèrent la main.

— Pas de quoi. Tu t'adaptes à Mercy ? demanda Dex.

Kelsey nota que ses cheveux étaient plus longs, avec quelques fils d'argent sur les tempes. Mais il restait aussi beau que le jour où il l'avait quittée. Pourtant, elle ne ressentait absolument rien en le regardant.

— Oui, tout à fait. Et c'est grâce à cette jeune femme, répondit Liam.

— Kelsey, oui. C'est bon de te revoir, dit Dex en se tournant enfin vers elle.

— Pareil pour moi, répondit-elle du bout des lèvres.

Dex reporta son attention sur Liam.

— Je pensais à toi l'autre jour en m'inscrivant à une conférence sur les traumatismes. Le type dont je t'ai parlé sera là, celui qui travaille sur le stress post-traumatique, notamment avec des patients qui ont perdu leur conjoint. Veux-tu que je t'envoie ses coordonnées ?

— C'est une bonne idée, merci. C'est sûrement quelqu'un de fiable.

Non, mais... Liam et Dexter se connaissaient ? Kelsey eut l'impression d'être saisie de vertige.

— Tu vas voir Kris ? demanda-t-elle à Dex.

— Oui, je les aide, elle et Owen, à organiser le grand jour.

Oh ! c'est vrai... Elle avait oublié qu'avant de partir en Afrique avec Dex Owen Rhys, médecin en chirurgie plastique, avait demandé leur patronne en mariage et que celle-ci avait dit oui. Elle trouvait l'histoire adorable.

— Le grand jour ? s'enquit Liam.

— Désolé, je suis en retard, alors Kelsey t'expliquera. Et appelle-moi si tu veux prendre une bière un jour.

— D'accord.

Là-dessus, Dex s'éloigna vers le bureau directorial. Kelsey ne ressentait vraiment plus rien pour cet homme, mais son indifférence envers elle la heurtait. Ils avaient quand même été en couple pendant *trois ans* !

Liam prit la parole.

— C'est la première fois que vous vous parlez depuis… ?

Comme elle hochait la tête, il ajouta :

— Aïe ! Désolé. Je t'ai peut-être donné l'impression que j'étais ami avec lui. Ce n'est pas le cas, mais il m'a guidé à travers l'hôpital quand tu n'étais pas là.

— C'est bon. Vraiment.

— Sûre ? dit-il en lui frottant doucement les bras. Si tu veux en parler…

Parler ? Elle adorerait ça, mais seulement s'il était honnête envers elle et lui disait ce qu'il lui cachait ! Entre ces textos au milieu de la nuit qu'il avait fait semblant d'ignorer et cette réunion en secret avec Kris, elle était dans le flou.

— Merci, mais ça ira, répondit-elle. Écoute, nous avons un grand dîner à organiser, un bébé à élever et nous travaillons tous les deux à plein temps. Alors, je pense qu'il vaudrait mieux oublier ce qui s'est passé la nuit dernière.

Il soutint son regard pendant si longtemps que Kelsey se sentit mal à l'aise.

— C'est vraiment ce que tu souhaites ? dit-il enfin.

Comme elle hésitait, elle vit l'espoir renaître dans son regard mordoré. Alors, elle hocha la tête avec fermeté.

— Oui. Je t'apprécie, Liam. Beaucoup même. Tu es extraordinaire comme père et comme chirurgien. Concentre-toi là-dessus, et je ferai de même. Pour Emma.

L'espoir s'éteignit au fond de ses prunelles, et Kelsey faillit revenir sur ses paroles.

— Si c'est ce que tu veux, alors je me range à ton avis, dit-il en laissant échapper un soupir. On se voit toujours à midi ?

— D'accord. Et merci de me donner un coup de main pour l'organisation du dîner.

— Je suis toujours là en cas de besoin, Kelsey. Pour tout ce que tu voudras.

Ces derniers mots semblaient empreints de sincérité et d'émotion. Mais elle ne savait plus comment les interpréter.

Alors qu'elle faisait demi-tour pour rejoindre son service, elle ne put réprimer quelques larmes. Elle avait été si optimiste, un mois plutôt. Elle avait un métier qu'elle aimait, un enfant à chérir et un avenir dans lequel elle pouvait se projeter. Cela aurait dû lui suffire. Mais elle avait été assez bête pour vouloir davantage et elle avait cherché ce rêve auprès d'un homme qui menaçait l'équilibre qu'elle s'était créé. Connaître la passion et le confort d'une famille – même brièvement – l'avait changée. Elle avait même cru qu'elle méritait ce genre de vie. À présent, tout semblait lui échapper.

Son travail, ce jour-là, n'arrangea pas son humeur. Le surplus de patientes après l'urgence de la veille l'empêcha de prendre la moindre pause, même pour le déjeuner prévu avec Liam. Quand elle l'appela pour le prévenir, il se montra compréhensif, mais elle perçut la déception dans sa voix.

Raison de plus pour le laisser partir ?

La césarienne programmée se déroula au mieux, mais la présence des caméras l'exaspéra. Jamais elle ne s'habituerait à être filmée. Peut-être était-il temps de penser à une autre façon d'exercer. Être obstétricienne pour les personnalités de Hollywood était lucratif, mais certainement pas aussi gratifiant que son travail au sein de la fondation. D'ailleurs, demain à la première heure, elle devait prendre des décisions concernant le Nid doré. Étendre son action, comme Liam le lui conseillait ? Bien sûr, cela avait été son rêve quand, au bout de la première année d'existence, les résultats avaient été si fructueux. Mais elle avait changé d'avis depuis et elle savait exactement à quel moment. *Après la mort de Page...* Elle avait invité un obstétricien à les rejoindre, et cela s'était terminé par une tragédie.

Sur le trajet du retour, la fatigue et l'abattement eurent raison d'elle. Comme elle atteignait la villa, ses paupières se fermèrent, et elle fut sûre de ne pas avoir d'énergie pour quoi que ce soit, au-delà du brossage de dents. Aussi ne put-elle réprimer une pointe d'agacement en voyant le mot scotché sur la porte d'entrée.

Passe au chalet dès que tu rentres, s'il te plaît. Laisse-moi t'aider à effacer cette journée et peut-être *t'expliquer deux ou trois choses. Je te promets de te donner à manger, cette fois.*

Tout son cœur lui criait d'accepter, mais son bon sens lui rappelait l'abîme qui les séparait, Liam et elle, et toutes ces questions qui demeuraient sans réponse. Retournerait-il au Texas ? Voudrait-il les mêmes choses qu'elle – une vie de couple et une famille – alors qu'il les avait déjà eues et les avait perdues ? Et Emma dans tout ça ?

Finalement, son cœur l'emporta et, sans se soucier des conséquences, Kelsey remonta l'allée jusqu'au chalet, son énergie soudain retrouvée. Après tout, elle était sûrement capable de compartimenter ses sentiments pour profiter du temps qu'elle avait à passer avec cet homme.

Elle frappa et, moins d'une seconde plus tard, la porte s'ouvrit. Kelsey sut alors qu'elle avait pris la bonne décision en venant.

Déjà Liam se débarrassait de son T-shirt, et Kelsey surmonta le désir qui s'emparait d'elle et noyait ses résolutions.

— Je ne reste pas pour la nuit. Nous nous sommes mis d'accord pour garder cette relation professionnelle. Ce soir, c'est... juste pour m'amuser, dit-elle d'emblée.

Liam l'attira dans ses bras et repoussa doucement les mèches qui lui barraient le front. Puis il l'embrassa. Tendrement au départ, puis avec une urgence qui la consuma.

Kelsey sut alors qu'aucune logique, même la plus implacable, n'aurait pu la faire changer d'avis. Elle voulait cet homme ! Dans son lit ou dans celui de Liam, ça n'avait aucune importance du moment qu'il était nu et sous elle.

— S'amuser ? Je sais faire aussi..., murmura-t-il.

Elle n'attendit pas qu'il prenne l'initiative cette fois. Se hissant sur la pointe des pieds, elle noua les bras autour de son cou avec fougue.

Les paumes sur son postérieur, Liam la souleva et la pressa contre lui. Un gémissement de plaisir ponctua l'ardeur de ce nouveau baiser. Avait-elle poussé ce cri ? Peut-être l'avaient-ils émis en même temps. Toujours est-il qu'elle fut la première à reprendre pied dans la réalité. Haletante, elle remarqua les feuilles posées sur la table.

Les idées de Liam pour la fondation, le tout dactylographié ! Il y avait aussi des photos éparpillées parmi les biberons et une pile de bavoirs. Bon sang ! Il savait exactement comment la ramener vers lui.

— Merci d'avoir déjà réfléchi à l'organisation du gala, murmura-t-elle contre sa bouche.

— Je t'en prie. Et avant que tu ne me poses la question, je ne l'ai pas fait pour te remettre dans mon lit. Je ne vais pas me plaindre si c'est là où nous finissons, mais je veux vraiment que plus de femmes aient accès à ce que Page a fait. Et j'aimerais lui rendre hommage en aidant ta fondation à prospérer.

Le front posé contre son torse, Kelsey acquiesça.

— C'est aussi ce que je souhaite.

— C'est une source d'inspiration pour moi de me plonger dans cette activité pour aider celles qui en ont besoin.

Encore une fois, il lisait dans ses pensées.

— Oh ! vraiment ? Tu peux développer ?

— Pas pour l'instant, répondit-il.

Kelsey s'assombrit, et il dut le remarquer, car il ajouta :

— Mais je le ferai, promis. Donne-moi simplement un peu de temps, d'accord ?

Elle acquiesça et, lui prenant la main, l'entraîna vers l'intérieur du chalet. Même s'il ne lui parlait pas maintenant, elle pouvait au moins profiter du fait qu'il était son voisin, non ?

— Kelsey, attends. Ce rendez-vous comporte tout un protocole qu'il faut respecter.

Elle fit semblant de foncer les sourcils, mais il lui était difficile de ne pas sourire.

— Vous autres, les médecins urgentistes et vos protocoles ! Mais bon, explique-moi la marche à suivre.

— Très bien, docteur Gaines. Premièrement, le diagnostic, pour vérifier que nous sommes compatibles.

— Ah, oui ? Je pensais que nous avions établi ça lors d'une précédente série de tests physiques.

Kelsey s'amusait franchement. Dex avait toujours séparé leur vie de couple de leur métier. Alors, parler un jargon commun pour en faire un jeu sexy était nouveau pour elle.

Nouveau et terriblement excitant ! Avait-elle vraiment été épuisée en rentrant chez elle ? Et comme par hasard, elle ne pensait plus à cette résolution qu'elle avait prise de ne pas coucher avec Liam avant qu'ils n'aient discuté.

— C'est juste, mais j'ai besoin d'un deuxième avis.

Liam la souleva dans ses bras d'un mouvement leste qui l'étourdit et lui chavira le cœur. Posant sa joue sur ses seins, il feignit de soupirer.

— Exactement ce que je pensais. Pouls rapide, attirance potentielle.

— « Potentiel » n'est pas le mot, docteur Everson. J'ai envie de vous.

Doucement, il la posa à terre, sans pour autant la relâcher.

— Moi aussi. Mais il reste un test que nous devons effectuer, dit-il en mettant une main sur ses yeux. Tu me fais confiance ?

L'inquiétude s'insinua en elle, mais elle acquiesça sans hésitation.

— Bien, dit-il. Ferme les yeux et attends-moi ici.

Kelsey obtempéra en laissant échapper un rire de nervosité. Où irait-elle si ses bras forts ne la soutenaient plus ? Il l'avait embrassée jusqu'au vertige, et la tête lui tournait.

Les notes d'un violoncelle emplirent l'espace. Puis brusquement, un parfum floral imprégna l'air. Le bras de Liam s'enroula autour de sa taille. Quand elle sentit la caresse de ses lèvres sur son cou, un frisson d'anticipation la secoua.

— Docteur Gaines, si vous voulez bien me suivre ?

Mais avant qu'elle ait eu le temps de répondre, ses bras la soulevèrent de nouveau. Kelsey poussa un petit cri de frayeur et se cramponna à lui, les yeux toujours fermés.

Bientôt, elle devina qu'il la posait sur le lit.

— Garde les yeux fermés pour le test final. Si tu le réussis, j'aurai examiné une patiente modèle.

— Tout ce que tu veux, doc. Je suis à ta merci.

— Parfait. Maintenant, allonge-toi.

Elle fit ce qu'il demandait. Dans l'expectative, elle agrippa la couette à pleines mains, le corps électrisé.

Les mains de Liam la débarrassèrent de son pantalon. Kelsey avait la peau enflammée, et le cœur de sa féminité était bouillant comme de la lave en fusion. Des symptômes qui s'aggravèrent quand les doigts virils effleurèrent ses hanches et la dentelle de son slip.

— On enlève ça aussi pour ne pas compromettre l'examen.

Des pouces, il abaissa sa lingerie le long de ses cuisses. Puis il remonta son chemisier pour exposer ses seins.

Elle laissa échapper un petit cri de plaisir quand la bouche de Liam glissa vers son ventre, tandis qu'il lui maintenait les bras. Elle était immobilisée comme dans le tunnel de l'IRM, mais sans la sensation d'étouffement, bien au contraire. C'était étrangement libérateur de se conformer à ses ordres.

Libérateur et diablement sensuel...

— Vous êtes très coopérative, docteur Gaines. Je pense que vous méritez une récompense pour être si... ouverte.

Il lui écarta les jambes. Les gémissements de Kelsey s'intensifièrent à mesure que la bouche de Liam, ses mains et sa langue s'appliquaient à la mener à la folie. Il ne fallut pas longtemps avant qu'elle n'atteigne l'extase la plus intense qu'elle eût connue de cette façon.

— Tu peux ouvrir les yeux maintenant, murmura-t-il en caressant ses cheveux.

Kelsey ouvrit les paupières, s'attendant à être éblouie par la lumière du plafonnier et à voir disparaître le charme qui l'enveloppait. Au lieu de quoi, elle découvrit un décor incroyable. La chambre, seulement éclairée par une quantité de bougies, était ornée de fleurs de frangipanier et de roses. Dans un cadre près du lit, il y avait une photo d'elle tenant Emma sur ses épaules, avec l'océan en arrière-plan. Quand l'avait-il prise ? Cette attention lui faisait chaud au cœur et la troublait en même temps.

— Oh ! c'est magnifique. Comment as-tu su pour les frangipaniers ?

— Mike. Il est une mine d'informations à ton sujet. Je serais inquiet s'il détenait des secrets d'État. Une promesse d'un plat de *tamales* du Texas, et il a tout balancé !

Kelsey se joignit à son rire. Puis elle demanda :

— C'est en quelle occasion, tout ça ?

— Je veux te montrer à quel point tu comptes pour moi. Je

sais qu'il y a des choses compliquées entre nous, mais je tiens à toi, Kelsey.

Elle sentit son cœur bondir de joie.

— J'ai quand même une question. Tu fais subir ces batteries de tests à d'autres patientes ?

Il salua ces mots d'un rire sonore avant de l'embrasser sur le front.

— Non. C'est juste pour toi, ma chérie. Tu me suffis largement pour mettre mes connaissances à jour.

Kelsey se mit à rire de nouveau, tandis que l'espoir jaillissait en elle. Peut-être que, si elle profitait du plaisir que cet homme voulait lui donner sans se faire une montagne de ce qu'il ne disait pas, alors tout irait bien. Tout irait *merveilleusement* bien, pensa-t-elle en se lovant contre lui.

Beaucoup plus tard, le corps délicieusement alangui, Kelsey montra la petite valise ornée d'un dessin de dinosaure qui se trouvait au pied du lit.

— Qu'est-ce que c'est ?

Liam se raidit imperceptiblement.

— J'espérais t'en parler après le dîner. C'est...

Il fut interrompu par un fracas épouvantable qui venait du dehors. On aurait dit qu'une bombe avait explosé juste à l'extérieur du chalet.

Kelsey bondit hors du lit, effrayée.

— Qu'est-ce que c'était ?

Liam s'était immobilisé, les muscles tendus.

— Un accident de voiture.

D'un tiroir, il sortit deux T-shirts à bandes réfléchissantes.

— Mets ça. L'accident a dû se produire sur la route au bout de l'allée et, au bruit, ils ont dû heurter un arbre.

— J'appelle mon père.

— Dis-lui d'apporter des lampes et tout ce qu'il trouvera pour avertir les autres véhicules que nous sommes dans le virage. Ensuite, appelle l'hôpital.

Kelsey téléphona immédiatement. Son père mettait Emma au lit, mais il serait sur place en moins de cinq minutes.

Liam prit la couette, des serviettes, ainsi que sa trousse de secours, et sortit en trombe du chalet. Kelsey courut à sa suite. En arrivant sur la route, elle se mit à trembler.

Oh ! mon Dieu... C'était bien pire que tout ce qu'elle avait pu imaginer.

12

Liam évalua rapidement la scène. L'accident impliquait une seule voiture, et les marques de freinage indiquaient que le conducteur avait ralenti avant de percuter un chêne. Il y avait des éclats de verre et des débris partout. Deux personnes étaient à bord. Les quatre vitres avaient explosé sous le choc, et d'après l'état du pare-brise il était sûr qu'aucun autre passager n'avait été éjecté.

— Oh ! mon Dieu..., murmura Kelsey.

Il suivit son regard et vit que le conducteur était gravement blessé à la tête. Il était conscient, mais sans réaction.

Liam essaya d'ouvrir la portière, mais elle était coincée. Il devait tenter d'entrer par le côté passager. Pendant ce temps, Kelsey appelait les secours et les renseignait au fur et à mesure.

— Dis-leur que la deuxième victime est une femme. Inconsciente, mais elle respire, lança-t-il. Kels, je suis content que tu sois là. Nous avons la situation en main.

— Oui, répondit-elle d'une voix raffermie.

La portière passager s'ouvrit facilement.

— Bon sang ! s'exclama-t-il en voyant la femme affaissée.

Il tâcha de repérer ses blessures, puis il s'efforça de l'extraire avec précaution de la voiture.

— Kels ! J'ai besoin de toi ici.

Elle se précipita et devint livide.

— Elle a perdu les eaux ?

Liam acquiesça.

— J'installe une couverture et, si le travail a commencé, nous allons l'aider sur place.

Après avoir transmis ces nouvelles informations au régulateur, elle mit le téléphone sur haut-parleur et le posa près d'elle, pendant que Liam s'occupait du conducteur.

Comme Kelsey se badigeonnait les mains de désinfectant, la femme ouvrit les yeux et ses gémissements se muèrent en sanglots.

— Nous nous rendions au Mercy Hospital…, dit-elle en se couvrant le ventre. Je vais avoir un bébé.

Kelsey prit ses constantes tout en la rassurant. Elle avait installé un poste de travail, avec un lit de fortune fait de serviettes et de couvertures. Relevant les genoux de sa patiente, elle examinait son col.

Liam était impressionné par son sang-froid. La situation était dramatique, mais elle gardait son calme.

Mike arriva sur ces entrefaites.

— Emma dort. J'ai le babyphone. Je repars immédiatement si elle se réveille.

Sur quoi, il disposa des cônes de sécurité et des lampes autour du lieu de l'accident, avant d'annoncer qu'il allait dans l'allée pour guider les ambulanciers.

Liam était parvenu à extraire le blessé par-dessus la console centrale et se concentrait sur la plaie profonde qu'il présentait à la tête.

Kelsey et lui travaillaient vite, se communiquant les données vitales et gardant le rythme, comme s'ils avaient toujours fait équipe sur des accidents routiers.

Elle est incroyable. La partenaire parfaite…

Ayant bandé la tête de la victime, il examina son corps à la recherche d'hématomes qui indiqueraient des saignements internes. Une décoloration gris-bleu commençait à se propager sur son torse.

Liam entendait Kelsey demander à sa patiente le prénom choisi pour le bébé. La future mère s'efforçait de respirer ; une contraction lui arracha un cri. Au même moment, des sirènes d'ambulances retentirent.

— J'accompagne la victime dans l'ambulance, annonça Kelsey aux urgentistes dès qu'ils arrivèrent sur les lieux.

Suivant ses indications, ils sanglèrent la femme enceinte sur une planche dorsale, afin que l'accouchement pût être pratiqué, au besoin. Puis ils rejoignirent Liam pour évaluer l'état de son patient. Ils le chargèrent sur une civière et l'embarquèrent à bord du second véhicule. Les portes claquèrent et, toutes sirènes hurlantes, les ambulances foncèrent vers l'hôpital.

Une fois aux urgences, Liam alla voir son collègue de garde. Tout en enfilant une blouse médicale, il lui transmit les constantes qui avaient été relevées.

— Docteur Howard, avez-vous besoin de mon aide ?

— Oui, faites installer le blessé en salle de trauma. Je veux un scanner de la tête et de l'abdomen.

Une heure plus tard, comme il donnait des instructions à l'infirmière chargée de la surveillance du blessé, quelque chose attira l'attention de Liam sur le parking juste à l'extérieur du service. Il courut jusqu'à l'endroit où Kelsey était accroupie, les bras serrés autour des genoux, et la mine sombre. Il passa ses bras autour d'elle.

— Ça va ?

Comme elle hochait la tête sans répondre, il insista.

— Kelsey, regarde-moi.

Elle obéit, et il lut l'angoisse dans ses yeux.

— Comment va la mère ? demanda-t-il doucement.

— Elle a eu son bébé. Une petite fille… C'était limite, mais elles… elles vont s'en sortir. Liam, je n'ai jamais travaillé avec un autre médecin, je ne fais pas suffisamment confiance pour ça, mais… mais tu as été incroyable.

— Toi aussi, tu as été formidable, Kels, dit-il en la serrant contre lui.

Un flot d'émotions la submergea soudain. Liam voulait à tout prix la réconforter et qu'elle vienne à bout des angoisses qui la tenaillaient. C'étaient les deuils qu'elle avait traversés qui en étaient la cause, il en était sûr. Page, sa mère…

— Je n'ai encore jamais réalisé un accouchement dans des circonstances aussi terribles, dit-elle.

— Mais tu as été très pro. Cette mère et son bébé sont en vie grâce à toi.

Une nouvelle crise de larmes la secoua, mais son pouls était redevenu normal, et la peur avait disparu de son regard. Il enfouit son visage dans ses cheveux en respirant leur parfum.

— J'avais tellement peur, reprit-elle. J'étais dans une terreur absolue et j'aurais pu...

— Mais ça n'est pas arrivé. Viens, allons nous asseoir à l'intérieur, tu as besoin de thé chaud. Et quand j'aurai sauvé mon patient, je me blottirai avec toi au fond du lit jusqu'à la fin de la nuit. Que dis-tu de ça ?

— D'accord. J'espère qu'un jour j'arriverai à être aussi calme et mesurée que toi après une urgence pareille.

Liam réfléchit aux paroles qu'elle venait de prononcer. Savait-elle comme il devait prendre sur lui pour regarder un homme blessé et se dire que ça ne faisait même pas partie des dix choses les plus horribles dont il avait été témoin ? Non, il n'était ni calme ni mesuré. Un homme brisé et cabossé, voilà ce qu'il était. Et la dernière chose qu'il souhaitait, c'était que Kelsey connaisse le même sort.

Une fois qu'il l'eut conduite dans la salle de repos, il se précipita en Trauma 1, où l'on intubait son patient afin qu'il reçoive les médicaments qui ralentiraient l'hémorragie interne.

— Sa tension artérielle est en train de chuter, dit l'infirmière d'une voix inquiète.

— Donnez-lui une dose d'épinéphrine, ordonna Liam.

L'infirmière fit l'injection mais, avant qu'ils puissent constater l'effet du médicament, le bip strident et régulier retentit dans le box.

— Bon sang ! La pression dégringole. Défibrillation à 150 et commencez les compressions.

Il ne pouvait pas perdre ce patient ! Pas après que sa femme avait mis au monde leur bébé. Cet homme n'avait même pas vu son enfant...

Les minutes passèrent, mais rien ne se produisit. Liam saisit les palettes, le regard rivé au moniteur.

— Charge à 200, commanda-t-il.

— Charge à 200 effectuée, dit l'infirmière.

— Dégagez !

Tous ceux qui se trouvaient là s'écartèrent du brancard pour qu'il puisse choquer le patient.

Il n'y eut aucun changement. Liam consulta sa montre. Dix-neuf minutes de compressions thoraciques, et toujours pas de rythme sinusal. Ce n'était pas nécessairement trop long, mais dans une minute ou deux il serait trop tard.

— Allez ! murmura-t-il. Je vous défends d'être mon premier mort.

Il n'avait perdu aucun patient en dehors de ses missions militaires. Alors, il n'était pas question de laisser mourir ce type sous sa responsabilité. Bonté divine ! Ce gars avait seulement voulu conduire sa femme enceinte à l'hôpital. La vie ne pouvait pas être aussi injuste.

— Nouvelle charge ! cria-t-il.

— Docteur Everson. Cela fait vingt minutes.

— Je sais, mais sa fille vient de naître à l'étage au-dessus et je veux qu'il la connaisse. Chargez à 200.

L'infirmière obéit, mais secoua la tête d'un air réprobateur.

— Dégagez ! cria-t-il de nouveau avant de choquer l'homme.

Toujours rien...

— Chargez à 300.

— Docteur ! s'exclama l'infirmière en s'emportant.

— D'accord, attendons, répondit Liam en priant pour que le cœur reparte.

Mais non, rien. Pas le moindre sursaut.

— Docteur, il est décédé. Vous devez le dire.

Liam soupira, abattu.

— Heure du décès : 1 h 44.

Il sentit une main se poser sur son épaule.

— Nous devons informer la famille.

— Bien sûr. Je m'en occupe.

Il monta vers les salles d'accouchement et sentit brusquement ses jambes flageoler. Dans l'un des lits, la jeune femme de l'accident berçait son bébé. Un sourire éclaira son visage quand elle le reconnut.

— Comment va-t-il, docteur ?

Voyant que Liam ne répondait pas, la jeune femme laissa échapper un rire de nervosité.

— Peter a pris le virage trop vite. J'ai essayé de lui dire de ralentir, que nous avions le temps avant que j'entre vraiment en travail, mais bien sûr il ne m'a pas écoutée. La voiture a fait une embardée et a heurté l'arbre.

Peter... Liam sut qu'il n'oublierait jamais ce nom.

— Je suis désolé, mais votre mari n'a pas survécu, dit-il enfin.

— Pardon ?

Elle respirait par saccades à présent, donc elle l'avait entendu. *Ne me faites pas répéter*, lui adressa-t-il silencieusement.

Mais il n'était pas question de lui. Cette femme était en détresse, et il resterait près d'elle aussi longtemps qu'il le fallait.

— Non ! Il ne peut pas être parti, ce n'est pas possible. Il n'a pas vu... Mon Dieu ! Que s'est-il passé ? dit la jeune mère en serrant son bébé contre elle.

— Ses blessures internes étaient trop graves, expliqua-t-il doucement. Je suis vraiment désolé...

L'épouse de Peter poussa un cri déchirant. Liam comprenait les émotions qui étreignaient cette femme, même s'il n'avait pas été là quand Page était morte. Le chagrin était comme une fosse béante. Pour lui, elle commençait tout juste à se refermer.

— Qu'allons-nous devenir sans lui ? dit-elle en sanglotant.

Derrière eux, une des infirmières mentionna le Dr Gaines. *Kelsey*. Son pouls s'accéléra. S'il arrivait quoi que ce soit à Kelsey, il serait complètement perdu, comme cette pauvre femme. Elle comptait tellement pour lui. Sa présence était un baume sur ses blessures.

L'avertissement de son père lui revint à la mémoire. « Je te l'avais dit, Liam. L'amour, c'est pour les faibles. »

Mais tu n'es pas comme lui ! Tu as tant d'amour à donner.

La femme de Peter s'affaissa contre l'oreiller. Pâle, la peau moite. Kelsey devait absolument passer la voir.

Comme si le fait de penser à elle suffisait à la faire apparaître, elle fut là, devant lui, penchée vers la femme de Peter.

— Je suis là pour vous aider, dit-elle à la patiente.

Liam sut qu'il avait raison. Il était capable d'aimer, mais seulement s'il réparait cette part de lui-même que des années de négligence avaient abîmée. Il n'était pas trop tard. Il avait déjà les billets d'avion. Il devait seulement trouver les mots justes s'il ne voulait pas perdre ses chances pour de bon.

Il regarda Kelsey parler avec douceur à la jeune mère, et un sentiment de fierté lui emplit la poitrine, mêlé à quelque chose de plus fort. Elle lui avait donné une raison d'aimer de nouveau.

— Comment va-t-elle ? demanda-t-il à voix basse.

— Elle est sous le choc.

— Je suis désolé. J'ai tout essayé...

— Je sais, Liam. Mais... ce n'est pas approprié ici. Veux-tu venir dans mon bureau d'ici quelques minutes ?

— Bien sûr.

Il quitta la chambre. En passant devant la crèche, il vit le soleil filtrer à travers les stores. La salle était déjà remplie des rires et des babillages des nourrissons.

C'était déjà le matin. Une nouvelle journée commençait... Une autre chance de changer le monde.

Il sourit en reconnaissant une petite tête aux cheveux châtains. *Emma.*

Mike avait dû la déposer avant de se rendre au club des vétérans. Liam songea à Peter qui n'aurait pas la chance de connaître son enfant.

Il se sentit affreusement mal tout à coup. Emma était sa plus grande réussite, et il l'avait utilisée comme excuse pour ne pas communiquer avec son père, pour ne pas affronter les blessures de son enfance, pour tenir Kelsey en dehors de ses problèmes. Mais s'il voulait faire partie de sa vie, il devait apprendre à partager les choses difficiles et pas seulement les bons moments.

Emma, je ferai ce qu'il faut pour que nous puissions être une vraie famille. Je te le promets.

Quelques secondes plus tard, il entra dans le bureau de Kelsey. Nerveusement, il plia et déplia les doigts. Pour ce qu'il avait à lui dire, il aurait voulu être dans le confort douillet du chalet et la tenir blottie contre lui. Cela aurait été tellement plus facile.

Elle arriva enfin, et il se leva pour l'accueillir. Mon Dieu, elle était si belle !

C'était sans doute insensé d'avoir des sentiments aussi intenses à son sujet après si peu de temps. Mais en la contemplant, vêtue de sa blouse médicale qui dissimulait ses courbes fascinantes, avec ses cheveux noués en une queue-de-cheval un peu lâche, il comprit que cette nuit dramatique avait été une révélation : il aimait cette femme.

— Comment te sens-tu ? demanda-t-elle d'emblée.

Comme si j'étais capable de planer. Dis-moi que tu partages mes sentiments et je le ferai... Mais évidemment, elle faisait référence à la perte de son patient.

— Je tiens le coup, répondit-il. Je suis terriblement mal pour la femme de Peter, mais nous ne pouvions rien faire de plus pour lui. Je suis simplement reconnaissant qu'elle soit en vie pour aimer cette petite fille. Je n'imagine pas ce que cela aurait été pour Emma de ne jamais connaître ni Page ni moi.

Kelsey s'approcha et prit sa main dans les siennes.

— Liam, je comprends ce que tu ressens et j'ai pensé la même chose. Au moins, cette petite aura sa mère pour lui parler de Peter. Comme Emma t'a, toi.

— Je peux te parler ? demanda-t-il, la gorge nouée.

— Bien sûr. Ici ou à la maison ?

— Ici, je pense. Si je retourne au chalet avec toi, je crains d'être tenté de m'adonner à cette activité dont nous raffolons et qui n'implique pas vraiment de parler.

Kelsey sourit.

— Et nous sommes plutôt doués pour ça, mmh ?

— Je suis tout à fait d'accord. Raison pour laquelle j'aimerais que tu ailles t'asseoir derrière ton bureau et que je reste à ma place. Je pensais t'annoncer ça pendant le repas, mais on dirait que tous nos plans pour dîner ensemble sont systématiquement contrariés.

Les traits de Kelsey reflétaient l'inquiétude. Néanmoins, elle gagna sa place derrière sa table de travail.

— Liam, tu me fais peur. C'est pour ça que tu refusais de me parler jusque-là ? Tu essayes de me laisser tomber en douceur ?

— Je n'essaye pas du tout de te quitter, Kels. Demande-moi ce que tu veux savoir et je te répondrai.

— Je veux savoir quelle est ta plus grande crainte, dit-elle sans hésiter.

Liam se renversa contre le dossier, stupéfait. Il ne s'attendait absolument pas à cette question.

— Devenir comme mon père, répondit-il. Délaisser Emma,

ne pas être là quand elle a le plus besoin de moi, faire passer mes rêves et mes désirs avant les siens et qu'elle m'en veuille pour ça.

— Veux-tu savoir ce que j'ai pensé la première fois que je t'ai vu ? Je me suis dit que tu étais un papa débutant avec une tonne de trucs à apprendre, mais que tu ne lâcherais pas avant de tout maîtriser. J'ai su tout de suite que tu allais être un père formidable. Et devine quoi ?

Liam n'avait aucune idée de là elle voulait en venir.

— J'avais raison ! reprit-elle avec un petit air de triomphe. Tu es là pour elle de mille façons auxquelles je n'aurais pas pensé et, pour être tout à fait franche, je suis un peu jalouse quand je vous vois ensemble.

Le cœur de Liam battait à tout rompre, à présent.

— Merci. Mais tu n'as aucune raison de l'être. Emma t'aime. Il faut voir son visage s'animer quand tu entres dans une pièce.

— Donc, tu penses que nous nous en sortons bien en tant que parents ?

— Oui, on peut dire ça.

— Alors, je répète ma question. Qu'est-ce qui t'inquiète ? Tu veux en rester là ?

— Qui dit que je veux rompre ? s'exclama-t-il, interloqué.

Kelsey le regardait sans ciller.

— Ce n'est pas pour parler de ton travail ici que tu voulais voir Kris, n'est-ce pas ? Et ces textos que tu as reçus au milieu de la nuit n'étaient pas si anodins. Je n'ai pas besoin de savoir de quoi il s'agit, mais tu n'avais qu'à dire que cela ne me regardait pas au lieu de me mentir. J'en conclus que je ne suis pas importante à tes yeux.

— Kels… Je suis désolé. Je voulais attendre d'avoir arrêté un plan pour être sûr de ne pas me dégonfler.

Elle pencha la tête de côté, essayant de comprendre le sens de ses paroles.

— Je retourne à Austin pour voir mon père, annonça-t-il. Tu m'as dit de lui pardonner. Ces dernières semaines, tu m'as donné le courage d'essayer.

— Waouh, Liam, c'est formidable ! Combien de temps resteras-tu là-bas ?

— Trois jours.

— Je suis heureuse que tu aies pris cette décision, mais tu vas nous manquer.

— Nous ? reprit-il.

— Oui, à Emma et à moi. Je suis sûre que tu vas aussi manquer à mon père, mais il ne le montrera jamais, répondit-elle en riant.

Liam secoua la tête, et l'humeur de Kelsey changea brusquement.

— Désolé, je n'ai peut-être pas été clair. J'emmène Emma pour qu'elle puisse voir mon père.

Kelsey se figea, interdite.

— Comme ça, sans même m'en parler ?

— C'est ce que je fais en ce moment, Kels.

Liam se leva pour s'approcher d'elle, mais elle l'arrêta d'un geste.

— Cette valise au chalet, c'était pour ça ? Tu as déjà préparé son bagage ?

Il ne répondit pas, lui offrant ainsi la confirmation dont elle avait besoin.

— Primo, tu as supposé que je serais d'accord pour qu'elle parte avec toi. Et secundo, tu n'as pas pensé à me demander ce que tu devais emporter pour elle ?

Ce fut au tour de Liam d'être vexé.

— Je suis son père. Je sais quand même ce dont notre fille a besoin pour un voyage de trois jours. Et je peux me passer de ta permission.

— Et je suis sa mère. Peut-être pas légalement comme toi, mais de toutes les autres façons qui comptent.

— Tu dois me laisser partir avec elle, Kels. Fais-moi un peu confiance.

— Je ne sais pas faire ça.

— Je pensais que ça te ferait plaisir, dit-il, conciliant. Je mets de côté ma rancune envers mon père pour devenir quelqu'un de meilleur pour Emma. Et pour toi.

Kelsey se raidit à ces derniers mots.

— Si tu tenais à moi, tu saurais que je ne serai jamais d'accord pour que tu emmènes Emma sans m'en parler. As-tu seulement eu l'idée de m'inviter ?

— Je tiens à toi, Kels. Mais comment veux-tu que j'aille plus loin avec toi si tu ne me fais pas confiance en tant que père ? Voilà ce qui me ronge.

— Et ce qui m'inquiète, moi, c'est de ne pas être là s'il arrive quelque chose aux gens qui comptent le plus pour moi.

— Alors, viens avec moi.

Elle secoua la tête, et sa lèvre se mit à trembler.

— Tu oublies que j'ai le dîner de la fondation à planifier. Je ne peux pas partir...

— Donc, quoi que je fasse, j'ai tort, c'est ça ?

— Tu peux aussi rester.

En voyant son regard suppliant, Liam faillit capituler.

— Mon père est malade, Kelsey. Il se peut que ce soit la dernière fois que je le voie.

— Oh ! mon Dieu... Je suis désolée. Il va s'en sortir ?

— Je n'en suis pas sûr. Mais je le saurai demain.

— Demain ? Tu pars *demain* ?

Il acquiesça. Peut-être aurait-il dû commencer par là, mais il n'aurait jamais pensé qu'elle réagirait de la sorte pour un voyage de trois jours.

— Et je suppose, puisque nous sommes juste des collègues qui s'offrent du sexe ensemble, que tu n'as pas pensé non plus à me dire que ton père était malade ? lança-t-elle, acerbe.

— Kelsey, arrête. C'est déloyal.

Elle se leva et marcha jusqu'à la porte qu'elle ouvrit en grand.

— Sors, Liam.

— Écoute-moi...

— Non, je suis très sérieuse !

Bon sang ! Il était prêt à reconnaître ses torts. Mais comment s'y prendre quand elle refusait de le regarder en face ?

Elle releva enfin la tête. Le chagrin marquait ses traits et le contour de ses yeux.

— Je ne veux pas poursuivre une relation avec toi, Liam, si tu ne peux pas comprendre ce dont j'ai besoin. Je veux un partenaire qui me parle quand il vit des choses difficiles, pas quelqu'un qui attend que les problèmes se tassent et qui m'en informe plus tard.

— C'est pour ça que je pars, dit-il. Pour que je puisse enfin m'ouvrir à toi, une fois que j'aurai résolu les problèmes de mon passé.

Les yeux de Kelsey s'emplirent de larmes, et ses épaules s'affaissèrent.

— C'est trop tard, Liam.

13

Installée dans son bureau à la villa, Kelsey feuilletait son agenda, soulignant les tâches qui restaient à accomplir avant le dîner de la fondation qui aurait lieu dans une semaine.

Les centres de table, par exemple... Sa sœur Mari s'était portée volontaire pour réaliser les compositions florales. Elle pouvait donc barrer ça.

Les invitations avaient été envoyées suffisamment à l'avance, et une chambre avait été réservée pour l'invitée d'honneur, Mira Yates, la toute première patiente accueillie au Nid doré.

Appeler ceux qui n'ont pas encore répondu...

Elle soupira. C'était juste qu'elle n'avait pas le cœur à faire ça. Il y avait une semaine et demie qu'elle n'avait pas vu Liam et Emma.

Comme elle n'avait pas répondu à ses appels, il lui avait laissé un texto.

> Désolé de ne pas t'avoir incluse dans mon projet de rendre visite à mon père. Je veux lui présenter sa petite-fille avant qu'il ne soit trop tard. J'ai aussi besoin de m'expliquer avec lui. C'est seulement à cette condition que je pourrai me consacrer à toi et à Emma. Ça n'a probablement pas de sens pour toi, mais je te demande de me faire confiance. Emma est en sécurité avec moi. Je la protégerai de ma vie, je tiens à ce que tu le saches.
>
> Liam

Il était supposé s'absenter trois jours, mais au bout d'une semaine elle avait reçu un autre message.

Je suis retenu encore quelques jours ici. Mon père passe des examens avant son opération.

Kelsey savait que c'était probablement la vérité, mais ça ne l'aidait pas à chasser son inquiétude. Que donnait-il à manger à Emma ? Pensait-il à ses vitamines, à la crème solaire... ? Sa panique devenait incontrôlable.

Le troisième texto de Liam était tout aussi frustrant.

Vous me manquez, toi et Mike. J'aimerais tellement pouvoir te parler.

Il avait joint une vidéo d'Emma, mais Kelsey n'avait pas eu le cœur de la regarder. Car au-delà de son inquiétude, une autre crainte se profilait, plus grande celle-là. Et si Emma s'épanouissait loin d'elle ?

— Je ne sais pas combien de temps je vais tenir, avait-elle avoué à son père.

— Il reviendra. Liam est quelqu'un de bien, avait-il répondu d'un ton enjoué.

Mais ses traits creusés trahissaient son épuisement, et il ne souriait presque plus depuis le départ d'Emma. Sans elle, il était lui aussi comme à la dérive.

— Je n'en sais rien, papa. Il ne parle jamais de revenir. Si l'état de son père empire, va-t-il rester indéfiniment là-bas ?

— Tu pourrais l'appeler et clarifier la situation avec lui.

— Je lui ai déjà tout dit. Je ne vais pas recommencer.

— Même pas pour Emma ?

Kelsey avait soupiré douloureusement. En disparaissant avec leur fille, Liam avait laissé un trou béant dans son cœur. Rien ne pouvait le combler, pas même le fait de se jeter à corps perdu dans l'organisation du gala de sa fondation.

— Non, pas aujourd'hui, murmura-t-elle en refermant son agenda d'un coup sec.

Découragée, elle appliqua son front sur la surface fraîche du bureau, tâchant de relâcher sa tension.

— Kels ? appela son père en frappant à la porte entrouverte.

— Oui ? dit-elle en se ressaisissant.

Au même moment, son téléphone vibra, signalant un message entrant.

Liam.

Ses doigts se mirent à trembler, tant elle brûlait de lire les nouvelles qu'il lui envoyait, au moins pour apaiser son angoisse. Mais elle s'efforça de regarder son père.

— La petite voulait te dire bonjour, dit Mike en brandissant son portable.

— Papa, je ne peux pas. Ça me fait trop mal.

Kelsey ferma les yeux, mais le babillage d'Emma l'atteignit en plein cœur.

— Kels, regarde-moi.

Rouvrant les paupières, elle concentra son regard sur le visage de son père, mais l'image floue d'Emma sur un tapis de jeu pénétra son champ de vision.

— Je sais que tu souffres, dit Mike. Liam le sait aussi, et je suis sûr qu'Emma le sent également. Mais tu ne peux pas les bannir comme ça, Kels, quels que soient tes sentiments.

— Papa, j'ai lutté toute ma vie. Je n'ai jamais rien lâché. Jusqu'à ce que je laisse Page aux soins d'un médecin que je connaissais seulement de réputation. Sais-tu ce que je ressens de savoir qu'elle est morte sous la garde de quelqu'un d'autre et qu'elle n'a pas eu la chance de connaître son bébé ? Ça m'étouffe ! Maintenant ma seule mission est de prendre soin de sa fille pour ne pas être dévorée par la culpabilité. Et je ne peux pas m'occuper d'elle, parce qu'elle est loin de moi. Ça me tue !

— Kels, je suis désolé que tu aies traversé ces épreuves et que tu te sentes si perdue. Mais tu ne peux pas tout contrôler.

— Pas en ce qui concerne Liam et Emma, non, admit-elle. J'ai posé toutes les bonnes questions à Liam et j'ai attendu qu'il se confie. Mais comme à chaque fois, je perds la partie, alors que cette vie aurait pu être merveilleuse.

Son père mit la vidéo sur pause.

— Tu n'es pas perdante. Tu as toujours Emma. Et pas seulement. Liam te tend la main, il fait de son mieux alors qu'il traverse une situation terrible.

Kelsey renifla et s'essuya les joues.

— Comment le sais-tu ?

Le visage de Mike devint aussi rouge que sa chemise.

— Je suis en contact avec Liam, avoua-t-il, embarrassé. J'ai… j'ai le droit de m'intéresser à Emma. C'est ma petite-fille.

— Elle est *ma* fille avant tout !

Son père releva les yeux, et ce qu'elle lut dans son regard lui causa un choc. Brusquement, elle prit conscience de son égoïsme. Liam l'avait blessée en partant, mais elle n'avait fait qu'aggraver les choses.

— J'ai tout gâché, n'est-ce pas ? Tu crois qu'Emma me pardonnera ?

Mike esquissa un sourire bienveillant.

— Kels, elle ne se rappellera pas que sa maman a eu besoin de temps pour surmonter ça. Cela arrive à tous les parents de manquer de confiance en soi, à un moment donné.

— À *tous* les parents ?

— Quand ta mère est morte, je… j'ai mal géré la situation.

— Oh ! je suis tellement désolée…, dit-elle en sentant les larmes redoubler.

— C'est absurde. Je l'ai dit mille fois, mais tu ne veux pas l'entendre. Ce qui est arrivé n'était pas ta faute, Kels. Reprocherais-tu à Emma d'avoir causé la mort de sa mère ?

Kelsey ravala son souffle, horrifiée.

— Non… Jamais ! Mais si je n'étais pas née, toi, maman et Mari…

— Nous aurions raté la plus belle chose de notre vie. Si ta mère était là, elle serait d'accord. Je ne voudrais rien changer, à part te convaincre que tu mérites l'amour et le bonheur comme tout le monde. Mais pour ça, tu dois lâcher prise et faire confiance.

— Liam m'a dit la même chose.

— C'est un homme intelligent, poursuivit son père. En tout cas, si quelqu'un méritait des reproches à l'époque, c'est moi. Quand ta mère est morte, j'ai perdu les pédales… et je suis parti.

— Parti ?

Mike vint s'asseoir dans le fauteuil face au bureau.

— Oui, pendant un mois. Ta tante Peggy vous a gardées, toi et Mari, pendant que j'essayais de me reprendre en main. Je me sentais coupable de vous avoir laissées, mais ce n'était rien comparé à la peur que j'avais de vivre avec vous.

— Qu'est-ce qui t'a fait revenir ?

Le sourire de son père était si radieux cette fois que Kelsey sentit sa peau se réchauffer.

— Je vous aimais terriblement, dit-il. Et je vous aimerai toujours autant. Quand je me suis senti prêt, je suis rentré auprès de vous deux et je ne vous ai plus quittées.

Kelsey se leva d'un bond et serra son père contre elle.

— Je n'ai jamais su ça.

— Comme Emma n'a pas besoin de savoir que Liam a attendu deux mois avant de venir la chercher… ou que tu as dû t'accorder un moment pour savoir où tu en es vraiment, expliqua Mike. Et Liam te donne l'espace nécessaire pour que tu comprennes le rôle qu'il a dans ta vie.

— Son rôle ? Je ne sais pas…

Pendant tout ce temps, elle avait pensé qu'il ne l'avait pas incluse dans ses projets, parce qu'elle n'était pas importante à ses yeux. Mais maintenant, elle n'en était plus aussi sûre.

— Que ressens-tu pour lui, Kels ?

— Je l'aime. Du moins, c'est ce que je croyais. Mais comment est-ce possible, alors que je l'ai mis à la porte et que je ne lui ai plus reparlé depuis ?

— L'amour n'agit pas toujours dans son propre intérêt, Kels.

— Mais s'il ne revient pas ? S'il ne veut pas de moi ?

Mike se leva.

— T'a-t-il donné une raison de penser qu'il ferait ça ?

— Non… non.

En fait, en dehors de Mike, Liam était la seule personne au monde qui lui donnait le sentiment d'être choyée. Elle n'avait qu'un reproche à lui faire : d'avoir emmené Emma au moment où elle pensait que leur relation devenait spéciale.

— Merci de m'avoir parlé comme tu l'as fait, dit-elle. Je vais contacter Liam, promis. C'est juste que j'ai tellement à faire avec ce fichu gala…

— Fais une pause, Kels. Il faut que tu voies ce que la petite est capable de faire, dit Mike en reprenant son téléphone.

Une photo apparut, montrant Liam avec Emma dans les bras. Kelsey sentit son cœur battre à tout rompre. Elle n'avait pas vu son visage depuis des jours, refusant de regarder des photos qu'ils avaient prises ensemble. Et même si elle avait cédé à cette tentation, elle n'aurait pas ressenti la même chose qu'en cet instant, où les yeux de Liam semblaient la fixer.

Il était parti depuis moins de deux semaines, pourtant il était… différent. Plus énergique, mais plus doux aussi, et cela se reflétait dans l'éclat nouveau de son regard comme dans son sourire rayonnant. Il était superbe et… heureux. Ils semblaient l'être tous les deux.

Sans toi…

Sentant monter en elle un regain d'angoisse, elle s'efforça de retrouver une respiration normale.

Lâche ce fardeau… Lâche prise !

— Vas-y, je suis prête, dit-elle à son père.

Mike cliqua sur l'image qui était extraite d'une vidéo.

— Emma, dis bonjour à maman et à papy Mike, disait Liam.

— Papy Mike ? murmura Kelsey.

Mais elle s'efforçait surtout d'assimiler le mot que Liam avait employé pour parler d'elle à Emma. *Maman*.

— Chut… Écoute, dit son père dans un souffle.

— Qui est-ce ? disait Liam en se désignant.

— Pa ! dit Emma qui pointait un petit doigt sur le torse de Liam.

Kelsey sentit de nouvelles larmes rouler sur ses joues, mais pour la première fois depuis longtemps le rire la gagnait aussi.

— Et là, qui est-ce ? poursuivit Liam en montrant une photo.

Kelsey la reconnut. C'était celle qu'il avait encadrée et posée près de son lit.

— Ma ! dit Emma en ouvrant les bras, comme si sa mère pouvait surgir de la photo et la rattraper.

L'émotion frappa Kelsey comme un tsunami.

— Oh ! c'est trop mignon ! s'exclama-t-elle, bouleversée. Comme elle est intelligente…

— Oui, n'est-ce pas ? dit Mike, rayonnant. Le plus incroyable, c'est que Liam n'a pas eu besoin de lui apprendre. Elle a trouvé ces mots-là toute seule. Tu comprends ce que ça veut dire, Kels ? Tu es une maman, ce que tu as toujours voulu être, et tu mérites d'être heureuse.

Kelsey étouffa un sanglot.

— Et… s'il était trop tard ?

— L'amour arrive toujours à temps, Kels. C'est comme ça. Regarde Kris… Et maintenant, toi et Liam. Appelle-le. Pour que les choses redeviennent normales entre vous. Je ne peux pas te promettre qu'elles seront meilleures. Mais qui sait ?

Là-dessus, il quitta le bureau, et le couloir résonna des « Ma ! Pa ! » d'Emma, tandis qu'il repassait la vidéo.

Que les choses redeviennent normales ? Et si c'était s'endormir sur l'épaule de Liam, avec Emma dans la chambre d'à côté ? Se réveiller auprès d'un homme qui la voyait telle qu'elle était et qui désirait encore la couvrir de caresses ? Alors oui, elle s'arrangerait volontiers de cette normalité, se dit-elle en esquissant un sourire rêveur.

Mais elle ne pouvait pas penser à Liam pour l'instant. Les femmes qu'elle aidait par le biais de sa fondation méritaient, comme elle, d'avoir une famille.

Je dois le faire pour savoir si je suis digne de lui et d'Emma.

Il était temps de dire adieu à la peur, à son obstination à tout contrôler, à ses erreurs. Parce qu'elle comprenait enfin qu'Emma et elle avaient droit au bonheur. Et que Liam en faisait partie.

14

Liam contemplait sa ville natale. Austin déployait ses vagues de gratte-ciel jusqu'à l'horizon. Mais cette vue ne le réjouissait pas autant que le panorama du Pacifique depuis la terrasse de Kelsey.

Une douleur lui enserrait la poitrine depuis qu'il s'était envolé de Los Angeles dix jours plus tôt. Rien à voir avec des brûlures d'estomac ou le stress, comme il l'aurait suggéré à un patient présentant les mêmes symptômes. Non, c'était le chagrin de la séparation, tout simplement.

Il n'aurait jamais dû quitter Kelsey ou alors il aurait dû l'inclure dans son projet, elle avait raison sur ce point. Mais il devait s'expliquer avec son père, s'il voulait se montrer digne d'elle.

Sa relation avec ce dernier évoluait. Les progrès étaient lents mais réguliers, comme le traitement par chimiothérapie que Joe Everson suivait. Liam avait cependant acquis la certitude que le problème entre eux était plus complexe qu'il n'en avait l'air. Car il n'avait pas cherché à comprendre l'attitude paternelle jusque-là, reconnut-il. Peut-être avait-il une part de responsabilité dans ce gâchis.

Il se passa une main dans les cheveux et soupira.

— Fiston ?

— Je suis là, répondit-il en se détournant de la fenêtre.

Le sourire qui naquit sur ses lèvres à l'approche de son père était nouveau et bienvenu, se dit-il.

— Tu es prêt pour la réunion du conseil ?

— Oui. Merci de les avoir convoqués pour que je leur expose ce projet. C'est très important pour moi.

Et pour la femme qui compte le plus dans ma vie – ou du moins l'une des deux !

Son père eut un mouvement de tête comme pour dire : « De rien. » Encore une réaction étrange qu'il accueillait avec plaisir depuis une semaine. Il y avait d'autres signes tout aussi prometteurs, comme le cancer qui semblait régresser. Liam y gagnait du temps précieux à partager avec Joe.

— Surtout, insiste sur le fait que l'équilibre financier et la réputation de notre société seront préservés. Certains vont peut-être se laisser émouvoir par cette bonne cause, mais ils voudront quand même voir les chiffres.

— Je les ai ici.

Il remit les documents à son père qui les examina avec attention. Les traitements médicaux n'avaient pas altéré son sens aigu des affaires.

— Excellent, Liam. Je sais que je te l'ai dit souvent depuis que tu es ici, mais... merci d'être venu et de m'avoir donné la chance de la connaître.

Il sourit en regardant en direction de la chambre d'amis où Emma faisait la sieste.

— Je regrette de ne pas l'avoir fait plus tôt. J'aurais su que tu étais malade.

Encore maintenant, en pensant qu'il ne connaissait la maladie de son père que depuis deux semaines et demie, il se sentait nauséeux. Il avait perdu tellement de temps à le mépriser à distance ! Du temps qu'il ne rattraperait pas.

Il est venu vers toi quand il s'est senti prêt, murmura une voix au fond de lui.

Oui, et Dieu merci ils pouvaient partager des moments comme celui-ci.

— Je ne voulais pas que nos retrouvailles tournent autour de ça, répondit son père. Cancer ou pas, je tenais à rencontrer Emma et à renouer avec toi. Je suis désolé qu'il m'ait fallu si longtemps.

— Mais le moment est venu. Et tu vas pouvoir faire la connaissance des deux femmes de ma vie.

Liam était impatient de présenter son père à Kelsey. Pour plein de raisons, mais surtout parce qu'il lui tardait de retrouver les bras de la jeune femme. Au point de dormir avec une serviette d'Emma qui était imprégnée du parfum de Kelsey.

Oui, mon vieux, c'est pathétique...

Son père l'observa avec attention.

— Tu es heureux.

— C'est vrai, reconnut-il.

— Bien, c'est tout ce que je désirais. Je sais que ça ne vaut pas grand-chose venant de moi, mais en dépit de mon mauvais exemple tu es un bon père, Liam. Un très bon père.

— Merci, papa. Et détrompe-toi, c'est important pour moi.

— Docteur Everson ? appela la secrétaire de son père depuis l'entrée du salon.

— C'est à toi qu'elle s'adresse, dit Joe en souriant.

— Entrez, Nadine, dit Liam, tout en regardant discrètement sa montre.

Il lui restait vingt minutes avant d'affronter le conseil d'administration des cliniques Everson au sujet du projet qu'il avait élaboré avec Kris avant son départ de Los Angeles.

— Un appel pour vous, monsieur.

Il prit le téléphone que Nadine lui tendait.

— On se revoit tout à l'heure ? dit-il à son père.

Joe acquiesça et le laissa seul. C'était encore un peu embarrassant entre eux. Mais leur relation progressait. Sa décision de venir à Austin allait profiter à Kelsey.

En parlant de Kelsey... Il avait enfin mis un nom sur ce qu'il ressentait pour elle. De l'amour, c'était aussi simple que ça. Oui, il aimait cette femme déterminée, obstinée et si belle, et il la voulait dans sa vie autant que dans celle d'Emma. Voudrait-elle de lui ? Il avait conscience du chemin qu'il lui restait à parcourir, mais il gardait bon espoir d'arriver à ses fins.

Il colla le téléphone à son oreille.

— Hé, Liam. C'est Mike.

— Mike, comment ça va ? s'enquit-il en souriant.

— Je voulais te poser la même question et te mettre au courant des dernières nouvelles. Alors, il fait bon à Austin ?

— C'est un vrai four, mais la nourriture y est meilleure !

Mike se mit à rire.

— Je ne voudrais pas te faire envie, mais ici il fait 23 degrés, un temps idéal pour aller à la pêche.

— Je serai là dans trois jours, Mike.

— Content de l'apprendre, fiston. Et je suis fier que tu prennes soin de ta famille. C'était difficile de te voir partir, mais les filles te remercieront, vu qu'elles auront deux grands-pères à choyer. Au fait, merci pour la vidéo.

— De rien, dit-il, touché. Alors, que puis-je faire pour vous ?

— Eh bien, j'espérais que Kelsey t'appellerait, mais elle avait des courses à faire. Alors, j'ai pensé que tu devais savoir tout de suite.

— Oui, de quoi s'agit-il ?

— Deux choses. Commençons par la moins importante. Kels a changé le plan de table pour laisser une place libre auprès d'elle.

— Pour vous ?

— Non. Je suis placé de l'autre côté. Quant à sa sœur, elle ne peut pas venir finalement. Donc, ça ne laisse qu'une seule option, à mon avis. Tu comptes assister au dîner ?

— Je ne veux pas manquer ça.

Et s'il s'avérait que ce siège ne lui était pas destiné, eh bien il avait d'autres raisons bien plus importantes d'être présent ce soir-là. Il avait une offre à faire à Kelsey. Deux, même. Pour la première fois, son avenir s'annonçait plein de perspectives qui l'enthousiasmaient.

— Tant mieux. Tu nous manques, fiston. As-tu une seconde pour parler de quelque chose d'autre ?

Liam consulta sa montre. Seulement quinze minutes.

— Bien sûr. J'ai du temps.

— Tu lui manques, tu sais. Tous les soirs, elle va jusqu'au chalet et allume la lumière du porche. Et le lendemain matin, elle y retourne pour l'éteindre. Elle ne se doute pas que je la vois. Mais un père sait certaines choses. Tu le verras par toi-même, un jour.

Liam sentit l'émotion le submerger. Kelsey laissait une lampe allumée pour lui ! Était-ce fou d'espérer qu'elle l'aime en retour ?

— Mike, je vous promets de me servir de cette information, dit-il dès qu'il put parler. Dans une bonne intention, bien sûr. Et je suis content que vous ayez apprécié la vidéo. Emma change de jour en jour, n'est-ce pas ?

— Ça, c'est sûr. Quel magnifique trésor tu as, fiston.

Mike parlait-il toujours d'Emma ou de « l'autre » femme adorable dans sa vie ?

— Oui, fabuleux. J'espère en être digne.

Il n'eut pas besoin de préciser qu'il ne pensait pas seulement à Emma. Mike savait. En l'espace de deux mois, Mike Gaines était devenu une figure paternelle pour lui – preuve supplémentaire que les liens du sang n'étaient pas nécessaires pour faire de bons parents. Kelsey puis Mike l'en avaient convaincu.

— C'est pour ça que je t'aime, fiston, dit Mike d'une voix un peu rauque.

— Au risque que vous changiez d'avis, je veux vous dire que j'aime Kelsey. Penser à elle et prendre soin d'Emma, c'est tout ce qui m'aide à supporter les journées. Mais si je dois choisir entre son bonheur et le mien, sachez qu'elle gagnera toujours.

— Je vous laisse là-dessus, Liam. Bonne chance.

— Merci pour votre soutien, Mike. À vendredi.

— N'oublie pas le costume. Pour ce genre d'événement, il faut être habillé chic.

— Compris.

Liam raccrocha, et l'image de Kelsey dans une robe de soirée s'imposa à son esprit, enflammant son imagination.

Mais ce n'était pas le moment de penser à ça. Il voulait aider Kelsey à mettre ses peurs de côté tout en l'aidant à réaliser ses rêves. Il lui devait bien ça.

Il avait donc beaucoup à faire, à commencer par cette réunion du conseil. Ensuite, il irait s'acheter un costume avec l'espoir d'attirer l'attention d'une certaine obstétricienne qui avait changé sa vie.

15

Pour la quatrième fois, Kelsey vérifia le contenu de sa pochette de soirée, avant d'enlever son bâton de rouge à lèvres pour le remplacer par un tube de gloss plus petit. Pourquoi les femmes s'embarrassaient-elles de ces fichus sacs aux allures de gadget ?

Les nerfs à fleur de peau, elle se plaça devant le miroir en pied, tâchant d'évaluer sa silhouette. Par chance, sa robe était parfaite. Elle avait failli se disputer avec Mari au moment de passer à la caisse chez Saks, parce qu'elle avait trouvé cette dépense frivole. Mais maintenant... Les paillettes argentées soulignaient joliment ses courbes. Et le décolleté profond rappelait la coupe dos nu qui lui avait plu d'emblée. Elle était aussi satisfaite de son chignon assez lâche, ni trop stylé ni trop sexy. Non, finalement, elle ne regrettait rien.

Si seulement un certain chirurgien daignait apparaître ce soir, pour que tout ça en vaille la peine...

Mais elle n'était guère optimiste. Après tout, elle ne l'avait pas appelé. Mais s'il venait... ça changerait tout ! Surtout s'il amenait Emma.

Elle allait lui dire la vérité : elle voulait faire sa vie avec lui. Il n'était plus question pour elle de se cacher derrière ce rôle de coparent. Une image s'imposa à son esprit : celle de Liam la contemplant avec des yeux remplis d'amour, dans leur lit à la villa, et Emma dormant tranquillement entre eux.

Kelsey sourit. Elle était prête pour cette vie-là et elle espérait que Liam accepterait ses excuses.

Une application de son téléphone l'avertit que son taxi l'attendait. Son père avait dit qu'il la retrouverait sur place.

Le chauffeur arrêta la voiture devant le centre des congrès. Au moment où Kelsey descendait, des journalistes se précipitèrent pour l'interroger sur la fondation et l'aide qu'elle apportait aux femmes en difficulté. Elle aperçut son père qui se tenait en retrait. Il souriait de fierté à chaque commentaire élogieux des journalistes.

Oui, elle faisait du bon travail, il était grand temps qu'elle l'admette et qu'elle abandonne aussi cette culpabilité qu'elle portait.

— Tu me manques, Page, murmura-t-elle pour elle-même. Tu adorerais être là et voir toutes ces paillettes de Hollywood dont tu te moquais.

Son père s'était approché. Comme ils entraient ensemble dans le hall, Kelsey eut le souffle coupé. Les murs étaient recouverts d'immenses tentures dorées, sur lesquelles on avait brodé les noms des femmes et des enfants qui avaient bénéficié de l'aide de la fondation. Et il y en avait des dizaines !

En pénétrant dans la grande salle de réception, elle fut accueillie par un tonnerre d'applaudissements. Toutes les familles étaient là, ainsi que les riches donateurs sans qui le Nid doré ne pourrait fonctionner.

Émue, Kelsey regarda la foule, cherchant un visage en particulier. Kris fut la première personne à s'avancer vers elle, au bras d'Owen.

— Bravo, Kelsey. Ce que vous avez réalisé est extraordinaire.

— Merci, Kris. Les décorateurs ont fait du beau travail.

— Je parlais de votre fondation. Bien sûr, je connais vos actions. Mais voir toute votre œuvre rassemblée ici... Nous avons beaucoup de chance de vous avoir parmi nous, docteur Gaines. Je propose que nous nous rencontrions pour discuter de la façon dont notre hôpital peut vous aider à acquérir une dimension nationale. Qu'en pensez-vous ?

Incapable de parler, Kelsey hochait la tête, un sourire rayonnant aux lèvres. Elle était encore un peu nerveuse à l'idée de déléguer ses responsabilités, mais avec les bonnes personnes cela pourrait fonctionner. Et celles-ci ne manquaient pas au Mercy Hospital. À commencer par Liam, dont le soutien lui avait permis d'envisager de nouvelles perspectives qui l'emportaient sur ses craintes. Elle ne doutait pas qu'il la seconderait activement dans cette entreprise, au moins en tant que collègue.

— Eh bien... c'est formidable. Merci, Kris.

Une vague de fierté et de satisfaction l'envahit. Oui, elle se sentait heureuse et elle le méritait cette fois. Si seulement elle pouvait reprendre les mots blessants qu'elle avait eus à l'égard d'un séduisant chirurgien deux semaines plus tôt...

Les invités se mirent à défiler devant elle, jouant presque des coudes pour venir la saluer.

— Nous vous sommes si reconnaissants de ce que vous faites pour les jeunes mères américaines, dit une quinquagénaire dont le badge indiquait qu'elle était responsable d'un refuge pour femmes maltraitées.

— Vous êtes une telle source d'inspiration, déclara une jeune mondaine que Kelsey avait accouchée. J'aimerais vous aider à poursuivre votre engagement.

— Docteur Gaines, Bill et moi, nous tenons à vous remercier. Sans votre programme, nous n'aurions pas eu notre petit Tyler...

Kelsey se sentait étourdie, mais elle gardait le sourire pour répondre aux compliments de chacun.

Quand une nouvelle main se posa sur son épaule, elle pivota, s'apprêtant à accueillir la famille ou le donateur venu la féliciter. Mais son regard rencontra des yeux d'un brun doré et un sourire qui la paralysa.

— Liam...

Une lueur malicieuse dansait dans ses prunelles.

— Pour ma part, j'aimerais te remercier d'avoir protégé ma merveilleuse fille avant que je ne fasse sa connaissance. Grâce à toi, Kels, j'ai une famille.

Des mots tout simples et pas si différents en apparence des hommages qu'elle venait de recevoir. Mais la caresse de sa main sur son bras, l'intonation de sa voix et le sourire doux qu'il ébauchait, comme si elle ne l'avait jamais rejeté, tout cela avait bien plus de sens que ses paroles elles-mêmes.

Comme il se tournait légèrement pour lui faire face, Kelsey découvrit la petite tête blonde nichée au creux de son bras.

Emma ! Ses yeux se remplirent de larmes, mais elle se mit à rire en remarquant la jolie robe dorée et le serre-tête assorti qui composaient la tenue de sa fille.

— Oh ! chérie ! Tu ne peux pas imaginer à quel point tu m'as manqué, dit-elle en l'embrassant.

Liam lui confia Emma et, de son bras, il lui enserra la taille. Alors, tout le chagrin et l'incertitude de ces deux dernières semaines s'évanouirent. En cet instant, Kelsey avait tout ce qu'elle désirait.

16

Une délicieuse rougeur envahit la peau hâlée de Kelsey, et Liam se sentit en proie à un désir incoercible. Savait-elle à quel point elle était belle et sexy dans cette robe ? Bon sang ! Il était sur le point de demander à Mike d'emporter Emma, afin de capturer les lèvres de Kelsey et de lui ôter ce fourreau argenté qui épousait ses courbes divines.

Du calme ! Pas maintenant. Il avait un certain nombre de choses à lui dire. En plus des projets qu'il avait en tête, il voulait s'assurer qu'elle comprenne les sentiments qu'il avait pour elle.

— Je t'ai manqué ? demanda-t-il doucement.

Elle entrouvrit les lèvres, laissant voir ses dents parfaites. Comment oublier qu'elles avaient mordillé son corps, lui infligeant les plus délicieuses tortures ?

— Oui... Oui, beaucoup. Je suis juste surprise... Après la façon dont je t'ai traité, j'étais sûre que tu ne voudrais pas revenir à la maison.

À la maison... Liam sentit l'espoir envahir son cœur.

— J'avais besoin de mettre des choses en ordre.

— Je le sais maintenant. Je suis désolée pour ton père.

— Et moi, je m'en veux de ne pas t'avoir parlé. Je ne savais pas dans quoi je m'embarquais. OK, ce n'est pas vraiment une raison... Mais à l'avenir, nous déciderons tout ensemble. Parce que, quoi que je fasse de ma vie, rien ne se fera sans toi, Kels.

Elle ouvrit la bouche pour lui répondre, mais Liam reprit :

— Je t'en prie, ne dis pas non. Je sais que j'ai manqué de

franchise, mais je t'aime, Kelsey. Et je suis prêt à parler d'avenir, s'il n'est pas trop tard.

Ses beaux yeux de jade étincelaient sous les lustres. Elle était séduisante en diable, et il devait lui parler au plus vite s'il ne voulait pas perdre complètement ses moyens.

— Kelsey, veux-tu écouter ce que j'ai à te dire ?

— Oui... Non... Oh ! je veux dire, bien sûr, nous pouvons parler. Et non, il n'est pas trop tard.

Il eut l'impression qu'elle allait ajouter quelque chose, mais à cet instant les lumières de la salle s'atténuèrent.

— Le signal de mon discours, murmura-t-elle. On se voit après ? J'ai aussi des choses à t'annoncer.

Liam réfléchit à toute vitesse. Que voulait-elle lui dire ? Son sourire était insondable, et il se posait mille questions.

— Bien sûr. Retrouvons-nous ici quand tu auras terminé.

— Parfait. J'ai hâte ! Oh ! je peux la garder avec moi ? demanda-t-elle en montrant Emma. J'aimerais que les invités la voient.

Il hocha la tête en souriant, et elle s'éloigna, sa robe chatoyante soulignant l'ondulation de ses hanches.

Comme il la suivait des yeux, fasciné, elle se détourna brusquement.

— Liam ? Je suis vraiment heureuse que tu sois venu. Ça ne serait pas pareil sans toi.

Il sentit une boule d'émotion lui nouer la gorge. L'amour et la famille ne lui avaient pas toujours réussi, mais peut-être que les choses tournaient enfin en sa faveur.

Il y avait un écran géant derrière l'estrade. Des photos se mirent à défiler. De bébés, de femmes enceintes, de familles... Elles résumaient l'œuvre de Kelsey, et en les regardant Liam sentit une immense fierté monter en lui.

— Je tiens à vous remercier tous et toutes d'être venus ce soir, commença Kelsey en s'adressant aux centaines de personnes présentes.

Très droite sur la scène, elle dégageait une présence incroyable. Même Emma semblait impressionnée.

— C'est une soirée spéciale, poursuivit-elle. D'abord, parce que nous fêtons le troisième anniversaire du Nid doré qui a pour but d'apporter beaucoup d'amour à nos patientes. Ensuite, parce que les dons ont triplé, ce qui va permettre plus d'hébergements et de femmes aidées. Merci à vous tous !

Un tonnerre d'applaudissements et de vivats salua son discours. Dans les bras de sa mère, Emma se mit aussi à taper des mains. Leur fille avait toute sa place ici, se dit Liam en sentant ses yeux s'embuer.

Il eut un pincement au cœur en songeant à celle qui n'assisterait pas à cette soirée parfaite. Page... Le chagrin serait toujours là, pour lui rappeler ce qu'il avait perdu. Mais la douleur était adoucie par la perspective d'un avenir avec sa fille et la femme qu'il aimait.

Kelsey choisit ce moment pour embrasser Emma et la présenter au public. De nouveaux cris de joie montèrent de la foule. Puis Kelsey invita tout le monde à faire honneur au dîner.

Comme elle revenait vers lui, Liam vit qu'Emma commençait à s'agiter.

— Pa ! dit-elle en lui tendant les bras.

Il la prit contre lui en souriant.

— Alors, je vous écoute, docteur Gaines. Qu'avez-vous à m'annoncer ?

Kelsey le fixait, les yeux brillants.

— Difficile de m'en souvenir quand tu es si séduisant et que tu portes cette petite créature chère à mon cœur.

— Dans ce cas, je commence. Kelsey... j'ai retenu ce que tu m'as dit, dit-il avant de remettre Emma à Mike.

Celui-ci s'éloigna discrètement vers la piste de danse en faisant tournoyer la petite fille qui riait aux éclats.

— Je te promets de me confier désormais, reprit Liam. Et j'ai aussi compris ce que tu attends de la vie.

— Ton voyage à Austin... a-t-il eu l'effet escompté ?

— C'est difficile à exprimer. J'aurais dû parler à mon père dès mon retour aux États-Unis, mais je lui en voulais tellement que j'ai laissé la colère dicter mes décisions. Et j'hésitais à poursuivre une relation avec toi, parce que j'avais peur de lui ressembler.

— Et maintenant ?

— Maintenant, j'ai l'impression que rien ne me sera impossible si je vous ai auprès de moi, Emma et toi.

— Nous sommes là, près de toi, Liam.

Elle se pencha vers lui, mettant à rude épreuve sa résolution de ne pas la toucher jusqu'à ce qu'il ait terminé. Il inspira son parfum floral qui agit sur lui comme un puissant aphrodisiaque.

— Mon père dit qu'il te doit des excuses. Il faudra un certain temps avant qu'il ne puisse voyager, mais quand ce sera possible, et si tu es d'accord, il aimerait vraiment parler avec toi.

— J'en serais ravie. Surtout si ça l'aide à se rapprocher d'Emma. Avez-vous réglé vos problèmes, tous les deux ?

— Oui. Nous ne serons sans doute jamais aussi proches que toi et Mike, mais nous arrivons à nous entendre.

— Tant mieux. Et tu… tu vas retourner à Austin ?

— Non, Kels. Je reste ici pour de bon. Ce qui m'amène à la première chose dont je voulais te parler. En plus d'améliorer ma relation avec mon père, j'avais besoin de son aide pour un projet. Il est d'accord, donc c'est à toi de décider maintenant.

Liam prit une profonde inspiration et regarda les invités qui dansaient ou buvaient une coupe de champagne. Des gens dont la vie était infiniment plus riche et remplie d'amour grâce à Kelsey. C'était le cas pour lui aussi…

— Tu as autre chose à m'annoncer en plus de ton retour ? demanda-t-elle.

Il acquiesça et, incapable de se retenir plus longtemps, il captura ses lèvres. Dans ce baiser tendre, il mit tout l'amour qu'il avait pour elle, comme une promesse de ce qui les attendait si elle l'acceptait dans sa vie.

— Kelsey, mon père est prêt, avec mon aide et ta permission, à mettre toute l'influence du groupe Everson Health au service de ta fondation et à acquérir des terrains pour de nouvelles implantations du Nid doré.

Kelsey porta une main à sa poitrine, comme frappée de stupeur.

— Liam… c'est trop. Je ne sais pas si je pourrai…

— Faire face à cette charge de travail sans te laisser déborder ? Je t'aiderai à engager les meilleurs praticiens et je t'assure que rien ne se fera sans toi.

— C'est que… tout va si vite. Kris m'a déjà parlé d'une participation de l'hôpital.

— Alors, nous discuterons aussi longtemps que tu le voudras pour que tu sois à l'aise. C'est ton projet avant tout. Je veux t'apporter tout mon soutien pour le réaliser, mais nous pouvons attendre. J'ai aussi pensé que ce serait un bel hommage à Page, si l'un des centres portait son nom.

— C'est une idée formidable ! M'autorises-tu à parler de ton offre à Kris, vu ce qu'elle m'a proposé ?

— Elle est déjà d'accord. Mais seulement si c'est ce que tu veux, dit-il en sortant une enveloppe de sa poche. Voici notre proposition écrite.

— Oh ! alors, c'est de ça que vous parliez dans son bureau ?

Liam acquiesça.

— De ça et du fait que je prenais un congé pour aller voir mon père pendant qu'il subissait sa première chimio. Surtout, ne te sens pas pressée de prendre une décision. Je n'ai pas l'intention de partir, Kels, quoi que tu décides.

— Merci infiniment, Liam. Je te suis tellement reconnaissante ! s'exclama-t-elle en passant les bras autour de son cou.

Liam la serra contre lui. Il l'aimait passionnément et voulait son bonheur avant tout. Et il avait bien l'intention de le lui prouver, quoi qu'elle fasse de son offre d'agrandir sa fondation.

Parce qu'il avait une dernière carte à jouer. Une question qu'il brûlait de lui poser...

17

Kelsey parcourut les documents de l'enveloppe, sous les regards attentifs de Liam, de Mike, de Kris et d'Owen. Sur la scène, le DJ s'apprêtait à clore la soirée. Dans la salle, il ne restait plus qu'une dizaine de personnes. Les autres invités étaient rentrés chez eux à la fin du bal ou s'étaient rendus dans quelque soirée somptueuse.

Il était difficile d'imaginer un meilleur projet que celui qu'elle avait sous les yeux, pensa Kelsey avec émotion. Sur le papier, cela semblait génial. Les futures mères qui habitaient dans les États du Sud et du Middle West n'auraient pas à faire un long voyage pour accéder aux soins médicaux. Sans compter qu'avec le soutien des cliniques Everson la fondation pourrait aider beaucoup plus de familles. Ce serait un bel hommage rendu à Page.

— C'est incroyable ! s'exclama-t-elle. Exactement ce dont je rêvais.

Et le plus étonnant, c'était qu'elle se sentait prête à prendre cette énorme responsabilité.

— Êtes-vous sûr de vouloir gérer cela avec elle, Liam ? demanda Kris. Ce n'est pas rien de diriger une fondation à l'échelle nationale.

— Je suis prêt, Kris. J'ai des contacts dans les lieux où sont prévus les nouveaux centres, et mon père a déjà des cliniques sur place. Et Kelsey et moi, nous formons une bonne équipe.

Ce disant, il adressa un clin d'œil à Kelsey. Elle sentit son cœur s'emballer, comme à chaque fois qu'il la regardait ainsi ou qu'elle pensait à lui.

— Bien, puisque tout le monde est partant..., dit Kris avec satisfaction. Liam, passez à mon bureau lundi.

— Comptez sur moi.

Là-dessus, la directrice du Mercy Hospital s'éloigna vers le bar en compagnie de son chevalier servant, et Mike annonça qu'il rentrait avec Emma. Kelsey et Liam se retrouvèrent seuls dans l'atmosphère tamisée, propice au rapprochement.

— Ça va ? demanda-t-elle gauchement.

— Je ne me suis jamais senti aussi bien. Et j'ai hâte de voir ça, dit-il en désignant les papiers qu'elle tenait.

— Il faudrait que nous en parlions. En fait...

Mais la voix du DJ résonnant dans le haut-parleur couvrit ses paroles. À la demande d'un invité, annonça-t-il, il allait offrir une dernière chanson.

En reconnaissant les premières notes de *Danny's Song*, Kelsey eut le souffle coupé.

— Ta chanson préférée ? demanda Liam.

— Celle de ma mère. C'était la chanson du mariage de mes parents.

Liam lui tendit la main, et elle la prit sans se demander ce qu'il avait en tête. Elle se sentait prête à le suivre n'importe où.

— Docteur Gaines, voulez-vous m'accorder cette danse ? dit-il comme ils arrivaient au bord de la piste.

— Avec plaisir.

Lovée contre lui, Kelsey respira son parfum viril, si familier, et se laissa emporter. Au fond d'elle-même, une petite voix murmura : *Tu es folle de lui, et il te rend heureuse, n'est-ce pas ?*

Oui, éperdument. D'ailleurs, cela l'effrayait un peu aussi. Il y avait tant de changements autour d'elle... Mais la vie était faite de défis, et maintenant elle se sentait capable de les relever.

— Liam ?

Il était si grand que, même juchée sur ses escarpins, elle n'arrivait pas à sa hauteur. Alors, elle prit son visage entre ses mains pour l'amener vers elle et l'embrassa. Qu'importe si c'était le dernier ou le premier d'une longue série, elle voulait juste par ce baiser savourer la promesse de ses lèvres sensuelles au moins une fois encore.

— Je ne veux plus que tu occupes le chalet, murmura-t-elle.

Le regard de Liam s'agrandit sous le choc.

— Je respecte ta décision. J'aurais aimé qu'il en soit autrement, mais...

— Je veux que tu emménages chez moi, l'interrompit-elle. Que tu aies une place dans mon lit et que tu ranges tes affaires dans les placards. Je te veux, point final.

— Attends... dois-je comprendre que tu dis oui ?

Ce fut au tour de Kelsey de se méprendre.

— Si j'accepte ta proposition ? Oui, bien sûr. Grâce à toi, la fondation fera encore plus de belles choses...

— Non, je ne parlais pas de ça, dit-il en s'écartant de ses bras.

Comme elle regrettait de ne plus le sentir contre elle, elle le vit s'agenouiller à ses pieds, le regard brillant.

— Que... Qu'est-ce que tu fais ?

— Kelsey, je t'aime, dit-il en embrassant ses mains tremblantes. Et prendre une place dans ton lit et dans ta vie sera la chose la plus facile que j'aie jamais faite. Je sais que notre relation a mal commencé, mais je sais aussi que mon avenir dépend de ton bonheur. Tu me donnes le sourire, tu me défies, tu guéris tout ce qui me fait mal... Oui, les claquages aussi, dit-il en riant.

Kelsey sourit à ce rappel.

— Liam...

— J'ai tellement de choses à te dire, mais je vais faire court. Kelsey, Page m'a donné un enfant, mais tu as fait de moi un père et tu m'as appris la passion, à lutter pour ce qu'on aime. Je t'aime comme un fou et, si toi et Emma vous acceptiez d'être ma famille, je ne vous quitterais plus jamais.

Puis, sortant un écrin de la poche de sa veste, il l'ouvrit.

Les yeux noyés de larmes, Kelsey ne voyait pas ce qu'il contenait. Quand Liam prit le bijou et le glissa à son doigt, il y eut des applaudissements et des cris de joie de la part des personnes qui se trouvaient encore là. Elle leva sa main pour admirer la bague en or blanc surmontée d'un diamant. Puis, aidant Liam à se relever, elle se jeta dans ses bras pour l'embrasser avec fougue.

Liam l'aimait et voulait partager sa vie ! Malgré ses peurs, elle avait fini par trouver ce bonheur dont elle rêvait tant, et avec un homme qui lui promettait de rester près d'elle.

— Alors, tu dis toujours oui ? demanda-t-il.

Elle rit à travers les larmes de joie qui inondaient ses joues. Il les essuya doucement du pouce et, glissant une main sur sa nuque, il captura de nouveau sa bouche.

— Oui, murmura-t-elle. Je serai ta femme.

En réponse, Liam la souleva dans ses bras et la fit tournoyer.

Kelsey eut le temps de penser à son père, qui l'avait tant soutenue pour qu'elle connaisse ce moment. À sa mère qui, d'où elle était, devait lui sourire et lui donner son approbation. À Page enfin, à qui elle devait son bonheur. Oui, tous étaient là pour l'aimer et la soutenir.

— Si vous m'emmeniez à la maison, docteur Everson ? suggéra-t-elle.

Car il lui tardait de commencer cette vie heureuse qu'il lui promettait.

Épilogue

Liam se mit à rire en voyant que Kelsey avait les bras chargés d'un énorme gâteau surmonté d'un dinosaure – ou peut-être un brontosaure ?

— Dis-moi que ce n'est pas le gâteau pour Emma !

— Oh ! si. Mais elle aura un smash-cake, une version miniature pour s'en barbouiller, rassure-toi. Celui-ci est pour nos invités.

Comment sa femme devenait-elle plus belle chaque jour ? se demanda-t-il. Même en pleine expansion de la fondation, elle restait calme, sereine, heureuse. Il aimait à croire qu'il avait quelque chose à voir avec ce sourire doux qui flottait sur ses lèvres.

— Mon amour, veux-tu m'expliquer le principe du smash-cake ?

— Plus tard. Je dois d'abord décorer la table, puis te montrer le cadeau que j'ai fait à Emma.

— Je pensais que nous étions d'accord pour lui offrir ce brachiosaure en peluche ?

Liam était encore étonné de voir que leur fille d'un an se passionnait pour ces bêtes gigantesques.

— Oui, mais… j'ai quelque chose d'autre. Et je tiens à te montrer ça avant que les autres invités n'arrivent. Quand les enfants de Mari seront ici, ce sera un joyeux bazar. Oh ! et rappelle-moi de ne pas laisser trop de bonbons en vue, sinon ils vont tous les engloutir en un rien de temps.

— T'ai-je dit à quel point je t'aime, Kelsey ?

Liam attendit qu'elle eût posé le gâteau avant de la prendre dans ses bras et de l'embrasser. Bon sang ! Son désir pour elle ne connaissait pas de limites.

Un bras passé autour de sa taille, il jeta un coup d'œil à l'extérieur du chalet, où ils avaient emménagé le temps de trouver une maison plus petite que la villa.

Mike s'activait devant le barbecue, tandis que Joe tenait Emma dans ses bras. Kris et Owen s'occupaient des plats d'accompagnement. Le tableau était parfait, pensa Liam. Tout ce qu'il avait toujours voulu sans le savoir.

— Hé ! Si nous en profitions pour faire une pause et… hmm, faire une petite sœur à Emma ? Ou au moins essayer ? suggéra-t-il en faisant glisser sa main vers le délicieux postérieur de Kelsey.

Mais elle le rabroua d'un coup de torchon.

— Viens avec moi, dit-elle en lui faisant signe de le suivre.

— Oui, madame !

Kelsey l'entraîna dans le couloir et s'arrêta devant la chambre d'Emma.

— La seule pièce où nous n'avons pas fait l'amour, dit Liam, quelque peu intrigué. Mais si tu y tiens…

— Non ! Docteur Everson, comment osez-vous ?

— Alors, pourquoi sommes-nous ici, docteur Gaines-Everson ? s'enquit-il en l'enlaçant. Parce que j'ai l'intention de vous faire l'amour dans les trente secondes qui suivent. Si vous préférez notre lit, laissez-moi vous porter jusque-là.

Ses seins n'étaient-ils pas plus volumineux que la veille ? Il se disait fin connaisseur des appâts de son épouse, mais c'était peut-être juste son soutien-gorge qui donnait cette impression. En tout cas, il n'allait pas s'en plaindre.

— Voici mon cadeau pour Emma. Et… pour toi, déclara Kelsey presque timidement.

Elle se mordillait la lèvre inférieure, et le désir de Liam s'accrut. Seule la surprise l'empêcha d'aspirer cette lèvre tentatrice, tandis que Kelsey lui remettait une simple feuille de papier.

Il la parcourut, et son sourire s'élargit avant même que la réalité ne s'insinue dans son esprit.

— Oh ! mon Dieu. Est-ce que… ? dit-il, la gorge nouée.

— Oui.

Il étreignit Kelsey, en s'assurant qu'il ne la serrait pas de trop près, même s'il avait envie de la faire virevolter jusqu'à ce qu'ils soient tous deux étourdis.

— Quand ? demanda-t-il.

— C'est pour l'été prochain. Tu es heureux ?

Liam prit sa bouche en un baiser ardent. S'il était heureux ? Il ne se rappelait pas l'avoir été à ce point. Son cœur bondissait de joie comme s'il allait imploser.

— Oui, mon amour, je le suis. Et Emma va être drôlement contente aussi. Imagine comme elle sera ravie de commander son frère ou sa sœur !

Ils se mirent à rire.

— Je t'aime tellement, ajouta-t-il. Pour le reste de ma vie, je veux te rendre aussi heureuse que je le suis en ce moment.

— Voilà un programme qui me plaît, docteur Everson.

Liam scella d'un baiser passionné cette seconde chance que la vie leur offrait.

TINA BECKETT

L'inoubliable chirurgien

Traduction française de
CHRYSTELLE POULAIN

BLANCHE

HARLEQUIN

Titre original :
THE SURGEON SHE COULD NEVER FORGET

Prologue

« Pourquoi dois-tu partir ? »

Lyndsey Marshall n'avait jamais eu de réponse à cette question.

Misha, son grand amour, était rentré en Biélorussie avec ses parents. Ils n'étaient pas allés à l'université ensemble comme prévu. Malgré les sentiments qu'il prétendait lui porter, il avait renoncé à sa bourse d'études américaine. Elle avait tout fait pour le convaincre, en pure perte. Ils ne s'étaient jamais revus.

« Un jour peut-être, je reviendrai », avait-il dit lors de leur dernière conversation.

Ces quelques mots avaient été la goutte d'eau pour Lyndsey. Cinq ans auparavant, son père ne lui avait-il pas promis de revenir, lui aussi ? Il avait affirmé que le divorce ne changerait rien, qu'ils passeraient beaucoup de bons moments tous les deux. Mais ces belles phrases n'avaient été que du vent.

Lors d'un voyage d'affaires, il avait rencontré Sally, qu'il avait épousée peu après. Ils avaient eu une fille et un garçon. Les coups de téléphone à Lyndsey, déjà peu fréquents, s'étaient encore espacés. Son père ne lui avait fait aucune place dans sa nouvelle vie.

Suite à cette déception amère, elle s'était juré qu'on ne l'y prendrait plus. Elle avait donc balayé les paroles de Misha comme un mauvais rêve. La meilleure chance de survivre à son départ était de rester ferme.

« Il n'y aura pas d'*un jour*, avait-elle répliqué. Si tu t'en vas, c'est fini entre nous. »

La réserve inhabituelle qu'il avait manifestée pendant la conversation s'était accentuée. On aurait dit qu'il se repliait dans une bulle. Et malgré cela, au lieu de se taire, elle avait déversé sur lui la rage qui l'habitait depuis cinq ans. Elle avait eu conscience de se montrer injuste, mais comment ravaler un tel chagrin ? L'idée de le voir partir, lui, après son père…

Quand il avait voulu la prendre dans ses bras, elle l'avait repoussé. Elle avait gardé la tête haute. Question de fierté.

« S'il te plaît, Misha, restons-en là. Tu dois partir, très bien. Évitons la grande scène des adieux et les souffrances inutiles. Et quand tu seras en Biélorussie… ne m'appelle pas. Ne cherche pas à me joindre. Oublie-moi », avait-elle conclu dans un sanglot.

Elle s'était précipitée hors de la voiture et avait traversé son jardin sans un regard en arrière. Puis, une fois chez elle, elle s'était réfugiée dans sa chambre où elle avait pleuré toutes les larmes de son corps. Elle avait laissé libre cours à son chagrin jusqu'à l'épuisement.

Mais une fois calmée, elle s'était promis de ne plus jamais verser une larme sur Mikhail Lukyanov.

Et elle avait entrepris le travail titanesque de recoller son cœur en miettes.

1

Quelle matinée...

Mikhail Lukyanov poussa un juron en russe, puis se laissa tomber sur sa chaise de bureau. Ses débuts à l'hôpital n'auraient pas pu être pires. Il était presque midi, mais il venait tout juste d'arriver, la faute à une panne de voiture. Il avait donc fallu renvoyer les patients. Or il détestait mettre les gens dans l'embarras.

Il jeta un coup d'œil sur le parc inondé de soleil, secoua la tête et soupira. Mieux valait relativiser. Tout cela n'était pas grave. Il avait enfin retrouvé la Louisiane où il s'était toujours senti chez lui. Il y avait été heureux comme un poisson dans l'eau... jusqu'au jour où sa famille avait dû partir précipitamment.

Son père médecin n'avait jamais réalisé que son permis de travail était un faux, fabriqué par un ami qui prétendait connaître du beau monde dans l'administration. La supercherie avait été dévoilée au moment de faire renouveler les papiers. Les employés de l'ambassade s'étaient rendu compte qu'il n'existait aucun visa enregistré pour le Dr Dmitry Lukyanov, pas plus que pour sa femme ou ses enfants. Partir avant d'être expulsés : ils n'avaient pas eu le choix !

De retour en Biélorussie, son père avait heureusement pu prouver sa bonne foi, et les autorités américaines lui avaient accordé une nouvelle chance, mais trop tard. Cinq ans s'étaient écoulés. La leucémie qu'il avait contractée peu avant leur départ des USA s'était aggravée. Il était mort quelques mois plus tard.

Après le décès de son père, Misha, encouragé par sa mère, était reparti aux États-Unis pour finir ses études. Et force était d'admettre que sa carrière se déroulait à la perfection. Chirurgien ORL, il avait terminé l'année précédente une spécialisation en déficience auditive sous la houlette d'un éminent professeur new-yorkais. Et cerise sur le gâteau, il venait enfin de revenir en Louisiane, à Lafayette, à soixante-dix kilomètres de l'endroit où il avait vécu.

Les premières années, il avait beaucoup pensé à Lyndsey sans jamais trouver le courage d'aller la voir. Le temps avait filé. Il avait conclu – non sans regrets – qu'il valait mieux laisser dormir le passé. Beaucoup d'eau avait coulé sous les ponts. Il aurait sans doute dérangé Lyndsey en faisant irruption dans sa vie. Et surtout, il n'aurait pas supporté de la voir en couple, mariée, avec des enfants...

Misha émergea de sa rêverie en voyant Nelly, une des réceptionnistes, passer la tête dans l'encadrement de la porte.

— J'ai décalé vos rendez-vous, docteur, annonça-t-elle en souriant. Les patients qui sont repartis ce matin peuvent tous revenir cet après-midi, sauf une dame. Elle a absolument voulu rester. Elle a dit qu'elle attendrait le temps qu'il faudrait.

Misha réprima un juron. L'idée qu'une personne ait pu perdre trois heures par sa faute le mettait mal à l'aise. Si seulement l'assistance téléphonique s'était montrée plus efficace ! Il avait attendu un temps fou qu'on lui envoie une voiture de location !

Il esquissa un sourire amer. Le destin venait de lui faire un joli pied de nez. Avec sa manie de tout contrôler dans les moindres détails, il était servi.

Les premiers mois du retour en Biélorussie avaient été si affreux qu'il s'était réfugié dans une routine presque maladive. Il en avait eu besoin pour surmonter la séparation d'avec Lyndsey et la maladie de son père. Il avait pris l'habitude de compartimenter, de planifier, de ne rien laisser au hasard...

— Où se trouve cette dame ? demanda-t-il.

— Salle 3. En fait, elle vient pour son fils.

— D'accord. Comment s'appelle-t-il ?

— Brody McKinna.

Il se leva et sourit à la réceptionniste.

— Je vais aller la voir. Merci, Nelly.

La jeune femme hocha la tête d'un air compatissant.

— De rien, docteur. Et ne vous inquiétez pas, les choses finissent toujours par s'arranger.

L'expérience lui avait appris que ce n'était pas le cas. Néanmoins, il s'abstint d'en faire la remarque. Il sourit de nouveau, fit signe à Nelly de le précéder et sortit dans le couloir.

Lyndsey se sentait terriblement nerveuse.

Jamais elle n'aurait cru revoir Misha un jour. Elle était tombée des nues en apprenant qu'il était le nouvel otorhinolaryngologiste « hyper compétent » du Louisiana Southern, option déficience auditive. De stupeur, elle avait failli lâcher l'enveloppe de recommandation donnée par son médecin. Quelle coïncidence. Elle-même travaillait dans cet hôpital depuis treize mois !

Elle avait voulu croire à un homonyme, mais c'était impossible. Il ne pouvait pas exister deux Mikhail Lukyanov, chirurgiens de leur état et connaissant la Louisiane. Ils allaient se côtoyer, que cela lui plaise ou non. Et sachant cela, Misha et elle devraient gérer cette situation aussi perturbante qu'imprévue. Ils ne pourraient pas s'éviter *ad vitam æternam* en travaillant au même étage.

Si Misha refusait d'accepter son fils comme patient, réussirait-elle à le faire changer d'avis ? Bien sûr, elle pourrait appeler un autre spécialiste, mais les délais d'attente étaient longs. Or l'état de Brody se dégradait plus vite que prévu, et il y avait urgence. Malgré son angoisse, elle se réjouissait donc d'avoir obtenu ce rendez-vous.

Si elle n'avait pas amené Brody ce matin-là, c'était pour lui épargner la grande scène des retrouvailles. Elle s'était montrée plutôt désagréable avec Misha quand ils s'étaient séparés. Comment allait-il réagir ?

Elle, en tout cas, ne s'était jamais vraiment remise de leur séparation. Et elle avait payé le prix fort l'erreur commise après son départ.

Tu peux le faire. Tu dois le faire.

Quoi qu'il lui en coûtât, elle affronterait Misha. Son fils méritait de recevoir les meilleurs soins. Elle ne laisserait pas la peur, ou une fierté mal placée, faire obstacle à la guérison de Brody. Le pauvre n'avait pas demandé à venir au monde. Après tout, il ne serait pas né si Misha était resté en Amérique.

La porte s'ouvrit si brusquement que Lyndsey sursauta. Elle inspira à fond, puis relâcha la pression sur le bord de sa chaise. Les vieux réflexes de défense avaient la vie dure…

Levant la tête, elle vit Misha qui l'observait, planté sur le seuil. Elle le trouva plus grand que dans son souvenir et, surtout, plus imposant. Le garçon un peu maigre était devenu un homme athlétique au charme ravageur. Elle aurait pu le parier !

Son regard bleu la sondait maintenant avec la précision d'un scalpel. Elle s'efforça de garder la tête haute malgré l'émotion qui lui nouait la gorge, l'empêchant presque de respirer.

— Lyndsey ?

Jamais elle n'avait pu oublier cette voix chaude, un peu rauque et teintée d'une pointe d'accent. Il murmurait souvent son prénom, autrefois, en promenant les lèvres sur sa joue, son cou, ses épaules…

Machinalement, elle scruta son annulaire gauche. Il ne portait pas d'alliance mais, même s'il était célibataire, cela ne changeait rien. Il n'y aurait aucun retour en arrière possible. Elle n'avait d'ailleurs pas demandé ce rendez-vous pour elle-même, mais pour Brody !

— Je… Oui, c'est moi. Bonjour, chuchota-t-elle.

Il fronça les sourcils et reporta son attention sur le papier qu'il tenait à la main.

— J'ignore ce que tu fais là, mais j'ai beaucoup de travail. Je n'ai pas de temps à perdre pour…

Pour toi, faillit-elle compléter. Misha n'avait visiblement aucune envie de discuter avec elle. Cela pouvait se comprendre.

Au fond, elle avait l'habitude. Son père non plus n'avait pas eu le temps. Il était mort l'année précédente, sans qu'elle n'ait eu l'occasion de voir sa sœur et son frère plus d'une quinzaine de fois depuis leur naissance. Et cela ne risquait pas de s'arranger…

— J'ai pris rendez-vous, mais pas pour moi, répondit-elle d'une voix plus ferme. Je viens pour mon fils.

— Où est-il ? Il s'appelle Brody McKinna, c'est ça ?

Elle déglutit péniblement.

— J'ai préféré venir sans lui. Je ne voulais pas qu'il soit témoin d'une scène gênante si tu m'avais mise à la porte. Alors… même si tu es très occupé, j'aimerais que tu m'écoutes, s'il te plaît. J'ai apporté son dossier médical.

Misha la fixa un moment sans répondre, puis il prit la chemise cartonnée qu'elle lui tendait. Lorsqu'il s'assit sur un tabouret, face à elle, un long frisson la parcourut. Elle était troublée : à quoi bon nier l'évidence ? Mais elle n'était pas venue pour savoir si Misha lui faisait toujours de l'effet après tant d'années...

Déjà, il sortait les feuillets du dossier pour les étaler sur la table d'examen située à sa gauche. En le voyant chausser une paire de lunettes, Lyndsey déglutit péniblement. Cette monture noire lui allait à la perfection. Il dégageait un charme irrésistible, plus encore que par le passé !

Néanmoins, elle devait garder le contrôle. Il n'était plus le jeune homme qui, d'un sourire ou d'une plaisanterie, avait le don de la faire fondre. Il était devenu un médecin chevronné, reconnu par ses pairs. Un médecin dont elle venait solliciter l'aide.

Avait-elle eu raison ? Il ne lui témoignait ni bienveillance ni empathie. Au lieu de cela, il fronçait les sourcils d'un air peu amène.

— Ton fils a une otosclérose ?

— Oui. Malheureusement, elle évolue plus vite que notre ORL ne le prévoyait.

Cette modification de la structure osseuse de l'oreille se traduisait par une perte progressive de l'audition. Néanmoins, il était encore possible d'intervenir.

— Le Dr Rain pensait qu'on aurait un an pour se retourner, mais apparemment, non. Brody n'a que quinze ans. Je n'arrive pas à imaginer qu'il puisse devenir sourd.

Misha releva brusquement la tête.

— Tu as dit quinze ans ?

Oh ! non. Elle avait cru pouvoir éviter ce sujet, mais elle aurait dû se douter qu'il aborderait la question...

— Oui. Il est né en mars, bafouilla-t-elle.

À sa façon de plisser les paupières, elle comprit qu'il essayait de retrouver les dates. Et soudain, une lueur de colère flamba dans ses prunelles azur.

— J'en déduis qu'il n'est pas de moi, dit-il, glacial. Où est son père ?

La question pouvait paraître étonnante de la part d'un médecin, mais la curiosité de Misha était légitime. Toutefois, avant qu'elle n'ait pu répondre, il se frappa le front du plat de la main.

— Attends... McKinna... S'agit-il de Wade McKinna, le type qui t'avait invitée au bal de promo juste avant qu'on ne sorte ensemble ?

Bien sûr, il avait vu juste. Wade, le quarterback de l'équipe de football américain du lycée, était très populaire à l'époque. Pourtant, même si cette invitation l'avait flattée, elle avait refusé : elle n'avait d'yeux que pour Misha.

Après leur rupture, Wade s'était manifesté de nouveau. Il lui avait témoigné le réconfort dont elle avait désespérément besoin. Elle avait pleuré sur son épaule, ils s'étaient embrassés... Une chose entraînant l'autre, elle s'était retrouvée enceinte, et Wade lui avait aussitôt proposé le mariage. Il disait l'aimer, promettait d'être un bon père pour leur enfant. Pourquoi aurait-elle refusé ? Dans son esprit, Misha était perdu à jamais.

Elle avait cru qu'avec le temps elle arriverait à ressentir quelque chose pour Wade. Elle était jeune, désorientée. Personne, pas même sa mère, ne lui avait conseillé d'éviter ce mauvais choix. Le mariage semblait à l'époque une solution logique. Elle n'aurait jamais pu deviner...

Gênée, elle s'aperçut que Misha la regardait toujours. Elle n'avait pas répondu à sa question !

— Oui, c'est bien Wade. Mais il est sorti de nos vies. Je prends les décisions toute seule.

— Je vois.

Le visage plus fermé que jamais, Misha se pencha de nouveau sur le dossier.

— Qu'attends-tu de moi au juste ?

— Je... pensais avoir été claire. J'espère que tu accepteras d'opérer Brody. Le Dr Rain n'a pas tari d'éloges sur toi. De plus, je préférerais que Brody reste près de son école plutôt que d'aller se faire soigner ailleurs. Il en a déjà subi assez avec... sa maladie.

Quelle idiote. Elle avait failli dire « avec l'absence de son père ». Mais moins elle aborderait ce sujet, mieux cela vaudrait.

Un muscle tressauta sur la joue de Misha. Était-il perturbé, lui aussi ? Il n'en avait pourtant rien laissé paraître jusqu'alors...

— J'ai besoin de temps pour étudier son cas, répondit-il. Il faudra que je contacte le Dr Rain pour faire le point et, bien sûr, que je voie ton fils en personne.

Il n'avait pas l'air emballé, mais tant pis. Elle voulait juste qu'il prenne Brody en charge. Le reste importait peu.

La volonté farouche d'aider son enfant la poussa à commettre un geste irréfléchi : elle allongea le bras par-dessus la table et prit la main de Misha.

— S'il te plaît, essaye de considérer Brody comme un malade ordinaire. Il n'a rien à voir avec notre... passé.

Il se dégagea et la toisa froidement.

— Tu prêches un convaincu. Il ne me viendrait pas à l'idée de faire payer à un gosse les erreurs de sa mère.

Il la jugeait mal pour être tombée dans les bras d'un autre. S'il avait su !

Avant qu'elle n'ait pu répliquer, il se leva.

— Bien. Je suis déjà en retard, donc si c'est tout...

Il la congédiait tel un moucheron importun ! Mais c'était mal la connaître. Elle ne partirait pas sans une réponse.

— Donc, tu acceptes d'opérer Brody ?

— Comme je te l'ai dit, il faudra que je regarde mon planning. Je suis nouveau ici. J'ignore quelle patientèle on m'a déjà attribuée. Prends un autre rendez-vous au secrétariat. Et la prochaine fois, viens avec ton fils.

Elle se mit debout à son tour.

— Parfait. J'y vais tout de suite.

— À bientôt, donc.

Elle retint de justesse un rire amer, puis sortit sans se retourner. Misha ne croyait pas si bien dire. Ils allaient très vite se revoir et, s'il s'était montré plus « agréable », elle l'en aurait informé. Mais devant son attitude hostile, elle s'était abstenue de préciser qu'ils allaient travailler ensemble. Cela n'aurait fait qu'envenimer la situation.

Décidément, rien n'était gagné. Misha allait peut-être se braquer lorsqu'il la verrait dans « son » service. Mais pour l'heure, elle ne voulait pas y penser. À chaque jour suffisait sa peine.

Un week-end de repos – et une voiture réparée – aidant, Misha avait commencé la semaine du bon pied. Si le vendredi avait été cauchemardesque, ce lundi s'annonçait bien meilleur. Tout était en ordre. Il pouvait enfin travailler comme il en avait l'habitude : avec calme, méthode et selon le planning prévu.

Il ne s'agissait pas vraiment d'un démarrage en douceur puisqu'il devrait d'abord réparer un tympan endommagé par des otites à répétition. Cela fait, il resterait au bloc pour poser un implant cochléaire à un patient atteint de déficience auditive. Mais il n'était jamais aussi heureux qu'en salle d'opération et, tout bien pesé, il se réjouissait d'entrer dans le vif du sujet.

Comme à chaque fois, le plus difficile était de retenir les prénoms des membres de l'équipe. Les trois jeunes femmes assises au poste des infirmières s'appelaient Meredith, Faith et... Oh non, c'était impossible ! Il ne voyait la troisième personne que de dos car elle était assise devant son ordinateur, mais il aurait reconnu cette nuque entre mille. On aurait dit... Lyndsey.

Surpris et contrarié, il se rapprocha du bureau à grandes enjambées. Faith l'accueillit par un sourire affable, puis tapota l'épaule de Lyndsey.

— Lynds, as-tu fait la connaissance de notre nouveau médecin ?

Notre nouveau médecin. Ils allaient donc travailler ensemble. Pourquoi n'avait-elle rien dit quand ils s'étaient vus ? À quoi jouait-elle ?

Quand elle pivota sur son tabouret, il croisa son regard coupable et se sentit encore plus furieux.

— Je connais déjà Mme Marshall, dit-il. Nous sommes d'anciens camarades de lycée. Mais j'ignorais qu'elle travaillait ici.

Du coin de l'œil, il vit Meredith hausser les sourcils. Faith le regardait elle aussi d'un air étonné, et quoi de plus normal ? Sous le coup de la colère, il avait parlé d'un ton trop sec...

Visiblement gênée, Lyndsey se leva puis contourna le poste des infirmières en lissant les plis de sa blouse. Il remarqua aussitôt les courbes gracieuses de sa poitrine et faillit pousser un juron. Elle produisait toujours le même effet sur lui. Aurait-il pu imaginer pareil désastre ?

Elle s'était éloignée de ses collègues, sans doute par discrétion. Il la suivit dans le couloir.

— Peux-tu me dire ce qui se passe ? Pourquoi ne m'as-tu pas mis au courant vendredi ?

— Tu ne m'as rien demandé.

Estomaqué, il s'adossa au mur et la toisa sévèrement.

— Il va falloir trouver mieux comme explication.

— Je... D'accord. Tu as raison, j'aurais dû t'en parler vendredi, mais tu n'étais pas de très bonne humeur.

— Apprendre que tu avais couché avec McKinna juste après mon départ m'a un peu... Bref. Je ne m'attendais pas à cela venant de toi.

— En quoi cela te concerne-t-il puisque tu avais rompu ?

— Si ma mémoire est bonne, *tu* m'avais interdit de t'appeler.

Au fond, il la comprenait. Il ne pouvait rien lui reprocher puisqu'il était parti du jour au lendemain. Son père lui avait demandé de garder le secret sur cette histoire de visas, sur sa maladie. Il n'avait pu se justifier que par une vague « raison familiale ».

Elle inspira à fond, les mains enfoncées dans les poches de sa blouse.

— Le passé est le passé, Misha. On ne peut pas revenir en arrière. J'aimerais juste qu'on puisse avancer.

— C'est-à-dire ?

— Repartir de zéro en tant que collègues.

Incrédule, il secoua la tête.

— Voudrais-tu me faire croire que nos retrouvailles sont une pure coïncidence ?

— Je ne veux rien du tout, c'est le cas. Je travaille dans cet hôpital depuis treize mois. Je pourrais donc me demander si *tu* n'as pas pris ce poste pour te rapprocher de moi !

Ses suppositions hasardeuses se retournaient contre lui. Il l'avait bien cherché.

— Non, répondit-il en soupirant. Je voulais revenir en Louisiane. Je ne me plaisais pas à New York. C'est une trop grande ville.

— Comme je te comprends... Puisque les choses sont claires, il faut que tu saches une chose. Je vais me battre pour Brody. Je ne reculerai devant aucun sacrifice.

Il ne put se retenir de hausser un sourcil provocateur. Lyndsey avait parlé en toute innocence, mais il se faisait déjà un film beaucoup moins chaste.

Comme si elle avait lu dans ses pensées, elle rougit violemment.

— Je me suis peut-être mal exprimée. Je voulais dire que je soulèverai des montagnes pour Brody s'il le faut ! J'oublierai ma fierté, quitte à supplier un homme qui me déteste.

— Je ne te déteste pas, Lyndsey.

Certes, il était malade de jalousie à l'idée qu'elle ait pu en aimer un autre. Néanmoins, c'était son problème et pas celui du jeune Brody.

— Comme je te l'ai dit l'autre jour, je n'aurai jamais la mesquinerie de refuser un patient par vengeance. Tu me connais mal pour penser cela.

Elle haussa les épaules.

— J'ai appris à me méfier. Les gens sont parfois très différents de ce qu'on imagine. Wade... Enfin, bref.

Il y avait apparemment un problème de ce côté-là. Elle avait d'ailleurs précisé que McKinna était sorti de sa vie. Depuis quand étaient-ils séparés ?

Il laissa échapper un soupir las. Spéculer sur le passé ne donnerait rien de bon. Ils avaient tous les deux souffert de leur séparation à l'époque, mais quinze ans s'étaient écoulés.

— Puisqu'on va être amenés à se voir tous les jours, il faudrait qu'on clarifie les choses, dit-il. Es-tu libre ce soir ?

— Je... Ce soir ? bafouilla-t-elle, l'air éberlué.

— Il ne s'agit pas d'un rendez-vous galant, se hâta-t-il de préciser. Je voudrais juste qu'on soit sur la même longueur d'onde. Si j'opère ton fils, cela ne changera rien entre nous sur le plan personnel.

— J'avais bien compris. Je n'ai pas plus envie que toi de rallumer la flamme.

Mi-rassuré, mi-déçu, il recula d'un pas. Le parfum fleuri de Lyndsey lui montait à la tête. Elle représentait un danger évident pour sa tranquillité...

— Donc, ce soir ? insista-t-il d'une voix rauque.

— Oui, si tu veux. On pourrait se retrouver au café du coin de la rue ? Je termine à 17 heures.

— 17 h 15 là-bas ?

— Entendu. À plus tard.

Elle parut hésiter, tourna les talons et longea le couloir. Il la regarda s'éloigner, puis se dirigea vers la chambre du patient qu'il devait examiner. Sa journée idéale venait d'en prendre un coup, et il n'était sûrement pas au bout de ses peines.

La pose de l'implant cochléaire avait duré plus longtemps que prévu.

Le temps de se changer, Misha avait douze minutes de retard quand, enfin, il put rejoindre Lyndsey. Adepte de la ponctualité jusqu'à la maniaquerie, il détestait faire attendre les gens, que ce soit au travail ou en dehors. Mais on ne pouvait hélas pas tout maîtriser…

Attablée près de la fenêtre, un mug fumant posé devant elle, Lyndsey paraissait songeuse. Il lui fit un petit signe, puis passa sa commande au comptoir avant d'aller s'asseoir en face d'elle.

— Pardon pour le retard, dit-il. J'ai été retenu au bloc.

Elle eut un sourire entendu.

— Je sais. Rappelle-toi, je travaille à l'hôpital.

Évidemment. Quel idiot il faisait. Il avait presque oublié ce « détail ».

L'idée que Lyndsey allait tout savoir de sa vie professionnelle le déstabilisait un peu, mais il ne pouvait rien y faire. Il devrait s'y habituer et, surtout, lutter contre l'attirance qu'elle lui inspirait.

Même si elle avait gardé son uniforme, cette tenue n'altérait pas les souvenirs qu'il avait d'elle. Il se rappelait les courbes délicieuses cachées sous les vêtements. Sa poitrine s'était légèrement arrondie avec la maternité, ce qui la rendait encore plus séduisante…

Il remercia distraitement la serveuse qui venait de déposer son café devant lui, puis reporta son attention sur Lyndsey. Elle avait défait sa queue-de-cheval, et ses longs cheveux blonds ondulaient sur ses épaules, comme autrefois. D'ailleurs, elle n'avait presque pas changé. Tout au plus remarquait-on quelques lignes presque imperceptibles au coin de ses grands yeux verts. Les premières rides causées par le rire… à moins que ce ne soit le chagrin ?

Il crispa les poings sous la table pour refréner son envie de la toucher.

— Je suis désolée, dit-elle, rompant le silence tendu. Je comprends que tu aies été choqué de me voir au poste des infirmières ce matin. Mais je peux te promettre une chose : je ne vais pas te harceler pour que tu opères Brody.

— Je n'avais aucune crainte, répondit-il, sincère. Ce n'est pas ton genre. Et de ton côté, sois sûre que j'étudierai toutes les options. Il n'y a pas que la chirurgie, tu sais.

— Si tu penses à une pose d'implant, notre ORL m'en a parlé. Mais puisque Brody est né entendant, il s'habituera peut-être mal à une audition artificielle. Et puis, même si les complications sont rares, elles existent. Il y a un risque d'ossification cochléaire. Le Dr Rain a également dit que la stimulation électrique pouvait endommager les nerfs faciaux.

— Tu sembles en connaître un rayon, remarqua-t-il, impressionné.

— J'ai posé pas mal de questions au Dr Rain. J'ai aussi lu beaucoup d'articles sur le sujet. L'idéal serait que Brody puisse être opéré avant que la surdité profonde ne s'installe.

— C'est exact.

Lyndsey n'avait pas pris l'opinion du spécialiste pour argent comptant. Elle s'était documentée, en bonne scientifique qu'elle était. Il se rappelait encore sa vivacité d'esprit et ses facultés de raisonnement. À l'époque, elle aussi voulait devenir médecin…

— Si tu es d'accord avec moi, vas-tu l'opérer ? demanda-t-elle.

— Ne t'emballe pas. Je veux étudier tous les aspects du problème pour éviter de faire plus de mal que de bien à ton fils.

— Brody. Il s'appelle Brody.

Et même Brody *McKinna*. Comment aurait-il pu l'oublier ?

Lyndsey avait porté l'enfant d'un autre. Elle s'était précipitée dans les bras d'un gaillard un peu rustre, avec qui elle n'avait a priori rien en commun.

Misha n'avait jamais apprécié ce type, star de l'équipe de football du lycée. Lyndsey avait d'ailleurs refusé de sortir avec lui au départ, mais sans doute avait-elle fini par lui trouver quelques qualités ?

Un doute affreux s'insinua dans l'esprit de Misha : cette relation avait-elle commencé avant son départ pour la Biélorussie ? Il ne le saurait jamais. Il ne poserait pas la question !

De plus en plus mal à l'aise, il toussota.

— Bien… En résumé, je dirais que dans l'intérêt de… Brody il ne servirait à rien de précipiter les choses. Essayons d'avoir une approche raisonnable. J'ai juste besoin d'un peu de temps.

— Donc, c'est sûr ? Tu vas l'accepter comme patient ?

— J'en ai toujours eu l'intention. Comme je te l'ai dit, je ne ferais jamais payer à un innocent les erreurs d'autrui.

Il n'avait pas voulu lui jeter le passé au visage, mais tant pis si elle se vexait. Elle n'était pas la seule à avoir souffert. De plus, elle ignorait tout des épreuves qu'il avait traversées.

Il était resté près de son père jusqu'au bout. Il avait soutenu sa mère. Il avait répondu présent quand sa famille avait eu besoin de lui et il ne regrettait rien. Si c'était à refaire, il agirait exactement de la même façon.

Quant à Lyndsey…

Il allait la traiter comme il aurait voulu être traité à l'époque : avec bon sens et respect. Il avait vieilli. Il était devenu assez sage pour avoir du recul sur la situation.

Ce ne serait sans doute pas simple tous les jours, mais il essayerait de s'y tenir.

2

Ce matin-là, en entrant par la porte des urgences – côté le plus pratique pour elle –, Lyndsey remarqua aussitôt les deux ambulanciers qui arrivaient en poussant un brancard.

Lorsqu'ils franchirent le sas, elle aperçut une toute jeune fille, enceinte, allongée sur la civière. La malheureuse se tenait la gorge d'une main. Elle avait le souffle court, et Lyndsey perçut le sifflement caractéristique d'une détresse respiratoire.

Tout à coup, une peur incontrôlable s'empara d'elle. Enceinte de Brody, elle s'était trouvée dans la même situation. Elle aussi avait manqué d'air. Elle avait failli...

Une légère pression sur son bras la fit sursauter. Misha la regardait d'un air intrigué.

— J'ai besoin de toi, dit-il d'un ton calme. Viens vite.

Avant qu'elle n'ait pu répondre, il s'était détourné pour suivre le brancard. Elle déglutit péniblement. Il avait besoin d'aide pour traiter cette patiente-là ! Oh ! non...

Alors qu'elle se rapprochait du box, le stridor respiratoire lui parut encore plus prononcé. Les voies aériennes de la patiente étaient touchées. Il s'agissait d'une urgence absolue.

— La gorge est trop enflée, disait l'un des secouristes. On n'a pas pu l'intuber.

— Briefez-moi, ordonna Misha.

Lyndsey lui enviait son calme, ses gestes posés, quand elle-même était au bord de la panique !

— Elle a eu un accident de voiture, répondit le deuxième

ambulancier. Elle ne portait pas sa ceinture de sécurité. Apparemment, elle a été projetée contre le tableau de bord.

Le cœur au bord des lèvres, Lyndsey se rapprocha de la table d'examen. Chaque inspiration semblait un combat pour la jeune fille. Elle-même était tombée enceinte de Brody à peu près au même âge. Son fils avait survécu par miracle et, chose incroyable, il était né sans séquelles...

Incapable de se retenir, elle porta une main à son cou.

— Il faut... aider ce bébé, dit-elle d'une voix rauque.

Misha lui jeta un coup d'œil par-dessus son épaule.

— C'est ce qu'on va faire. Je veux un kit de trachéotomie. Maintenant ! ajouta-t-il plus fort, car elle n'avait pas bougé.

Mortifiée, elle courut enfiler des gants stériles. Après quoi, elle trouva le matériel demandé et attrapa un flacon d'antiseptique pour badigeonner le cou de la blessée. La peau bleuie et le gonflement caractéristique lui rappelaient une histoire qu'elle aurait voulu oublier : la sienne. Ils devaient agir avant que l'œdème ne soit trop prononcé et ne ferme complètement les voies respiratoires.

Elle tendit un scalpel à Misha qui s'était préparé. En quelques secondes, il trouva le point d'incision et fit un trou dans la trachée. Alors, dès qu'il tendit la main, elle y plaça le tube en plastique relié à un ballonnet qui permettrait de faire passer l'air.

Il dut s'y prendre à deux fois pour l'insérer, et elle l'entendit marmonner quelque chose en russe. Mais au bout du compte, il atteignit son objectif avec une célérité stupéfiante. Quelques secondes plus tard, la blessée prit une inspiration « normale », et Lyndsey laissa échapper un grand soupir. Elle ne s'était même pas rendu compte qu'elle haletait, elle aussi...

Les genoux tremblants, elle recula d'un pas.

— Le gynéco descend ! annonça une infirmière en passant la tête sur le côté du rideau.

— Super, répondit Misha.

Lyndsey eut conscience qu'il la dévisageait, visiblement perplexe. Il était temps pour elle de disparaître. Elle ne voulait pas s'écrouler devant lui.

Dire qu'elle croyait avoir dépassé tout cela depuis longtemps !

Après son mariage désastreux, elle avait suivi une longue thérapie et s'imaginait libérée de ses angoisses. Mais la peur avait la vie dure...

Pourquoi avait-elle réagi ainsi ? Était-ce dû aux similitudes entre le cas de cette jeune fille et le sien ? Ou alors le retour de Misha l'avait-il rendue plus sensible ? Elle l'ignorait. Elle savait juste qu'elle avait failli perdre pied à un moment capital pour la survie d'une patiente.

— Ça va ? demanda-t-il.

— Je... Oui, très bien. Je vais filer, je suis en retard.

Elle ne voulait pas en dire davantage. Elle ne supporterait pas de lire la pitié dans son regard, comme dans ceux des jurés à qui elle avait raconté son histoire terrifiante au tribunal.

Quand il plissa les yeux, elle força un sourire sur ses lèvres. Encore quelques secondes et elle serait libérée...

— Bien sûr, vas-y, répondit-il. Tout est sous contrôle. On la transférera au bloc pour suturer la trachée dès que le gynéco aura vérifié les constantes du bébé.

— D'accord. À plus tard.

Saisie de nausées, elle sortit et fonça vers les toilettes.

Après avoir été malade, elle se rinça la bouche, soulagée car le fait de vomir lui avait permis d'évacuer ses émotions.

Heureusement, elle gardait toujours des pastilles mentholées dans son sac. Elle en prit une puis, lentement, rejoignit le service ORL où ses collègues l'attendaient.

Sans donner de détails, elle leur raconta ce qui s'était passé, puis prit son poste.

La matinée se déroula sans problème, hors de la présence de Misha qui se trouvait en salle d'opération. Tant mieux car elle n'aurait pas supporté ses questions, ses regards intrigués. Il avait bien senti que quelque chose clochait. Pire, elle avait failli être malade devant lui !

À l'heure de la pause, elle acheta un sandwich et une boisson à la cafétéria. Puis elle sortit dans le jardin et s'assit sur un banc pour déjeuner.

— Puis-je me joindre à toi ?

Elle aurait dû savoir que Misha ne renoncerait pas si facilement. Le fait de penser à lui non-stop l'avait-il attiré vers elle ?

Incapable de répondre, elle haussa les épaules. La panique qu'elle avait éprouvée aux urgences se manifestait de nouveau, heureusement sans les nausées...

— Que t'est-il arrivé, Lyndsey ?

Elle répondit à sa question par une autre.

— Est-ce que la jeune femme et le bébé vont bien ?

— Oui. Ils s'en sortiront tous les deux. Elle devrait même pouvoir mener sa grossesse à terme.

— Super. Je suis contente qu'ils aillent bien.

— Mais *toi*, comment vas-tu ?

— Ça va. Pourquoi ?

— Tu le sais très bien.

Il avait toujours eu le don de lire dans ses pensées. Et si elle en avait souri autrefois, là, elle était plutôt contrariée.

— C'est toujours effrayant de voir quelqu'un lutter pour sa survie, répondit-elle.

— D'accord, mais ce n'était pas la première fois de ta carrière, je suppose.

Il avait raison : elle n'aurait jamais pu exercer son métier sans savoir prendre du recul. C'était une qualité indispensable pour les soignants.

— Avoir de l'expérience ne veut pas dire que je suis imperméable à tout, répliqua-t-elle.

Jamais elle ne pourrait lui raconter ce qu'elle avait vécu avec Wade, par crainte de son jugement. La trouverait-il faible, sans caractère ? Elle avait attendu trop longtemps avant de partir. Elle aurait dû s'éloigner de ce sinistre personnage dès la première alerte.

— À mon avis, il y a autre chose, déclara-t-il d'un ton grave. Mais je ne vais pas insister. Si tu ne veux rien dire, je n'essayerai pas de te faire changer d'avis.

Elle était convaincue qu'il disait vrai. À la différence de Wade, il l'avait toujours respectée. Jamais elle n'aurait dû croire les belles paroles de son ex-époux. Fallait-il qu'elle ait été perdue. Sa volonté d'oublier Misha s'était vite retournée contre elle...

— Merci. C'est gentil, murmura-t-elle.

Il secoua la tête en soupirant.

— D'accord. Parle-moi de Brody si tu veux.

Soulagée qu'il change de sujet, elle lui exposa les problèmes auditifs dont son garçon était atteint depuis plusieurs années. L'otosclérose était une maladie rare, souvent congénitale. Il suffisait qu'un parent porte le gène pour le transmettre à ses enfants.

Sachant cela, elle avait fait des examens – bien qu'elle ait quasiment exclu l'idée de se remettre en couple – qui étaient revenus négatifs. Rassurée, elle n'était pas allée chercher du côté de Wade. À quoi bon lui faire passer le test puisqu'il était définitivement sorti de sa vie ?

— Les problèmes ont commencé du côté droit, précisa-t-elle. Notre médecin a d'abord cru que la perte d'audition venait d'une otite, mais quelques mois après la déficience est apparue à gauche. Le tympanogramme et le scanner ont confirmé la suspicion d'otosclérose.

— Il est un peu jeune pour une évolution aussi rapide, mais ce que tu décris est classique. Puisque tu es bien documentée, tu dois savoir que la prothèse va servir de pont entre l'étrier et l'enclume ?

Elle opina de la tête. À force de lire des articles, elle était devenue incollable sur les anomalies des osselets. Dans le cas de Brody, les étriers étaient en train de se scléroser. Ils ne pouvaient plus transmettre les sons correctement.

— Oui, confirma-t-elle. Je sais aussi qu'une intervention chirurgicale peut altérer l'audition au lieu de l'améliorer. Voilà pourquoi je préférerais qu'on commence par l'oreille droite, la plus atteinte, avant de traiter l'autre.

— C'est logique. Je procéderais effectivement de cette manière si je l'opérais.

Misha se rejeta en arrière sur le banc, puis reprit :

— Que peux-tu encore me dire au sujet de Brody ?

— Mais je viens de...

— Pas sur sa maladie, mais sur lui en tant que personne. Je voudrais le connaître un peu.

— Pourquoi ?

Il eut un sourire en coin.

— Tu m'as reproché l'autre jour de ne pas l'appeler par son prénom. Alors cela t'étonnera peut-être, mais il se trouve que je m'intéresse vraiment à mes patients. J'ai besoin de savoir qui ils sont, ce qu'ils aiment, pour mieux les soigner.

Disant cela, il allongea le bras et, à sa grande surprise, captura sa main. Le contact de ses doigts tièdes la fit frissonner, mais elle s'empêcha d'y entremêler les siens comme autrefois.

L'époque des gestes tendres était passée et ne reviendrait pas. Elle avait mis longtemps à guérir de la blessure émotionnelle qu'il lui avait infligée. L'absence de son propre père avait bien sûr joué un rôle capital. Elle s'était retrouvée fragilisée. Elle avait reporté tous ses espoirs sur Misha et avait vécu son départ comme une trahison.

À présent, elle devait penser à Brody. Le pauvre se trouverait au cœur du désastre si, d'aventure, elle renouait avec Misha et que les choses tournaient mal. Non pas qu'ils aient la moindre raison de rallumer la flamme. C'était même fortement déconseillé puisque Misha allait probablement opérer Brody !

Consciente des enjeux, elle se dégagea à regret. Puis, pour adoucir la portée de son geste, elle prit sa bouteille et but un peu d'eau fraîche.

— Je pourrais te parler de Brody, mais je préférerais qu'il le fasse lui-même, dit-elle doucement. C'est un gamin génial… malgré toutes les erreurs que j'ai pu commettre.

Misha acquiesça, l'air songeur.

— D'accord. Laissons Brody raconter ce qu'il voudra. De toute manière, ta pause se termine, non ?

Il avait parlé d'un ton distant, preuve qu'il avait bien perçu son geste de recul.

— Oui, murmura-t-elle. Merci… vraiment. J'apprécie beaucoup ce que tu fais pour Brody.

— Mais de rien. Allez, je te laisse déjeuner tranquille.

Avant qu'elle n'ait pu répondre, il se leva. Elle le regarda s'éloigner, mal à l'aise, certaine de l'avoir vexé. Elle avait rejeté sa main tendue. Elle s'était réfugiée dans sa bulle comme elle avait l'habitude de le faire.

Mais tout bien réfléchi, elle avait sans doute eu raison de garder ses distances. Au moins, cette fois, n'aurait-elle pas le cœur brisé.

Car hélas, elle sentait déjà renaître la flamme qui, autrefois, l'avait poussée vers lui.

Elle avait cru pendant quinze ans que leur relation appartenait au passé. À cette minute précise, elle n'en était plus si sûre.

Quelle idiote. Pour des raisons de responsabilité morale, Misha refuserait d'opérer Brody s'il se sentait trop « lié » à elle. Elle devrait alors trouver un autre chirurgien. Il serait peut-être trop tard.

Non, c'était impossible. Brody ne payerait pas le prix de ses erreurs. Elle ne se le pardonnerait jamais.

Brody ressemblait à sa mère.

Aussi blond que Lyndsey, il avait également le même regard émeraude. Pour la carrure, en revanche, il tenait plutôt de son père. Il était déjà très grand pour son âge !

— Bonjour, Brody. Je suis le Dr Lukyanov, mais tu peux m'appeler Misha.

L'adolescent s'assit sur la table d'examen et le regarda en souriant.

— Bonjour, Misha. Maman m'a dit que vous étiez amis au lycée.

Lyndsey avait-elle donné des précisions sur cette « amitié » ? C'était peu probable car elle avait vite tourné la page. Elle avait, de toute évidence, eu moins de mal que lui à le faire !

De retour en Biélorussie, quand il s'était enfin résolu à l'oublier, il était sorti avec une étudiante en médecine. Néanmoins, il avait rompu dès que celle-ci avait parlé mariage. Ensuite, à New York, il avait connu quelques rares aventures, et juste avant son départ il avait entretenu une relation de quelques semaines avec une infirmière. Là encore, l'histoire s'était mal terminée. Il avait donc accueilli la nouvelle de sa mutation en Louisiane avec joie, mais aussi avec un certain soulagement.

Dix ans plus tôt, il avait bien failli contacter Lyndsey en rentrant aux États-Unis, mais il n'avait jamais osé le faire. Il s'était dit qu'elle était probablement mariée. Il avait vu juste, même si, à présent, elle vivait seule avec son fils. Elle ne s'appelait d'ailleurs pas McKinna. Elle avait repris son nom de jeune fille.

Misha, lui, n'avait jamais rencontré « la » bonne personne, une femme qu'il aurait eu envie d'épouser. Et tout bien réfléchi, il était très heureux comme cela.

— Alors, Brody, raconte-moi... Qu'aimes-tu faire pendant tes loisirs ?

Vu le physique de l'adolescent, il s'attendait à « du sport », mais la réponse le surprit.

— Je participe à l'orchestre du lycée. On a aussi monté un groupe de rock avec des copains. Je joue des claviers et je suis choriste.

Il hocha la tête, admiratif. Il n'aurait pas pensé qu'un déficient auditif puisse être musicien. Mais Brody était né entendant, il avait eu le temps d'apprendre un instrument, le chant, le solfège. Il comprenait mieux pourquoi Lyndsey voulait se battre pour qu'il conserve une audition « naturelle », pourquoi elle n'était pas favorable à un implant...

— C'est génial, ça. J'espère avoir l'occasion de t'entendre en concert un jour.

À peine avait-il prononcé ces mots qu'il les regretta. Il était sincère vis-à-vis de Brody, mais comment Lyndsey allait-elle interpréter ses propos ? Qu'elle n'aille surtout pas y voir une « tentative » de rapprochement ! Il ne pensait qu'à mieux connaître le jeune garçon.

Il eut un coup au cœur quand Brody le gratifia d'un sourire en coin qui le faisait ressembler davantage encore à Lyndsey.

— On n'est pas prêts pour les concerts, mais on fait beaucoup de répétitions devant des amis. Vous êtes le bienvenu, docteur... euh, Misha.

Lyndsey toussota.

— Je ne sais pas si ce sera possible, mon cœur. Le Dr Lukyanov doit avoir un planning chargé.

Cette intervention contraria Misha, qui avait justement résolu de traiter Brody comme les autres patients.

— Je trouverai un créneau, ne t'inquiète pas. C'est important que je te voie pratiquer ton loisir. Ainsi, j'aurai une meilleure idée de ce qu'il faut faire pour toi.

Le sourire de Brody s'évapora illico.

— Je n'arrive pas à croire... qu'un jour je devrai peut-être arrêter de jouer. Ne plus entendre les notes, les mélodies... ce serait insupportable.

Il sentit sa gorge se serrer. Pour une raison inexplicable, ce gamin l'émouvait plus que de raison.

— Je ferai le maximum pour éviter cela, Brody. Je vais te réexaminer aujourd'hui, même si le Dr Rain a fait un excellent travail avec toi. Ton dossier médical est déjà très complet, ce qui va nous permettre de gagner du temps.

Il marqua une pause, puis reprit :

— Ta maman t'a-t-elle expliqué en quoi consiste l'opération ?

Pour la première fois, Misha décela une lueur d'angoisse dans le regard de l'adolescent.

— Oui. Apparemment, ça ressemble à un pontage. Mais au lieu de le faire au cœur, vous le ferez sur un os de l'oreille.

— C'est une bonne comparaison, en effet.

— Est-ce que… ça va marcher ?

— Il faut toujours rester prudent. Je ne peux rien te promettre, mais disons qu'il y a de bonnes chances.

— D'accord. Alors je croise les doigts…

Un sourire rassurant aux lèvres, Misha commença l'examen clinique. Les premiers résultats ayant confirmé son analyse, il prit un diapason, qu'il fit sonner derrière l'oreille droite de Brody.

— Entends-tu le son ?

— Bof… Un peu.

Il répéta la manœuvre à gauche. Cette fois, Brody hocha la tête.

— C'est beaucoup mieux de ce côté ! déclara-t-il.

— Mieux comment ? Peux-tu évaluer la différence ?

— Hmm, 50 %, peut-être… C'est difficile à dire. Du côté droit, je ne sais pas si j'ai vraiment entendu quelque chose ou si je l'ai imaginé.

Du coin de l'œil, il vit Lyndsey serrer les poings en même temps qu'elle se rapprochait de Brody. Il avait observé ces réflexes protecteurs chez de nombreux parents, mais là il sentait une histoire différente. C'était comme s'il y avait autre chose…

« Il est sorti de nos vies. Je prends les décisions toute seule. »

Wade McKinna s'était-il montré négligent, peu présent ? Quel était le problème au juste ? Il devait y avoir une raison pour que Brody ne voie plus du tout son père !

Par ailleurs, la réaction de Lyndsey face à la jeune accidentée l'avait beaucoup surpris. Elle avait eu une drôle d'attitude en portant la main à son cou. Lui était-il arrivé quelque chose ?

Allons. Se poser mille questions ne le mènerait nulle part. Il devait se concentrer sur Brody.

— Qu'est-ce qu'on fait maintenant ? demanda le jeune garçon.

Il était décidément très mûr pour son âge. Au lieu d'attendre que sa mère s'exprime à sa place, il se prenait en main. Elle l'avait éduqué de façon remarquable, mais Misha s'en serait douté...

— Maintenant on va prendre en compte tes souhaits pour l'avenir. Je m'appuierai sur ce que *tu* veux. Voilà pourquoi je dois vite assister à une répétition. Et en attendant, si tu es d'accord, j'aimerais te montrer un film de deux minutes qui explique l'intervention.

— Bien sûr, je suis d'accord !

— J'espérais cette réponse, dit-il en souriant. J'avais même déjà branché le vidéoprojecteur.

Pour la cinquantième fois au moins, il lança la vidéo qu'il connaissait par cœur. Il trouvait important de la regarder avec chaque patient afin que les décisions soient prises en connaissance de cause. Car un futur opéré devait évaluer lui-même si le jeu en valait la chandelle.

Brody, lui, semblait avoir déjà tranché la question. Ce qui faisait sens pour un musicien...

Le film montrait comment on enlevait l'étrier de l'oreille interne en laissant la platine. La prothèse était ensuite fixée sur cette même platine pour reconstituer la chaîne auditive où se trouvaient deux autres osselets, le marteau et l'enclume.

— Donc, si la greffe prend, j'entendrai aussi bien qu'avant ? s'exclama Brody après avoir visionné les images.

— Pas tout à fait puisque ton système auditif est endommagé à la base. Mais si les choses se passent comme prévu, tu entendras beaucoup mieux que maintenant. Tu devrais vite sentir la différence.

— Quand pouvez-vous m'opérer ?

— Je vais consulter mon planning pour trouver la meilleure date. Je ne veux rien précipiter. Il faut prendre le temps d'étudier tous les aspects de la question. Je dirais... d'ici trois semaines ou un mois.

— Génial ! Je croyais que vous alliez dire quatre, cinq ou six mois. Je suis tellement content que vous acceptiez d'être mon chirurgien. Merci beaucoup, beaucoup !

— C'est un grand soulagement pour moi, merci, ajouta Lyndsey, qui s'était tue jusqu'alors.

Brody savait-il au moins que sa mère et son chirurgien travaillaient ensemble ? Si tel n'était pas le cas, Misha s'abstiendrait de le préciser. Il était d'ailleurs soulagé que Lyndsey soit restée discrète sur leur histoire de jeunesse. Ainsi, Brody éviterait de se faire des films pour rien !

Alors que le rendez-vous se terminait, il pria Lyndsey de caler une nouvelle date pour la semaine suivante. Il demanda ensuite à Brody de lui communiquer ses prochains jours de répétition dès qu'il en aurait connaissance. Après quoi il les raccompagna, non sans avoir renouvelé sa promesse d'aller écouter Brody le plus vite possible.

Revenu dans son bureau, il s'assit à sa table, songeur. Pourvu que sa relation passée avec Lyndsey n'impacte pas sa capacité à bien soigner Brody ! S'il avait le moindre doute sur ce point, il l'orienterait vers un confrère. Néanmoins, cela lui ferait de la peine car, pour une raison inexplicable, il tenait à rendre ce service à Lyndsey.

Voulait-il se « rattraper » de lui avoir fait tant de peine autrefois ? C'était bien possible, même si elle semblait avoir tourné la page. Lui, en revanche, y pensait sans arrêt depuis le jour où il l'avait revue. Ce qui, bien sûr, était complètement ridicule.

Il était temps de tirer un trait sur cette histoire et de passer à autre chose. Définitivement.

3

Trois jours plus tard, Lyndsey communiqua enfin à Misha le planning des répétitions de Brody.

Elle ne l'avait pas revu depuis le rendez-vous dans son cabinet, mais chaque soir son fils avait insisté pour qu'elle lui donne la fameuse liste. Comment aurait-elle pu l'oublier ?

Si cela n'avait tenu qu'à elle, ces deux-là auraient eu le moins de contacts possible. Néanmoins, elle trouvait normal que Misha se renseigne. Elle aurait eu mauvaise grâce de lui reprocher sa conscience professionnelle...

Ses collègues infirmières avaient toutes souligné, à juste titre, combien Brody était chanceux de l'avoir pour chirurgien. Lasse de leurs remarques, elle avait alors songé à changer de service, mais elle y avait finalement renoncé. Misha risquait de se poser des questions si elle demandait son transfert. Peut-être même voudrait-il orienter Brody vers un autre spécialiste.

Non, décidément, elle ne pouvait rien faire avant l'opération.

— Merci, Lynds, dit-il en prenant le papier qu'elle lui tendait. Je te dirai quel soir je peux venir.

Le fait qu'il utilise ce diminutif raviva ses souvenirs. Il l'appelait toujours ainsi autrefois. Mais ils n'étaient plus les mêmes personnes, et aujourd'hui Brody était sa priorité absolue.

Elle continuerait de travailler avec Misha, dans cet hôpital, aussi longtemps que nécessaire. Ensuite... Qui savait de quoi demain serait fait ? Si la situation se compliquait, elle pourrait demander sa mutation. Elle avait toujours donné le meilleur d'elle-même au travail, et cela continuerait.

Consciente du regard inquisiteur de Misha, elle força un sourire sur ses lèvres.

— Merci pour lui. Je… sais qu'il ne retrouvera jamais une audition optimale, mais que peut-on espérer ?

— Tout dépendra du degré d'ossification et du nettoyage à faire après l'ablation de l'étrier. Si tout se déroule comme prévu, il devrait récupérer environ 80 % de ses capacités auditives.

— Waouh. Ce serait… merveilleux. Je m'attendais à un moins bon résultat.

— Évite quand même de t'emballer. Il ne faut pas perdre de vue les risques de complications. Tant que l'opération n'aura pas eu lieu, un optimisme raisonnable s'impose.

— Bien sûr. Je comprends.

Quand Misha glissa le feuillet dans la poche arrière de son jean noir, elle se mordit la lèvre et baissa les yeux. Elle ne devait pas le regarder de trop près sous peine de se trahir. Mieux valait basculer sur le terrain professionnel, et vite !

— Joanna, notre patiente intubée de l'autre jour, va bien, dit-elle. L'œdème a diminué. Quant au bébé, il est en pleine forme.

Misha fronça les sourcils.

— Quand l'ont-ils transférée chez nous ? Je croyais qu'elle était en obstétrique.

— Je… Oui, elle y est toujours. Je suis montée la voir.

De manière inattendue, il lui sourit. Il se déridait rarement en sa présence, chose qu'elle regrettait parfois. Mais n'était-ce pas mieux ainsi ? Il était trop beau quand il souriait. On aurait dit que son visage s'illuminait de l'intérieur…

— Je vais te dire un secret, déclara-t-il avec un air de conspirateur. Je suis allé la voir aussi.

— Ah, bon ?

En quelques secondes, le sourire s'effaça.

— Pourquoi es-tu si surprise ? C'est normal que je me préoccupe de mes patients, non ?

— Oui, bien sûr. C'est juste… Je ne pensais pas que tu trouverais le temps d'aller dans un autre service avec ton planning serré. Enfin, tu vois…

— Souvent, lorsqu'on n'a pas le temps, il faut le prendre.

J'essaye de garder quelques créneaux libres tous les jours. J'évite de surcharger mon agenda avec des tâches inutiles.

— C'est tout à ton honneur. Sauf que le Louisiana Southern a dû t'attribuer un « quota » de patients, j'imagine ?

Il haussa les épaules.

— Oui. Cela dit, ils ont accepté de me donner du temps au départ. Je suis venu à cette condition expresse. S'ils avaient dit non, j'aurais refusé le poste.

L'hôpital devait tenir à l'embaucher pour avoir fait des compromis. Lyndsey, qui appréciait déjà ses qualités de médecin, sentit son admiration monter d'un cran. Non seulement il excellait dans son travail, mais il forçait le respect pour ses qualités humaines.

Qu'il était difficile de ne pas s'impliquer personnellement ! Néanmoins, elle devait maintenir le cap. Elle savait déjà combien il était beau, gentil, agréable... mais cela ne changeait rien au problème.

N'y pense plus. Il est hors de portée, surtout maintenant qu'il va opérer Brody.

— Puisque tu es allé la voir... quand pourra-t-elle être extubée, d'après toi ?

— Il faut que sa gorge désenfle encore un peu. Je dirais dans quatre ou cinq jours au maximum. Elle est à un mois du terme, donc il n'y a pas d'urgence. Le principal est que ce bébé reste au chaud le plus longtemps possible.

— Et la chirurgie reconstructrice ?

— Ils n'ont prévu aucune intervention. La trachée aurait dû être endommagée, mais par miracle elle est intacte.

La phrase résonna en Lyndsey comme un écho douloureux. Redoutant de se trahir, elle enfonça les mains dans ses poches.

— Bon... Je vais te laisser. Mes patients m'attendent.

— D'accord. Je te redirai pour Brody dès que j'aurai affiné mon planning. Est-ce la bonne adresse sur la liste ou changent-ils d'endroit à chaque fois ?

— Non, c'est la bonne. Ils répètent dans un garage à Centerville. Et Brody a bien vérifié les dates.

Elle voulait souligner que l'invitation émanait de son fils et de lui seul. Personnellement, elle ne tenait pas à voir Misha en dehors du travail. Mieux valait qu'il le sache.

Le jour dit, elle pourrait toujours rester chez elle, mais Brody trouverait cela suspect. Elle assistait à chaque répétition. Si elle devait faire une course, elle revenait au moins écouter la fin. Elle était trop présente pour changer ses habitudes.

Et Misha ? Lui aussi risquait de remarquer son absence. Il en conclurait qu'elle voulait l'éviter parce qu'il lui plaisait toujours !

Allons, pas d'affolement. Cette réaction purement physique finirait par s'estomper. Il était hors de question qu'elle s'implique à nouveau sur le plan émotionnel.

Elle avait donné, merci. Elle était passée à autre chose. Du moins l'espérait-elle.

Assis près de Lyndsey sur une chaise pliante dans un garage vieillot, Misha était un peu gêné.

Tandis que le groupe de Brody procédait à quelques réglages, sept ou huit jeunes gens, venus écouter la répétition, discutaient entre eux. Misha ne se sentait pas vraiment à sa place alors que Lyndsey, qui connaissait tout le monde, paraissait beaucoup plus à l'aise.

Brody, l'ayant repéré, abandonna ses claviers pour venir lui serrer la main.

— Merci d'être là ! Vous allez voir, on joue beaucoup de reprises. Si on n'est pas trop mauvais, vous devriez reconnaître quelques chansons, ajouta-t-il en riant.

— Il n'y a pas de raison, répliqua-t-il, amusé.

Et dans le cas contraire, tant pis. Il voulait surtout voir Brody jouer afin de pouvoir le conseiller au mieux. Car même si la chirurgie semblait s'imposer, il devait en être sûr.

Quand les premiers accords d'une mélodie des années 2000 emplirent le hangar, il sentit sa gorge se nouer. Il l'avait effectivement reconnue, et pour cause : cet air romantique avait accompagné son dernier été avec Lyndsey !

Assis tous les deux dans sa voiture, ils l'avaient écoutée en bâtissant des projets d'avenir. Ils avaient plaisanté au sujet de leur future famille. Lyndsey avait éclaté de rire quand, un soir, il avait affirmé vouloir douze enfants.

Quinze ans avaient passé, et il n'en avait aucun...

Il lui lança un regard oblique. Elle avait crispé les poings sur les genoux, et son expression pouvait laisser croire à de l'indifférence, mais il en doutait. Il était sûr qu'elle se remémorait cette nuit, elle aussi.

Après leur conversation, ils étaient allés se promener au bord de rivière. Ils avaient fait l'amour pour la première fois. Il y en avait eu beaucoup d'autres.

Comment aurait-il réagi si elle était tombée enceinte de lui ? Serait-il resté avec elle au lieu de partir avec son père malade ? En un sens, il remerciait la vie de lui avoir épargné ce choix impossible...

Tout de même, le destin jouait contre lui ces derniers temps. Brody et ses amis auraient pu travailler des dizaines de chansons, mais il avait fallu qu'ils jouent celle-ci !

Il faillit pousser un soupir de soulagement à la fin du morceau. Le groupe enchaîna sur un air qui cette fois lui était inconnu, et du coin de l'œil il vit que Lyndsey avait décroisé les mains. Elle s'était mise à taper du pied en rythme, visiblement plus détendue.

Concentre-toi sur Brody. Tu es là pour lui.

Force était d'admettre que le groupe était excellent. Misha ne s'était pas attendu à une telle qualité de jeu, à une si grande cohésion. Il comprenait mieux maintenant pourquoi Lyndsey tenait à ce que Brody, un musicien talentueux, soit opéré. Il aurait raisonné de la même manière si ce gosse avait été le sien.

Sauf que Brody *n'était pas* son fils. Il devait garder son objectivité professionnelle dans l'intérêt du patient. Mais que cet exercice était difficile !

Il se sentait presque trop bien, là, près de Lyndsey. Vus de l'extérieur, ils devaient ressembler à des parents « normaux » venus écouter leur enfant. Sans ce mauvais tour du destin, ils se seraient mariés. Ils auraient fondé une famille. Sans bien savoir pourquoi, il était convaincu qu'ils seraient restés ensemble.

Néanmoins, la vie avait suivi un cours différent auquel on ne pouvait rien changer. Et s'il n'avait jamais regretté d'avoir suivi ses parents en Biélorussie, il se demandait en revanche ce que Lyndsey aurait fait s'il l'avait appelée à son retour.

Aurait-elle accepté de renouer le contact ? Serait-elle restée fidèle à Wade, le père de son petit garçon – à supposer qu'ils aient encore été mariés ?

Puisqu'il ne le saurait jamais, à quoi bon remuer le couteau dans la plaie ? Mieux valait savourer l'instant présent sans se poser mille questions. Après tout, cela ne changerait rien entre Lyndsey et lui. Il pouvait bien apprécier de passer un moment avec elle, comme avec n'importe quel ami.

Bien sûr, ils n'étaient pas amis. Il aurait d'ailleurs eu du mal à définir ce qu'elle représentait pour lui. Elle était… spéciale, voilà tout.

Agacé, il se focalisa sur la musique. Brody mettait tout son cœur dans ses interprétations, et plus il le regardait, plus il était sûr qu'il allait l'opérer. Il donnerait le meilleur de lui-même pour rendre à ce jeune garçon bourré de talent les capacités auditives dont il avait besoin.

À la fin du dernier morceau, ce dernier se précipita vers lui, vibrant d'énergie et de bonne humeur.

— Alors, Misha, qu'en dites-vous ?

— Franchement ? Vous êtes phénoménaux ! répondit-il, sincère. Vous n'avez peut-être pas encore percé, mais vous êtes très bien partis.

— Vraiment ? Vous croyez ?

— J'en suis certain.

— C'est génial que vous disiez cela. Notre objectif est de participer au festival de Gerard Park.

— Est-ce une grosse manifestation ?

Brody le gratifia d'un regard incrédule.

— Oui, c'est un truc énorme. Vous n'en avez jamais entendu parler ?

— Maintenant que j'y pense, j'ai dû lire un article le mentionnant dans le journal.

Il n'y avait pas prêté davantage attention qu'à la météo ou aux faits divers. Son travail l'accaparait tellement qu'il ne s'était pas intéressé à grand-chose depuis son arrivée. Il avait d'ailleurs toujours fonctionné ainsi. Même à New York, il était très peu sorti…

— Il faut absolument y aller, c'est génial ! s'exclama Brody. Même si on habite à une heure de Lafayette, maman n'a jamais refusé de m'y conduire.

Intrigué, il pivota vers Lyndsey.

— Tu fais une heure de trajet tous les jours ?

— Oui. Je n'ai pas voulu déménager, c'était inutile. Brody aime son lycée. Et surtout, il devrait laisser tomber le groupe si on bougeait. C'est hors de question.

Dans ce cas, pourquoi ne cherchait-elle pas un autre poste ? Avait-elle voulu aider Brody en venant travailler au Louisiana Southern ? Souhaiterait-elle se rapprocher de leur domicile après l'opération ?

Misha accueillerait son départ avec un certain soulagement. Et en même temps, de manière inexplicable, il serait déçu…

Quoi qu'il en soit, il n'avait aucun droit de l'interroger sur ses projets d'avenir. Elle avait calqué toute son organisation, toute sa vie sur Brody. N'aurait-il pas fait la même chose s'il avait été père ?

— Je comprends. Tu n'es pas la seule concernée.

— C'est exactement ça.

Son intonation lui parut un peu ironique, comme si elle faisait allusion à autre chose. Et pour la première fois, il réalisa qu'il était plus facile d'être celui qui part que la personne qui reste. Quinze ans plus tôt, il avait été trop perturbé pour en avoir conscience…

— Le festival débute la semaine prochaine. Vous devriez venir avec nous, intervint innocemment Brody.

Lyndsey roula des yeux, l'air contrarié.

— Chéri ! Les gens font ce qu'ils veulent. N'embête pas le docteur avec ça.

Misha secoua la tête en souriant. Il ne se sentait pas « embêté », au contraire. Il n'allait sûrement pas décevoir Brody, lequel était tout heureux de faire partager sa passion.

— Tout dépendra du soir que vous aurez choisi, mais je ferai le maximum pour me libérer, déclara-t-il.

S'ils y allaient un lundi ou un vendredi, ce serait peut-être compliqué car il opérait ces jours-là. Le reste de la semaine, il gérait ses rendez-vous au cabinet et avait des horaires assez souples.

— On ne va pas tarder, Brody, déclara Lyndsey. Si tu veux aller dire au revoir aux autres...

L'adolescent s'éclipsa, les laissant seuls. Misha sut qu'elle était contrariée avant même qu'elle ne se tourne vers lui.

— Ne te sens pas obligé d'accepter pour lui faire plaisir, dit-elle. Sérieusement.

— Rassure-toi, ce n'est pas le cas. Brody a piqué ma curiosité avec toutes ces promesses de bonne musique. Le festival existait-il déjà quand nous étions au lycée ?

— Bien sûr. Tous les habitants de Lafayette et des alentours le connaissent au moins de nom.

Il secoua la tête.

— Je n'ai pas dû vivre dans le coin assez longtemps.

Lyndsey eut un petit rire incrédule.

— C'est fou quand même... Enfin, sérieusement, ça ne change rien. Tu n'es pas obligé de venir.

— C'est nouveau ? Vas-tu ajouter « sérieusement » à toutes tes phrases ?

— Patate !

Sa réponse humoristique le fit sursauter. Elle l'appelait ainsi autrefois, quand ils se chamaillaient à n'en plus finir pour des bêtises. Il ne s'était pas rendu compte à quel point leurs échanges lui avaient manqué.

— Cela t'ennuie que je vienne au festival ? Dis-le franchement...

Si elle répondait « oui », il n'insisterait pas. Dans le cas contraire, il avait bien l'intention d'y aller.

— Non, du tout, répliqua-t-elle. Mais autant te prévenir, Brody va commenter tout ce qu'il entendra. Il est vraiment fan des musiques actuelles.

— Comme je n'y connais rien, je l'écouterai avec plaisir.

En disant cela, il était sincère. Il voulait passer du temps avec Brody. De plus, il se réjouissait à l'idée de voir Lyndsey en dehors de l'hôpital, car ils pourraient enfin parler d'autre chose que de leurs patients. Il brûlait de savoir ce qu'elle avait fait pendant quinze ans, pourquoi elle était devenue infirmière. Et pourquoi son mariage n'avait pas fonctionné...

Mais sur ce point-là bien sûr, il resterait discret. Il n'allait sûrement pas la questionner. Il ne savait même pas si Brody connaissait son père.

Le rire chaleureux de Lyndsey le surprit. Il ne s'était pas attendu à ce qu'elle accepte si facilement sa présence.

— Tu es prévenu. Que je ne t'entende pas rouspéter, dit-elle sur le ton de la plaisanterie.

— Ce n'est pas mon genre, voyons.

Il marqua une pause, puis ajouta :

— Faut-il prévoir un pique-nique ou y a-t-il de la restauration sur place ?

— Tu auras le choix entre une vingtaine de stands au moins. Nourriture cajun, hamburgers, hot-dogs...

— Un hot-dog ? Sans façons, merci.

— Ah oui, c'est vrai. Tu n'as jamais aimé ça.

— Pas les américains en tout cas. Les nôtres sont faits avec des *kielbasa*, des saucisses polonaises. C'est bien meilleur.

— Hmm. Il faudra que je goûte.

— Je t'en ferai un à l'occasion.

Quand Lyndsey sourit de nouveau, il réalisa que la conversation avait pris une tournure dangereuse. Mieux valait garder une distance « amicale », dans l'intérêt de tous et de Brody en particulier !

De manière subtile, il orienta la discussion sur les menus servis à l'hôpital. Puis, dès que Brody reparut, il prit congé et s'éclipsa, craignant de se mettre en fâcheuse posture s'il restait plus longtemps.

Il s'en était fallu de peu qu'il n'invite Lyndsey chez lui pour lui montrer ses talents de cuisinier !

4

— Je ne sais pas si tu es courant, mais Joanna est rentrée chez elle aujourd'hui.

En voyant arriver Misha au poste des infirmières, Lyndsey avait dit la première chose qui lui passait par la tête. Tout, plutôt que le regarder bouche bée...

— Non, je n'en savais rien, répondit-il en souriant. C'est génial. Je voulais monter la voir hier, mais j'ai eu une dernière intervention compliquée.

— Tout s'est bien fini ?

— Je l'espère. On a fait une greffe suite à une perforation du tympan. Mais la peau qu'on avait prélevée sur le bras du patient était trop fine et s'est déchirée. La seconde tentative a été la bonne. Je croise les doigts pour que ça tienne.

Il se frotta le menton, puis reprit :

— Au moins, les choses se terminent bien pour Joanna. Je suis content qu'elle ait enfin pu sortir.

— Oui, moi aussi. Ils l'ont extubée hier après-midi. Comme elle respirait bien et que le bébé était stable, ils l'ont laissée partir. Le reste de l'œdème devrait se résorber tout seul d'ici quelques jours.

— Et dans le cas contraire, on le saura vite. Elle aura des contrôles réguliers.

— Tout à fait.

La chevelure châtaine de Misha était tout ébouriffée, comme s'il y avait glissé les doigts trop souvent. Elle réprima un sourire en songeant qu'à une époque c'était elle qui jouait avec ses mèches. Puis elle le recoiffait avant qu'ils ne sortent de voiture pour éviter d'attirer les soupçons. Mais les gens n'étaient pas aveugles ! Tout le monde savait bien ce qu'ils faisaient…

À présent, elle n'avait plus le droit de lui caresser les cheveux ou de l'embrasser sur le bout du nez. Ils en étaient loin.

Perdue dans ses pensées, elle ne l'avait pas vu faire le tour du comptoir. Il s'était penché sur un ordinateur et scrutait l'écran, sourcils froncés.

— Qui cherches-tu ? demanda-t-elle, voyant qu'il explorait les données des patients.

— Max Sheffield. Il est arrivé avec une lésion suspecte sur une corde vocale. Je voulais revoir les images du scanner avant de lui faire sa biopsie.

Elle s'assit sur la chaise d'ordinateur sans réfléchir… et se figea. Elle s'était beaucoup trop rapprochée de Misha. Ils étaient si proches que les effluves de son eau de toilette citronnée lui chatouillaient les narines.

Non sans effort, elle se concentra et pianota sur le clavier. N'obtenant aucun résultat, elle changea le prénom « Max » en « Maxwell ». Le dossier référencé apparut aussitôt.

— Voilà, il est là, dit-elle.

Dès qu'elle eut ouvert le fichier du scanner, Misha s'accouda au bureau pour mieux regarder les images. Aussitôt, un long frisson la parcourut au contact de ses cheveux sur sa joue. La dernière fois qu'ils s'étaient frôlés ainsi, ils n'avaient pas fait que s'effleurer. Ils s'étaient embrassés, puis…

Sans l'avoir vraiment voulu, elle inclina l'épaule vers lui. Que lui arrivait-il, à la fin ? Elle perdait la raison !

Misha prit un bloc-notes sur le bureau et griffonna quelques indications sur un feuillet.

— C'est parfait, merci, dit-il d'un ton calme.

Contrairement à elle, il semblait avoir tourné la page. Elle pensait d'ailleurs l'avoir fait aussi jusqu'à ce qu'il réapparaisse. Comme quoi il ne fallait jamais présumer de son cœur…

— Je t'en prie, répliqua-t-elle de son ton le plus professionnel.

Lorsqu'il la regarda, elle frissonna en voyant l'éclat assombri de ses prunelles azur. Puis il se redressa rapidement, lui frôla la poitrine par inadvertance… et le temps suspendit son cours.

— Je… te tiendrai au courant pour le festival, bafouilla-t-elle.

Oh ! non. Lui rappeler qu'ils devaient passer une soirée ensemble n'était peut-être pas l'idée du siècle. Si seulement il pouvait changer d'avis. Et si déjà, il pouvait disparaître avant qu'elle ne se trahisse !

— D'accord. Envoie-moi un SMS dès que vous aurez choisi votre soir, répondit-il en souriant.

Un échange de messages serait toujours mieux qu'une conversation téléphonique. Au moins, elle n'entendrait pas sa voix rauque et sexy…

Irritée, elle se traita d'idiote. Travailler avec Misha allait devenir une épreuve de force si elle n'était pas capable de se maîtriser. Et sa réaction était d'autant plus stupide qu'il ne *faisait* rien du tout. Il se montrait juste « normal ».

Misha était un homme ouvert, sympathique et sans détour. Il incarnait l'exact contraire de Wade, lequel avait bien caché son jeu. Manipulateur et sournois, il avait tenté de séduire Brittany, la meilleure amie de Lyndsey alors enceinte de six mois !

À l'époque, les rêves de gloire de Wade s'étaient évaporés. Il n'avait jamais été enrôlé dans l'équipe de football d'une université prestigieuse. Il n'étudiait pas, ne travaillait pas davantage. Ils avaient dû se résoudre à vivre dans un camping-car, et leur mariage battait de l'aile.

Quand Brittany lui avait parlé du comportement de Wade, Lyndsey avait perdu le peu d'estime qu'elle avait pour lui. Le soir même, elle avait exigé des explications. Elle avait remarqué trop tard le nombre de canettes de bière qui jonchaient le sol près de la télévision allumée sur une chaîne de sport.

Wade s'était levé, lui avait agrippé le cou et s'était mis à serrer, hurlant qu'il était libre de faire ce que bon lui semblait. Qu'elle n'avait rien à dire. Et qu'il lui interdisait de le déranger pendant un match.

Elle avait réussi à se libérer par miracle. Elle était sortie du camping-car en titubant, puis elle avait arrêté une voiture pour se faire conduire au poste de police. Elle avait survécu, et Brody aussi…

Envahie par ces souvenirs douloureux, elle commença à manquer d'air. Elle ne put retenir un stridor qu'elle tenta de faire passer pour une quinte de toux.

— Ça va ? demanda Misha d'un ton inquiet.

— Oui, oui. C'est juste une petite allergie.

— Vraiment ? J'ai l'impression que tu as un autre problème, Lyndsey.

Elle hésita. Son instinct lui criait de se confier à Misha, mais elle en était incapable. Elle se sentait tellement gênée d'être sortie avec Wade, de l'avoir épousé, d'avoir fait un si mauvais choix...

Et d'ailleurs, son histoire ne regardait personne. Elle en parlait à qui elle voulait, quand bon lui semblait. C'est-à-dire jamais !

Elle se leva et lissa les pans de sa blouse.

— Tout va bien, répondit-elle d'un ton ferme. Bon... ce n'est pas tout ça, mais j'ai des patients à voir.

— L'un d'entre eux serait-il Max, par hasard ?

Elle songea à mentir, mais se ravisa. Misha risquait de vérifier sa liste. Elle soupira.

— En fait, oui, marmonna-t-elle.

— Cela t'ennuierait qu'on aille le voir ensemble ? J'aimerais lui refaire une prise de sang. De plus, je comptais sur Jacelyn pour m'assister pendant la biopsie, mais elle a été appelée en renfort au bloc.

Refuser n'était pas envisageable. Quelle excuse aurait-elle pu trouver ? Elle n'allait certainement pas admettre qu'il la faisait toujours vibrer. Elle ne l'avouerait jamais.

— Pas de problème. Je t'assisterai, répliqua-t-elle sans ciller.

Lorsqu'elle contourna le bureau, il recula comme pour éviter de la toucher à nouveau. Elle réprima un sourire. Peut-être était-il moins indifférent qu'il n'en avait l'air ?

Tout à coup, elle se sentit pousser des ailes. Elle ne put s'empêcher d'onduler légèrement le bassin, chose dont elle n'était pas coutumière. Elle n'avait jamais su adopter une démarche sexy... tout simplement parce que cela ne l'intéressait pas !

En cinq secondes, elle rectifia le tir et précéda Misha, très raide, la tête haute. La chambre de Max Sheffield se trouvait heureusement au début du couloir et, dès qu'ils l'atteignirent, elle entra comme si de rien n'était.

Adossé à ses oreillers, le malade – un homme de trente-huit

ans – lisait le journal. Il les accueillit par un sourire, ferma son tabloïd et le posa sur la table de chevet.

Lyndsey lui trouva l'air très serein pour un gars à qui on allait peut-être diagnostiquer un cancer. Certaines personnes avaient le don de masquer leurs émotions, mais là il semblait particulièrement détendu...

Après les salutations d'usage, Misha s'avança vers le lit.

— Si cela vous convient, j'aimerais faire le prélèvement maintenant, dit-il.

— Bien sûr, docteur, pas de souci.

Max Sheffield croisa les mains sur le drap. Son sourire s'était élargi, et Lyndsey croisa le regard stupéfait de Misha. Lui aussi trouvait ce comportement étrange !

Il s'assit près du lit et dévisagea le patient.

— Avez-vous pris quelque chose avant de venir, monsieur Sheffield ?

— Trois fois rien, répliqua Max en haussant les épaules. Juste un Valium pour me détendre.

— Est-ce qu'une tierce personne vous a donné ces cachets ?

— Non, ils sont à moi. Mon médecin me les avait prescrits.

Max se pencha et prit un flacon en verre dans le tiroir de la table. Misha s'en empara, vérifia que l'étiquette portait bien le nom du patient, puis le remit en place.

— Vous auriez dû me poser la question avant, dit-il d'un ton calme mais ferme. Certains médicaments sont contre-indiqués avec le spray anesthésiant que je vais utiliser pour votre gorge. Heureusement, ce n'est pas le cas du Valium.

— Je... Euh. Désolé, docteur.

Misha secoua la tête. Néanmoins, il ne fit aucun commentaire et se détourna pour prendre du matériel sur le chariot stérile qu'une aide-soignante avait apporté auparavant.

Lyndsey, pour sa part, n'était pas spécialisée en chirurgie. Elle avait cependant participé à des endoscopies de routine plusieurs fois, et cette manœuvre ne lui posait aucun problème.

Sans hésiter, elle vaporisa le produit anesthésiant derrière la langue de Max. La molécule agissait en quelques minutes, temps que Misha mit à profit pour préparer l'endoscope.

— Bien, on va y aller, annonça-t-il.

Il fit descendre la caméra en douceur, suivant sa progression sur l'écran de contrôle.

— J'arrive aux cordes vocales, dit-il.

Lyndsey repéra aussitôt la zone en question. Rouge et irritée, elle n'était pas très large et, voyant cela, Misha décala légèrement le tube. Après quoi il fit descendre un long bâtonnet, effectua le prélèvement et termina la procédure. La manœuvre avait duré à peine cinq minutes.

L'endoscope retiré, Max les regarda tour à tour, hilare. Il semblait déconnecté du réel, et Lyndsey perçut l'agacement de Misha, qui toutefois n'en montra rien. Elle ne put s'empêcher d'admirer son calme. À sa place, elle aurait passé un savon au patient !

— C'est tout bon, conclut-il. Quelqu'un est-il venu vous chercher ?

— Oui. Mon petit frère est dans la salle d'attente. Il va me reconduire chez moi.

Max s'exprimait d'une voix un peu rauque, détail que Lyndsey avait tout de suite remarqué. C'était sans doute pour cette raison que son ORL l'avait orienté vers l'hôpital.

— Je vous ai imprimé les consignes de sortie, dit Misha. Le dossier vous attend à l'accueil. Essayez de parler le moins possible ce soir. Si vous crachez du sang, appelez immédiatement mon cabinet. Le secrétariat d'urgence est prévenu, ils me contacteront. Et si vous vous sentez mal, faites le 15, d'accord ?

— Bien, mon capitaine !

Misha pesta en russe. Quand il lui fit un signe discret, Lyndsey le rejoignit près du chariot de soins.

— Peux-tu aller voir si son frère est bien là, s'il te plaît ? chuchota-t-il d'une voix presque imperceptible. Je ne voudrais pas qu'il se retrouve tout seul dans la nature, comme ça...

— Tu as raison.

L'air de rien, elle se rapprocha du patient.

— Comment s'appelle votre frère ? demanda-t-elle. Je vais aller le chercher.

— Gary Sheffield.

— Ne bougez pas. Je vous le ramène dans deux minutes.

Heureusement, le frère en question se trouvait bien en salle d'attente. Elle le repéra facilement car il ressemblait énormément à Max. Il avait juste l'air plus « normal » !

Quand il entra dans la chambre derrière elle, il gratifia son aîné d'un regard furieux.

— Je m'excuse, docteur, dit-il. Je lui avais dit de ne rien prendre avant l'intervention. Visiblement, il ne m'a pas écouté.

— Une aide-soignante va vous apporter un fauteuil roulant pour descendre au parking. C'est une règle de sortie chez nous, précisa Lyndsey devant l'air étonné de Gary.

— D'accord, merci beaucoup. Quand aurons-nous les résultats ? demanda ce dernier, l'air soucieux.

— Dans deux ou trois jours, répondit Misha. Je vous appellerai dès que je les aurai.

Ils prirent congé de Max et de Gary, puis sortirent dans le couloir.

— Est-ce que ce genre de choses arrive souvent ? demanda-t-elle.

— Non, mais à chaque fois ça me met en rage.

— Ah, bon ? Je n'avais pas deviné..., répliqua-t-elle, taquine. Ce n'est pas joli-joli de dire des gros mots, même en russe.

Misha parut se détendre d'un coup.

— Ce sera notre secret, d'accord ?

Autrefois, elle l'avait entendu parler russe lorsqu'il était énervé, en colère... ou ému. Elle n'avait jamais oublié les mots doux chuchotés dans sa langue natale. Elle avait toujours trouvé cela particulièrement sexy.

Elle avait tout aimé de Misha jusqu'à la déraison. Tout, sauf son départ. Elle avait cru mourir ce jour-là.

Allons. Cette histoire était loin derrière eux. Elle devait laisser sa colère et son chagrin dormir. Ils avaient vieilli, mûri et gagné en sagesse.

Une sagesse dont elle ne devrait jamais se départir tant qu'ils travailleraient ensemble au Louisiana Southern.

Dans deux semaines jour pour jour, Misha opérerait Brody. Mais cet après-midi-là, il devait oublier qu'il était chirurgien. Il allait se rendre au festival de musique dont il avait tellement entendu parler.

À la réflexion, il se demandait s'il avait bien fait d'accepter. Il avait perçu l'hésitation de Lyndsey quand Brody l'avait invité. Peut-être aurait-il dû dire non, ou en tout cas prendre le temps d'y penser ?

Quoi qu'il en soit, il était trop tard pour changer d'avis. Lyndsey risquait de trouver ce revirement suspect. Et surtout, il ne voulait pas contrarier Brody, lequel semblait tenir à sa présence pour une raison qui lui échappait.

Que ce gamin se soit pris d'amitié pour lui le laissait songeur. Il s'était montré professionnel, rien d'autre. Sans doute Brody le tenait-il en haute estime parce qu'il allait l'opérer ? Il ne voyait pas d'autre explication...

Misha, quant à lui, avait bien saisi les enjeux, non seulement pour Brody, mais pour Lyndsey. Depuis son retour, il la sentait profondément triste. Il avait l'intuition qu'elle portait un fardeau dont elle ne parvenait pas à se libérer. Quelque chose qui n'avait aucun rapport avec eux ou leur séparation.

Peut-être irait-elle mieux si son fils allait mieux ? Il l'espérait, en tout cas.

En arrivant sur le parking de l'hôpital – où ils s'étaient donné rendez-vous –, il les vit tous les deux qui attendaient près de la barrière principale. *Génial.* Il était en retard, et cette fois ce n'était pas à cause d'un patient. Il avait traîné car il n'était plus sûr de vouloir passer l'après-midi avec cet adolescent sympathique... et son adorable mère. Le pire scénario serait qu'il s'attache à l'un, à l'autre, ou plus probablement aux deux !

Quand Lyndsey s'était assise à l'ordinateur pour chercher le dossier de Max Sheffield, il s'était enflammé d'un coup. Il était d'ailleurs convaincu qu'elle avait ressenti la même chose. Son langage corporel l'avait trahie.

S'ils avaient été seuls, il l'aurait fait pivoter sur son tabouret. Il l'aurait regardée droit dans les yeux, puis il l'aurait attirée vers lui...

Stop ! Vraiment, il s'égarait !

— Salut. Pardon de vous avoir fait attendre, dit-il d'un ton un peu trop sec.

Lyndsey lui lança un regard intrigué, mais Brody se contenta de hausser les épaules.

— Pas de souci, on vient d'arriver. La voiture n'a pas voulu démarrer. Maman a demandé à une amie de nous conduire.

— Mais… j'aurais pu passer chez vous !

— On habite à une heure d'ici, c'est trop loin, répliqua Lyndsey. Je l'appellerai quand on sortira. Elle reviendra nous chercher.

— Ce ne sera pas nécessaire. Je vous remmènerai.

— C'est gentil, mais ne t'embête pas. Elle…

— Ça ne m'embête pas, au contraire. Cela me fera plaisir de revoir Centerville. J'imagine que les lieux n'ont pas beaucoup changé ?

Lyndsey le regarda sans sourire.

— Non, en effet. Mais les gens sont heureux comme ça.

— Ah, bon ?

— Oui. Ils vivent dans le passé et n'ont pas envie de faire bouger les choses. Enfin… je parle pour la plupart des habitants, pas pour moi.

— J'avais bien compris.

Ils s'installèrent en voiture, lui et Lyndsey à l'avant, Brody à l'arrière. Il leur fallut moins d'un quart d'heure pour rejoindre le festival, et en arrivant il s'aperçut que Brody avait imprimé le plan du site.

— C'est tellement grand qu'il faut s'organiser si on veut tout voir, déclara l'adolescent.

Misha écarquilla les yeux, sidéré. L'endroit était bien plus vaste qu'il ne l'aurait cru.

— Je ne sais pas si on y arrivera, répondit-il, amusé. Mais on peut essayer.

Quoi qu'il en soit, la débrouillardise de Brody l'impressionnait, et à nouveau il songea que Lyndsey l'avait très bien éduqué. Ce gamin était poli, autonome, hyper agréable. Toutes qualités que Misha aurait aimé voir ses enfants posséder s'il en avait eu…

— On pourrait au moins passer un moment partout, suggéra Brody. Si on commençait par la scène d'improvisation cajun ? Regardez, c'est par ici !

À partir de là, Brody les guida de podium en podium pour le plus grand plaisir de Misha. Chaque style avait son espace réservé : on trouvait de la musique traditionnelle, de la pop, de la danse country et même un chapiteau réservé aux enfants. Quant à la nourriture… il aurait fini par grossir s'ils avaient passé plus d'un après-midi dans cet endroit !

Sa dernière bouchée de crevettes épicées lui avait laissé un goût brûlant à l'arrière du palais. Il secoua la tête et pivota vers Lyndsey.

— Vous venez ici tous les ans ?

— Oui. On n'en a pas raté un depuis que Brody est entré à l'école primaire. C'est notre tradition à nous, ajouta-t-elle, ébouriffant les cheveux de son fils.

Misha ne put s'empêcher de penser à Wade McKinna. Qu'était-il devenu ? Avait-il refait sa vie avec une autre femme ? Ce type un peu trop dragueur n'avait jamais paru enclin à s'attacher…

Lyndsey, elle, ne s'était jamais remariée. Elle avait repris son nom de jeune fille et ne portait pas d'alliance. Sa vie entière paraissait centrée sur Brody, mais peut-être voyait-elle quelqu'un ?

— Est-ce également une tradition de se gaver comme ça ? demanda-t-il pour couper court à ces réflexions importunes.

Elle éclata de rire.

— Arrête, je pèse une tonne avec tout ce que j'ai mangé. Heureusement qu'on marche…

— Tu l'as dit ! Mais j'avoue que c'est délicieux. Je trouve cet endroit très chouette. Vous avez de la chance de pouvoir passer tous ces bons moments à deux.

Les mots lui avaient échappé avant qu'il n'ait pu réfléchir, mais au fond il disait vrai. Lyndsey et Brody avaient le privilège de former un duo soudé, complice. Elle était visiblement très heureuse ainsi. Elle irradiait une joie communicative lorsqu'elle était avec son fils ou quand elle parlait de lui.

— De la chance ?

Elle haussa les épaules, puis reprit :

— Je ne le dirais pas comme ça. Il m'a fallu du temps pour en arriver là. Brody… est tout pour moi. C'est grâce à lui que je tiens debout. Il est ma seule raison de vivre.

Bouleversé, il la dévisagea.

— Il est génial. Tu peux être fière de lui.

— Oh ! mais je le suis. Bien plus que tu ne l'imagines.

Quand leurs regards se croisèrent, le temps suspendit son cours. Sans l'avoir vraiment voulu, Misha leva la main pour effleurer la joue de Lyndsey… et s'interrompit lorsque, du coin de l'œil, il vit Brody revenir tel un ouragan.

— Le dernier concert va commencer ! s'exclama celui-ci.

Lyndsey pivota vers lui, l'air enthousiaste.

— Allons-y vite, alors.

Elle n'avait apparemment pas remarqué le geste malencontreux de Misha, qui laissa échapper un soupir de soulagement. À l'avenir, il devrait mieux se contrôler sous peine de faire quelque chose qu'il regretterait ensuite. S'il devenait trop familier avec Lyndsey, il devrait renoncer à opérer Brody. Il ne prendrait pas le risque de le faire en étant impliqué sur le plan émotionnel. C'était hors de question.

Alors qu'il suivait mère et fils vers la scène, il jeta un coup d'œil sur sa montre et sursauta, médusé. Ils avaient passé quatre heures au festival. C'était une grande première pour lui qui s'accordait si peu de loisirs. Et cerise sur le gâteau, il prenait du bon temps, chose qui ne lui était pas arrivée depuis des lustres. Peut-être bien depuis le lycée…

Même si quinze ans le séparaient de cette époque, il se revoyait comme si c'était la veille. La fougue de la jeunesse l'avait parfois rendu impulsif. Mais là, il ne pouvait plus se laisser aller. Il devait au contraire se montrer prudent et réfléchi, surtout avec Lyndsey.

Une fois encore, le temps fila à toute allure pendant le dernier concert. Il sut que le spectacle se terminait quand le groupe gratifia le public d'un long rappel qui, selon les termes de Brody, « mit le feu » comme il se devait.

— Alors, ça vous a plu ? demanda ce dernier, les yeux brillants.

— Oui, c'était génial, répondit-il, sincère. Merci beaucoup de m'avoir invité.

— À quelle heure pensiez-vous rentrer ? demanda l'adolescent en jetant un coup d'œil sur son portable.

— Je n'avais pas fixé de limite. Maintenant, plus tard…

Lyndsey avait dû trouver la question étrange car elle répondit par une autre :

— As-tu prévu quelque chose pour la soirée, Brody ?

— Les gars et moi, on s'était dit qu'on pourrait peut-être répéter si je ne sortais pas trop tard. Enfin si tu es d'accord, bien sûr.

— Tout dépend de Misha, répondit-elle d'un ton hésitant. Mais… je peux toujours rappeler Brittany puisqu'elle avait proposé de venir nous chercher. On est sûrement restés plus longtemps que tu ne le prévoyais, Misha…

C'était le cas. Néanmoins, il n'allait pas les laisser attendre une heure sur place alors qu'il pouvait les raccompagner.

— Je vais vous remmener, décida-t-il. Ce n'est pas un problème.

— En es-tu sûr ?

— Certain.

— Dans ce cas… merci.

Cette question réglée, ils gagnèrent la sortie sans se presser. Misha, qui s'était bien amusé, n'était pas fâché de rester plus longtemps en bonne compagnie. Et cerise sur le gâteau, il allait revoir Centerville où il avait passé sa jeunesse.

Il en avait beaucoup rêvé les dernières nuits, mais avait-il raison d'y retourner ?

Quoi qu'il en soit, il était trop tard pour faire marche arrière. D'ici une heure, il serait fixé.

5

Lyndsey éprouva une curieuse sensation de « déjà-vu » quand Misha se gara devant chez elle. Dans ce quartier de Centerville – elle vivait près de sa mère –, les maisons se ressemblaient. Elle n'avait pas menti en disant que rien n'avait changé.

Avant qu'elle n'ait pu dire quoi que ce soit, Brody ouvrit sa portière.

— Je reviens pour 21 heures, maman.

— D'accord, chéri, mais pas plus tard. Tu as cours demain.

Elle descendit de voiture, imitée par Misha. Ils avaient à peine fait trois pas dans l'allée que Brody émergeait du garage en poussant son vélo.

— À bientôt, Misha ! Salut, maman, à toute !

Elle secoua la tête en souriant.

— Il me donne le tournis certaines fois… N'empêche que je suis contente de le voir si détendu. Il était plutôt stressé depuis l'aggravation de sa maladie. Maintenant qu'il connaît sa date d'opération, il a retrouvé le sourire.

— J'en suis très heureux, répondit Misha d'un ton grave.

Ils gravirent les marches du perron, elle devant, lui derrière.

— Merci de nous avoir raccompagnés, dit-elle.

— Merci de m'avoir invité. Non seulement j'ai pu mieux connaître Brody, mais je me suis bien amusé.

— Oui, c'était sympa.

Perturbée, elle sortit sa clé de son sac. Mais après l'avoir logée dans la serrure, elle s'adossa à la porte pour mieux dévisager Misha. Il était si beau… Il n'y avait aucun mal à le regarder…

Pendant un long moment, ni l'un ni l'autre ne bougea. Puis

elle leva timidement la main pour replacer une mèche rebelle sur le front de Misha. Alors, sans pouvoir s'en empêcher, elle s'attarda sur sa tempe. C'était comme si ses doigts retrouvaient de vieux réflexes, comme si Misha et elle n'avaient jamais cessé d'être amants...

La tendresse infinie de cet homme et la magie de leurs étreintes étaient restées gravées en elle. Et à présent, ils étaient seuls. Rien ne les empêchait de raviver l'étincelle qui, à n'en pas douter, se transformerait vite en incendie.

— Lynds...

S'avançant, Misha l'immobilisa contre la porte. Un geste qui, venant d'un autre, aurait pu la faire sursauter et même l'effrayer. Mais elle ne craignait rien de sa part. Il ne lui avait jamais fait de mal. Il l'avait toujours aimée, respectée.

Il la dévisagea longuement puis, enfin, inclina la tête et posa les lèvres sur les siennes.

Ce ne fut d'abord qu'un effleurement délicieux, doux comme un souvenir, excitant comme une promesse. Une éternité les séparait de leur dernière étreinte, mais elle n'avait rien oublié. D'ailleurs, était-elle en train de rêver ? Cela lui arrivait souvent depuis le retour de Misha.

Quand il se plaqua contre elle, elle comprit que non, elle n'hallucinait pas. Son corps, avec une intensité à la fois étrange et familière, réclamait déjà beaucoup plus, et elle entrouvrit les lèvres, folle de bonheur, pour mieux s'offrir à la caresse de sa langue.

Impossible de se tromper : la nuque de Misha dans le creux de sa main, la chaleur de sa peau appartenaient bien au présent. Il était là, ici et maintenant, avec elle. Il pouvait être à elle, tout à elle, le temps d'une soirée ou presque. N'avaient-ils pas deux heures devant eux ? Tout ce qu'elle avait à faire était d'ouvrir sa porte...

Elle tendit le bras vers l'arrière puis, à tâtons, chercha la clé. Mais au lieu de la tourner dans la serrure, elle se figea. Le contact du métal froid contre sa paume l'avait brutalement réveillée. Qu'était-elle en train de faire ?

Aller plus loin avec Misha reviendrait à s'exposer de nouveau. Voulait-elle encore finir avec le cœur brisé ? N'avait-elle pas assez souffert ? Elle était sûre qu'il ne cherchait pas d'engagement durable. Quant à elle...

Non, non, non. C'était trop compliqué.

Avant qu'elle n'ait pu dire un mot, Misha leva la tête, puis recula. Elle éprouva aussitôt un violent sentiment d'abandon qui la conforta dans son choix : si elle se sentait triste après un baiser interrompu, cela augurait mal de la suite.

Jamais elle ne supporterait une nouvelle rupture. Et puis, elle devait penser à Brody. Son fils risquait de souffrir en la voyant malheureuse !

— Lyndsey... Pour un tas de raisons, je crois que ce n'est pas une bonne idée.

Elle se mordit la lèvre jusqu'au sang. La douleur l'aida à reléguer définitivement son fantasme dans un coin.

— Je sais. Quand Wade est... parti, j'ai réussi à construire une vie stable pour Brody.

Quel besoin avait-elle d'évoquer son ex ? Le présent concernait Misha, point final !

— Je veux dire... que je ne gâcherai cet équilibre pour personne, précisa-t-elle.

Surtout pas toi.

Elle n'eut pas besoin de prononcer les mots : à son visage fermé, elle sut que Misha avait compris.

— Tu as raison, répliqua-t-il. Crois-moi, je ne cherche pas non plus à rallumer la flamme. Si nous... nous remettions ensemble, il faudrait trouver un autre chirurgien pour Brody.

— Non !

Sa protestation véhémente fit sursauter Misha. Elle inspira à fond puis, plus calmement, ajouta :

— Il te fait confiance. Peut-être... sera-t-il plus réticent à se faire opérer par un de tes collègues. Il te fait confiance, répéta-t-elle, des larmes dans la voix. S'il te plaît, ne nous oblige pas à aller voir quelqu'un d'autre.

Misha soupira.

— Je n'ai jamais dit que je refusais de l'opérer. Simplement, on doit rester professionnels, Lyndsey.

— Bien sûr. Tu es *le* médecin qui peut aider Brody à réaliser son rêve. Je ne l'ai pas oublié.

Il opina du chef, l'air grave.

— Ce soir, un passé lointain s'est réveillé. Il ne tient qu'à nous de le laisser dormir. Cela ne se reproduira pas.

On aurait dit qu'il avait déjà tourné la page sans regret. Mais au fond, de quoi s'étonnait-elle ? Il l'avait facilement oubliée quand il était parti en Biélorussie. La preuve, il ne l'avait jamais appelée à son retour. Il vivait aux USA depuis plus de dix ans, mais il n'avait jamais essayé de la joindre !

Elle aussi devait oublier ce baiser dévastateur et penser à Brody. Si elle n'y parvenait pas, les prochaines semaines risquaient d'être un enfer.

Quand l'opération aurait eu lieu, elle réfléchirait posément à la suite. Elle se ferait muter dans un autre service, ou bien elle changerait carrément d'hôpital. Après tout, les offres d'emploi ne manquaient pas dans son métier.

Si elle quittait le Louisiana Southern, elle ne verrait plus du tout Misha. Elle oublierait jusqu'à son existence. Du moins voulait-elle s'en persuader pour ne pas devenir folle.

Pendant deux jours, Misha réussit à éviter Lyndsey en restant cloîtré dans son cabinet. Toutefois, la politique de l'autruche avait ses limites. Ce troisième matin, il avait des opérations prévues. Il ne pourrait pas se cacher éternellement.

Alors qu'il longeait le couloir, il reconnut un visage familier devant le poste des infirmières. Il avait prévu de passer tout droit, mais la jeune femme se précipita vers lui.

— Misha ? Lyndsey m'a dit que tu travaillais ici et que tu allais opérer Brody. J'espérais ne jamais te revoir, mais j'aurais dû me douter que je te croiserais un jour ou l'autre !

Sidéré par l'agressivité du ton et du propos, il dévisagea son interlocutrice. Il la connaissait, oui, mais qui était-ce ?

Soudain, il comprit. Une seule personne, Lyndsey exceptée, pouvait lui en vouloir à ce point.

— Brittany !

— Alors comme ça, tu m'as reconnue ?

En fait, ce n'était pas le cas. Il n'aurait jamais pu mettre un nom sur ce visage si Lyndsey n'avait pas parlé de Brittany. Elles avaient toujours été proches et l'étaient visiblement restées.

Au lycée, dans la bande, tout le monde lui en avait plus ou moins voulu d'avoir « abandonné » Lyndsey. Heureusement, l'année scolaire s'était terminée une semaine plus tard. Il n'avait revu personne, mais il était sûr de ne pas avoir laissé un bon souvenir...

— Merci d'avoir accompagné Lyndsey et Brody le jour du festival, dit-il, gêné.

— Ne me remercie pas. J'étais furieuse que mon filleul t'y invite. Je l'ai dit à sa mère.

Quand il haussa les sourcils, Brittany le toisa, les poings sur les hanches.

— C'est à cause de toi qu'elle a fini par se marier avec l'autre crétin !

Cette fois, c'en était trop. Il gratifia Brittany d'un regard furieux.

— Je ne l'ai pas forcée à l'épouser. C'était son choix.

— Son choix ? Si tu savais ce qu'il lui a fait subir ! Il a failli...

— Brittany ! Tais-toi donc !

La voix de Lyndsey, d'habitude si douce, avait claqué comme un coup de tonnerre.

Son amie porta la main à ses lèvres, visiblement consternée.

— Oh ! ma chérie, je suis désolée...

— Pas de souci.

La froideur de Lyndsey fit frissonner Misha. Il ne lui avait plus vu cet air-là depuis le jour de leur séparation.

Brittany les regarda tour à tour, puis elle se tourna finalement vers Lyndsey.

— Je venais voir à quelle heure tu voudras partir. Tu ne répondais pas à ton portable.

— Je l'ai oublié à la maison.

— D'accord. Écoute, je m'excuse. Je suis vraiment, vraiment désolée...

Lyndsey inspira à fond, puis elle prit son amie dans ses bras et l'étreignit.

— Ce n'est pas grave, chuchota-t-elle. Je sais pourquoi tu as dit ça. Mais Misha n'y est pour rien. Je suis entièrement responsable de mes choix. J'étais une grande fille à l'époque.

Misha aurait dû se sentir soulagé, mais au contraire une immense vague de culpabilité le submergea. Brittany avait failli lui faire des révélations importantes sur Wade. Elle le tenait visiblement responsable de ce qui était arrivé. Le « hic », c'est qu'il ne savait rien !

Wade avait-il reproché à Lyndsey sa relation passée avec lui ? Le jeune époux s'était-il senti dévalorisé en tant que « second choix » ? Sa jalousie avait-elle détruit leur couple ? D'après Lyndsey, il était finalement « parti »...

Misha avait beau retourner le problème dans tous les sens, il n'y comprenait rien. Il lui manquait une pièce essentielle du puzzle. Au fond, cela n'aurait pas dû l'ennuyer puisque Lyndsey était sortie de sa vie. De quel droit se montrerait-il curieux ? Elle ne lui devait aucune explication.

Contre toute attente, Brittany se rapprocha de lui.

— Écoute, Misha, je te présente mes excuses. Je n'aurais pas dû te parler comme je l'ai fait. Lyndsey est plus indulgente que moi et, si elle a choisi de te pardonner, c'est son droit. Je respecterai sa décision.

Elle eut un rire sans joie, puis reprit :

— Ne t'attends tout de même pas à ce que je déroule le tapis rouge si on se croise à Centerville. Il ne faut pas exagérer.

Personne ne l'accueillerait à bras ouverts, ni Brittany ni qui que ce soit. Il en était convaincu. En revanche, cette ex-camarade de lycée avait un point commun avec lui : elle ne portait pas Wade dans son cœur. Elle semblait même le détester franchement.

Qu'était-il donc arrivé après son départ pour la Biélorussie ? Brittany le tenait pour responsable de tout. Il devait essayer de connaître la vérité, ne serait-ce que pour réparer ses torts si c'était possible.

Lyndsey n'en revenait pas. Brittany, sa meilleure amie, son alliée fidèle, avait failli tout dire à Misha au sujet de Wade.

Personne ne connaissait son histoire, hormis sa mère et Brittany, justement. Elle n'en avait jamais parlé à Brody pour éviter de le perturber. Son fils n'avait aucun besoin de ce poids supplémentaire sur les épaules.

S'il connaissait la vérité, Brody finirait par culpabiliser. Il grandirait dans la peur de devenir comme Wade alors qu'il était adorable, plein d'humour et d'empathie. Elle ne supporterait pas qu'il se dévalorise par la faute de son père !

Le seul « hic », dans l'immédiat, était qu'il se soit pris d'amitié pour Misha. Elle ne pouvait cependant rien lui dire sans éveiller ses soupçons, alors elle laissait faire. Il considérait Misha comme un héros capable de lui rendre ses facultés auditives. Elle devait rester prudente pour ne pas compromettre l'opération.

Et surtout, elle devait adoucir la mauvaise impression créée par Brittany !

Après le départ de son amie, elle regarda Misha, l'air navré.

— Je suis désolée que Brittany t'ait parlé aussi mal. Elle a bon cœur, tu sais. Elle a toujours pris fait et cause pour moi.

— J'avais cru comprendre, répondit-il en souriant. Rassure-toi, je ne me suis pas formalisé pour si peu.

Il se frotta le menton, puis ajouta :

— Je me réjouis que tu aies une amie comme elle. Tu mérites d'être bien entourée. C'est important. Et... cela me chagrine que ton mariage t'ait causé des soucis.

— Ne t'inquiète pas, cette époque est loin derrière moi. J'essaye justement d'en parler – et d'y penser – le moins possible.

— J'imagine que Brody n'est pas au courant ?

— Non. Je ferai tout pour qu'il ne sache rien.

Le regard de Misha, où se lisait à la fois curiosité et empathie, la dérangea. Elle n'avait aucune envie de lui parler de Wade. Et il n'avait pas le droit de l'interroger.

— Brittany ne t'en veut pas personnellement, dit-elle d'un ton calme mais ferme. Bref... Tu vois l'idée.

— Je suis persuadé du contraire, mais cela n'a pas d'importance. Je m'en remettrai, répondit-il en souriant. D'ailleurs, il y a sans doute du vrai dans ce qu'elle dit.

— Absolument pas ! Dans la vie, chacun est responsable de ses choix, et j'assume les miens. Mes erreurs ne m'ont jamais empêchée d'avancer. J'ai toujours fait de mon mieux pour Brody. Quoi qu'il advienne, je continuerai jusqu'à mon dernier souffle.

C'était pour Brody qu'elle avait trouvé la force de repousser Wade et de s'enfuir. Ils avaient survécu tous les deux. Depuis ce soir-là, elle se sentait prête à soulever des montagnes.

— Je comprends, répondit Misha d'un ton doux.

Peut-être avait-il éprouvé la même énergie vitale lorsqu'il avait dû rentrer en Biélorussie. Il était du genre à remuer ciel et terre pour sa famille. Avec le recul, elle imaginait combien il avait dû être tiraillé entre son amour filial et les sentiments qu'il lui portait.

Elle regrettait simplement qu'il n'en ait rien dit. Au lieu d'en discuter avec elle, il s'était replié sur lui-même. Il avait bâti un mur impénétrable autour de ses émotions.

Après son départ, elle avait commis une grosse erreur, mais aussi connu la joie de devenir mère. Elle avait effectivement « avancé ». Elle n'avait pas à lui raconter sa vie. Cela ne présentait aucun intérêt.

— Merci... de ne pas t'être fâché, conclut-elle. Brittany est géniale avec Brody. Elle nous a beaucoup soutenus quand il a commencé à devenir sourd. Vivement que l'opération ait lieu, qu'on puisse enfin passer à autre chose !

— Dans une semaine à cette heure-ci, on entrera au bloc. Il n'y a aucune raison pour que la chirurgie ne marche pas. Brody est jeune, en parfaite santé. De plus, son otosclérose a été diagnostiquée très vite. Il a le profil idéal pour une intervention. Essaye de prendre une journée à la fois, de ne pas trop stresser. Ce cauchemar sera bientôt derrière vous.

À ces mots, un frisson glacé la parcourut. Elle avait déjà entendu cette phrase presque mot pour mot lorsque, allongée sur son lit d'hôpital, elle récupérait suite à l'étranglement infligé par Wade.

Dormez, madame McKinna. Ce cauchemar sera bientôt fini. N'y pensez plus, vous êtes en sécurité...

En se réveillant, elle avait su d'instinct que Brody avait survécu. Son petit cœur avait continué de battre. Elle avait respiré suffisamment pour qu'il soit sauvé. Et ce matin-là, elle s'était fait la promesse de continuer à respirer pour lui, encore et encore. De ne plus jamais être une victime, ni de près ni de loin.

Ces quinze dernières années, elle n'avait fréquenté aucun homme. Elle avait jalousement protégé la famille qu'elle formait avec Brody. Il n'y avait aucune raison que cela change.

Heureusement, les choses en étaient restées au stade du baiser avec Misha l'autre soir. Elle avait commis une erreur en l'embrassant, mais cela ne se reproduirait pas.

Ils n'avaient aucun avenir ensemble. Plus vite elle s'en persuaderait, mieux cela vaudrait.

6

Misha avait beau se montrer doux et rassurant, il avait l'impression que la jeune mère ne l'écoutait pas.

Nerveuse et inquiète, la dame serrait contre elle son fils de cinq ans, lequel avait eu la riche idée de s'enfoncer un crayon de couleur dans l'oreille. À voir l'épanchement sanguin, le jeune Lucas s'était sans doute perforé le tympan. Misha devait donc l'examiner de toute urgence, mais il n'y arrivait pas !

Quand Lyndsey pénétra dans la salle d'examen, il exhala un discret soupir de soulagement.

Ils ne s'étaient pas croisés depuis la scène avec Brittany deux jours plus tôt. Il en avait conclu qu'elle cherchait à l'éviter, ce qui, somme toute, valait mieux. Car il avait rêvé d'elle toutes les nuits depuis leur baiser ravageur. Ils s'étaient arrêtés à temps cette fois-là, mais moins ils se côtoieraient, mieux cela vaudrait.

À cette minute précise, il était néanmoins ravi de la voir.

Lucas n'avait jamais voulu le laisser regarder son oreille. Il s'était mis à hurler chaque fois qu'il avait approché l'otoscope. Et cerise sur le gâteau, la maman en rajoutait dans le côté hyper protecteur...

Au fond, il ne pouvait pas en vouloir à cette dame. Lui-même avait eu le même genre de réaction quand il avait appris que Wade avait, d'une manière ou d'une autre, fait du mal à Lyndsey. Il avait senti une rage folle s'emparer de lui, au point d'oublier tout le reste.

Il avait fini par se calmer en se répétant que cette histoire ne le regardait pas. Lyndsey ne lui avait fourni aucune explication. Elle s'était excusée pour l'attitude de Brittany, mais elle n'avait rien dit d'autre. Preuve qu'elle voulait le laisser en dehors de sa vie privée...

Soudain, il croisa son regard perspicace et retint un sourire. En quelques secondes, elle avait évalué la situation.

Sans s'adresser à lui, elle s'avança vers la maman, puis lui chuchota quelques mots dans le creux de l'oreille. La dame opina de la tête, l'air dubitatif.

— D'accord. Essayez si vous voulez. Il s'appelle Lucas.

— Coucou, Lucas. Je sais que tu as mal, mais j'ai une surprise pour toi dans mon bureau, dit Lyndsey d'un ton doux.

Un petit visage aux yeux larmoyants émergea du pull de la jeune mère.

— C'est... quoi ? demanda-t-il en geignant.

— J'ai un lutin qui vit caché là-dedans, chuchota-t-elle avec des mines de conspiratrice.

— C'est même pas vrai. Je te crois pas !

Le garçonnet pleurait toujours, mais Misha crut déceler une lueur d'intérêt dans son regard.

— Je t'assure que c'est vrai, insista Lyndsey. Et je ne le montre pas à tout le monde, c'est un secret. Par exemple, le Dr Lukyanov qui est là, avec nous, ne l'a jamais vu. Alors... je veux bien te le montrer, mais tu ne devras en parler à personne sauf à ta maman.

— Tu... me le ferais voir, à moi ?

— Oui. Mais seulement si tu me promets de laisser le docteur regarder dans ton oreille quand on reviendra ici.

Lucas renifla bruyamment.

— C'est à cause de Matthew... Il m'a dit de mettre mon crayon dans l'oreille. Mais ça m'a fait très mal, et après ma maman est venue me chercher. Elle a dit qu'on devait aller à l'hôpital. Je veux... rentrer à la maison, conclut le bambin dans un trémolo.

— Tu vas bientôt y aller, assura Lyndsey. Mais avant, le Dr Lukyanov peut aider ton oreille à guérir.

Misha lui lança un regard d'avertissement qu'elle ignora.

— Il a des gouttes magiques pour les oreilles. Quand on les met, ça ne fait plus mal du tout.

Elle faisait allusion aux gouttes anesthésiantes qu'il utilisait parfois pour les enfants. Sauf que, dans ce cas-là, il ne connaissait pas l'étendue des dégâts. Si les osselets étaient touchés, Lucas aurait peut-être besoin d'une intervention chirurgicale.

Il inspira profondément et acquiesça. Lyndsey avait raison. S'il ne pouvait pas regarder du tout, il serait bien avancé…

— J'ai des gouttes magiques, confirma-t-il.

Lucas se rembrunit, l'air sceptique. Pourquoi ce bambin croyait-il Lyndsey, mais pas lui ? Elle avait vraiment un charisme particulier. Elle inspirait confiance, qualité essentielle pour une infirmière.

Déjà, elle tendait la main à Lucas.

— Allez, viens, on va voir mon lutin. Je l'ai baptisé « Décoration », mais tout le monde l'appelle « Décor ».

Le petit patient se toucha l'oreille en grimaçant.

— Et après, tu me soigneras pour que j'aie plus mal, docteur ?

— C'est promis, répondit Misha d'un ton solennel.

Avec douceur, Lyndsey prit la menotte de Lucas et le fit descendre des genoux de sa mère.

— Personne d'autre n'a le droit de venir, chuchota-t-elle. Maman va rester avec le Dr Lukyanov.

Dès qu'ils furent sortis, Misha expliqua à la maman l'examen qu'il allait pratiquer. Elle devait l'aider et se montrer coopérative même si Lucas pleurait, insista-t-il. La santé du petit était en jeu. Plus longtemps cette oreille resterait sans soins, plus il risquait l'infection ou la perte auditive.

— Je vais essayer, répondit-elle en soupirant. Mais c'est dur de le voir comme ça !

— Croyez-moi, je comprends très bien.

Quinze ans plus tôt, impuissant à gérer le chagrin de Lyndsey, il avait souffert un vrai martyre émotionnel. Pour rien au monde il ne voudrait revivre cette expérience…

— Quand ils reviendront, Lyndsey – l'infirmière avec qui Lucas est parti – m'assistera, enchaîna-t-il. Il lui fait confiance, cela devrait bien se passer. Je préférerais que vous restiez un peu à l'écart. Cela nous facilitera la tâche.

— Entendu, docteur. Une fois, ma fille aînée a dû être sanglée sur une civière pour que le médecin puisse lui recoudre la lèvre. Moi, j'ai quitté la pièce. Mon mari était présent à l'époque. Il gère ces situations mieux que moi, mais il est militaire et là il est à l'étranger…

— Vous allez gérer, vous aussi. Gardez en tête que nous voulons aider Lucas et non lui faire du mal.

— J'en suis convaincue, docteur. Merci beaucoup.

Trois minutes plus tard, Lyndsey et Lucas reparurent. Le bout de chou serrait quelque chose dans la main, et Misha haussa les sourcils.

— Ma parole, c'est une sucette !

Lyndsey lui fit un clin d'œil.

— Oui, mais pas n'importe laquelle. C'est Décor qui la lui a donnée. Il a des pouvoirs magiques.

Le bambin opina, puis il pencha la tête et gémit de douleur.

— Je la mangerai quand le docteur aura regardé mon oreille. Décor a dit à Lyndsey que tu dois la garder dans ton sac, maman... Tu vas bientôt mettre les gouttes qui enlèvent le bobo, dis ?

— Je ferai au plus vite, assura Misha. Lyndsey va les préparer.

Lucas s'avança vers sa mère, lui donna la sucette... et tenta de se rasseoir sur ses genoux. Cette fois, elle le repoussa gentiment.

— Tu as promis à Décor d'être sage, chéri.

Il s'éloigna visiblement à regret. Néanmoins, il se laissa percher sur la table sans protester. C'était un bon début !

— Ça fait mal, ça ? demanda-t-il, considérant l'otoscope avec méfiance. Le crayon, ça faisait beaucoup mal !

— Pas du tout, répondit Misha. Veux-tu l'essayer ? Si tu appuies sur ce petit bouton, l'appareil s'allume. Comme ça, les docteurs voient mieux l'intérieur des oreilles.

Lucas s'empara de l'otoscope, actionna la lampe et la pointa sur plusieurs objets dans la pièce.

— Oh ! c'est rigolo !

— Tout à fait. Et je parie que si Décor avait mal à l'oreille, il me laisserait regarder.

— Oui, c'est ce que Lyndsey m'a dit.

Misha leva la tête vers elle. Postée derrière la table, elle le dévisageait avec une telle douceur qu'il sentit sa gorge se nouer. Depuis quand ne l'avait-elle pas regardé ainsi ? Quinze ans. Une éternité...

Il se détourna et, avec effort, bascula dans le présent. Lucas avait besoin de lui. Le moment était mal choisi pour perdre le contrôle de ses émotions.

— Je vais tirer un peu sur ton lobe d'oreille, mais tu ne sentiras pas grand-chose. Comme ceci, ajouta-t-il.

Il fit une démonstration sur l'oreille saine du bambin, qui ne cilla pas.

— Je vais d'abord regarder dans celle-ci pour te montrer.

Visiblement soulagé qu'il commence par le côté non douloureux, Lucas accepta l'examen sans broncher.

— Tout est parfait ! déclara Misha au bout de quelques instants. As-tu senti quelque chose ?

— Non.

— Génial. Tourne la tête.

Lucas lança un coup d'œil incertain à sa mère, qui l'encouragea d'un sourire. C'est alors que Lyndsey vint s'asseoir près du patient.

— Tiens-moi la main, suggéra-t-elle. Serre aussi fort que tu voudras.

Le garçonnet ne se le fit pas dire deux fois. Il s'accrocha aux doigts de Lyndsey comme à une bouée de sauvetage tandis que Misha rapprochait l'otoscope.

— Je vais faire la même chose que tout à l'heure, mais un peu plus longtemps. Quand j'aurai bien vu ce vilain bobo, je pourrai te soigner.

— Euh… D'accord.

Aussi délicatement que possible, Misha positionna l'appareil. Il repéra aussitôt du sang, mais la blessure s'avéra moins grave qu'il ne le craignait. La perforation était à peine décelable. La pointe du crayon avait certes fait un petit trou, mais aucun dégât au-delà.

La lésion se réparerait d'elle-même. Lucas allait s'en tirer avec une ordonnance de gouttes antibiotiques.

Il retira l'otoscope, puis s'assit sur son tabouret.

— Voilà, c'est fini.

— Aurez-vous besoin de l'opérer ? demanda la jeune mère, des larmes dans la voix.

— Absolument pas. Le trou est minuscule. Le tympan va guérir tout seul. La plaie a saigné, c'est normal, mais elle est à peine plus importante qu'une égratignure.

— Donc, je n'ai rien à faire ?

— Non. Il faudra juste mettre des gouttes antibiotiques pendant une semaine, deux fois par jour. En revanche, si Lucas se plaint de douleurs persistantes ou si l'oreille coule, il faudra revenir me voir.

— Oh ! merci, Seigneur...

Il ébouriffa doucement les cheveux de Lucas.

— Veux-tu toujours de mes gouttes magiques ?

— Oui.

— Il faudra rester bien tranquille quand maman te mettra les autres, d'accord ?

— Elles ne font pas mal ?

— Non. Elles chatouillent juste un peu... Venez par ici, madame. Asseyez-vous près de Lucas. Voilà... Vous pouvez caler sa tête sur vos genoux et mettre les gouttes dans l'oreille comme ceci.

Il prit le flacon des mains de Lyndsey, puis laissa tomber une petite quantité d'anesthésiant dans le conduit blessé. Quand il se redressa au bout d'une minute, Lucas souriait de toutes ses petites dents.

Le plan de Lyndsey avait fonctionné à merveille. Elle savait s'y prendre avec les bambins, sans doute parce qu'elle était passée par là en tant que mère. Quoi qu'il en soit, il se réjouissait de l'avoir comme collaboratrice. Son aide avait été précieuse !

— Alors, Lucas ? demanda-t-elle avec un sourire entendu.

— J'n'ai plus mal du tout.

— Merveilleux, répliqua Misha en souriant. La douleur va se réveiller d'ici deux ou trois heures, mais maman pourra te donner un sirop magique pour les bobos. Je suppose que vous avez des antalgiques, madame ?

— Oui, bien sûr.

— Parfait... Dis-moi une chose, Lucas : vas-tu te remettre des objets dans les oreilles ?

— Oh ! nooon !

Cette réponse véhémente l'amusa. Le petit semblait avoir retenu la leçon de cette douloureuse expérience...

— Tant mieux, répliqua-t-il gentiment. Décor serait très triste de savoir que tu as recommencé. Et d'ailleurs, je crois que tu as bien mérité ta sucette !

Il rédigea son ordonnance, après quoi Lyndsey raccompagna le patient et sa mère jusqu'à la sortie. Elle avait vraiment déployé ses talents de magicienne ce matin-là, ce dont il avait tout lieu de se réjouir.

Tant que cette « magie » se cantonnerait à la sphère professionnelle, tout serait parfait. Mais hélas, en ce qui le concernait, ses charmes ne se limitaient pas au travail.

L'envoûtement qu'elle avait exercé sur lui à une époque avait-il jamais pris fin ?

Il commençait à en douter sérieusement.

Depuis quelques minutes, Brody se trouvait au bloc en compagnie de l'anesthésiste.

Plantée derrière la porte, Lyndsey avait l'impression d'avoir reçu un coup violent sur le plexus solaire. Elle avait du mal à respirer. Elle avait beau pratiquer des exercices de relaxation, l'air se raréfiait autour d'elle.

Juste avant de monter sur le brancard roulant, Brody l'avait assurée que tout irait bien. Il ne l'avait pas dit avec des mots, mais en langue des signes. Son fils avait dû l'apprendre en cachette au cas où les choses tourneraient mal. Elle ne l'avait jamais soupçonné !

La peur au ventre, elle s'était exprimée de la même manière. Elle aussi avait travaillé ce mode de communication dans le plus grand secret. Elle avait craint de lui saper le moral en lui en faisant part…

Suite à cet échange muet, elle l'avait serré sur son cœur jusqu'à ce que Misha intervienne.

— Il est l'heure, avait-il dit d'un ton doux. Je t'enverrai un SMS dès qu'on aura fini, Lyndsey.

Il avait refusé qu'elle assiste à l'opération depuis la galerie d'observation. Sa présence l'aurait perturbé, avait-il dit. De plus, il avait eu peur qu'elle n'angoisse trop. Il avait sans doute eu raison.

Soudain, elle sentit qu'on lui touchait le bras. Sans un mot, Brittany lui prit la main et la guida vers la salle d'attente, où elles s'assirent côte à côte.

— Tout va bien se passer, dit Brittany. Mon filleul est costaud. Et si j'en crois sa réputation à l'hôpital, Misha connaît son affaire.

— Oui, c'est le meilleur. On a eu de la chance qu'il accepte d'opérer Brody.

Brittany pinça les lèvres en silence, fidèle à sa promesse de garder ses griefs pour elle. Sachant qu'elles ne seraient jamais d'accord, elles avaient convenu d'éviter toute discussion au sujet de Misha.

Que Brittany lui en veuille était compréhensible, mais Lyndsey, elle, avait dépassé ce stade. Elle avait cru le détester. Elle savait aujourd'hui qu'elle avait noirci son portrait alors qu'il ne le méritait pas.

L'homme qu'elle avait pris pour un méchant était, à cette minute précise, en train de se battre pour sauver les capacités auditives de Brody. Rien que pour cela, il était devenu un héros. *Leur* héros. Elle lui en serait toujours reconnaissante quoi qu'il advienne.

Concentré comme jamais, Misha se pencha une nouvelle fois sur Brody.

Il ne voyait rien, sinon l'oreille interne de l'adolescent grossie par ses verres-loupes. Il levait parfois la tête pour contrôler le monitoring, puis il se focalisait à nouveau sur sa tâche.

En premier lieu, il avait enlevé l'étrier. Il avait ensuite foré la platine, créant un orifice où viendrait se loger un minuscule piston. Cette petite prothèse, à elle seule, pouvait faire des miracles. Elle allait transmettre les vibrations sonores, chose que l'étrier endommagé ne faisait plus beaucoup.

Le moment de vérité approchait.

Il eut vaguement conscience qu'une infirmière lui épongeait le front, mais il ne bougea pas. Pourvu qu'il ait creusé un trou de la bonne taille. Pourvu...

— Pince, ordonna-t-il.

Il s'en servit pour récupérer la prothèse posée sur un plateau stérile. Alors, méticuleusement, il l'installa et vérifia sa position. Elle avait l'air bien en place, pas trop serrée. Elle devait pouvoir bouger sans toutefois sortir de son emplacement, un équilibre délicat à trouver !

La prothèse se terminait par un crochet en C qu'il fixa à l'os le plus proche. Il la décala ensuite de droite à gauche, puis d'avant en arrière, pour s'assurer qu'elle ne tomberait pas. N'avait-il rien oublié ? Non, tout allait bien !

Il avait fait le maximum. Il n'y avait aucune raison pour que l'appareillage ne fonctionne pas.

Geste inhabituel, il croisa les doigts en levant les yeux au plafond.

Les dés étaient jetés. Il ne pouvait plus rien faire, sinon espérer que le corps de Brody accepterait le dispositif implanté, et que l'opération soit couronnée de succès.

Lyndsey retrouverait-elle la sérénité si tout s'arrangeait ?

Il la revoyait porter la main à sa gorge lorsqu'ils avaient pris en charge la jeune accidentée. Il avait lu la peur dans son regard, juste avant qu'elle ne se ressaisisse. Mais quand il avait voulu en parler, elle avait botté en touche.

Qu'avait fait Wade, au juste ? Brittany avait failli lui révéler toute l'histoire. Si Lyndsey ne les avait pas interrompus, il serait au courant...

Allons, cela suffisait. Le moment était mal choisi pour y penser.

— C'est bon, dit-il. On commence la phase de réveil. Bravo et merci à tous.

Avec douceur, les infirmières remirent Brody sur le dos tandis que l'anesthésiste coupait l'alimentation en gaz sédatif. Quelques minutes plus tard, l'adolescent, très groggy, commença à émerger.

— Comment t'appelles-tu ? demanda l'anesthésiste.

— Bro... dy.

Misha se pencha sur lui en souriant.

— Tout s'est bien passé, mon bonhomme. Il faudra un peu de temps pour que les choses redeviennent normales, mais l'opération a réussi.

Il lui pressa le bras, puis ajouta :

— Pas de musique forte pendant huit semaines, d'accord ?

Brody battit des cils pour montrer qu'il avait compris. Il semblait bien entendre, preuve que l'intervention n'avait pas altéré ses facultés auditives. Il fallait maintenant espérer qu'elle les améliore !

— Je vais dire à ta mère qu'on a fini, ajouta-t-il. À tout de suite.

Il eut l'impression que Brody dormait à nouveau. Qu'il se repose, surtout. Ils auraient le temps de discuter plus tard. Le bénéfice de l'intervention ne serait pas perceptible avant plusieurs semaines, mais les premiers résultats devraient vite se faire sentir.

Si tout allait bien, ils pourraient envisager sereinement l'opération de l'autre oreille – la moins atteinte…

Il jeta ses gants dans la poubelle puis, toujours vêtu de sa chasuble, gagna la salle d'attente. Lorsqu'il entra, Lyndsey et Brittany étaient penchées sur un téléphone. En se rapprochant, il vit qu'elles lisaient un article de journal dont le titre le fit sursauter :

Wade McKinna, ex-espoir du football, est sorti de prison.

Mille pensées confuses se bousculèrent dans son cerveau. Il eut néanmoins la présence d'esprit de reculer d'un pas et de toussoter pour signaler sa présence. Il n'avait en aucun cas voulu espionner Lyndsey et son amie. En fait, il aurait préféré ne rien voir.

Tout lui parut soudain très clair. Il venait de comprendre pourquoi Wade avait « disparu » de la circulation. Il n'avait pas rencontré une autre femme. Il n'avait pas déménagé. Ou plutôt si. Il était passé par la case prison. Et si Misha avait vu juste, le motif de la condamnation avait de quoi donner la chair de poule…

Brittany fut la première à lever la tête. Elle fourra précipitamment son mobile dans sa poche, si vite que Lyndsey lui jeta un coup d'œil intrigué avant de se retourner. Puis elle bondit sur ses pieds.

— Comment va-t-il ? s'écria-t-elle.

— Très bien. Il est en train d'émerger. Il va passer un moment en salle de réveil, mais tu pourras le voir dès qu'on l'aura installé dans sa chambre.

Brittany se leva à son tour.

— Si tout va bien, je vais vous laisser. À moins que tu n'aies besoin de moi, Lynds ?

— Non merci, tu es gentille. Je ne sais même pas si Brody sortira aujourd'hui. Sauve-toi, ajouta-t-elle gentiment. Je t'assure que ça va.

— D'accord. Mais surtout, appelle-moi pour me dire que tu es bien rentrée.

— Promis. Merci, Brit.

Se penchant, Brittany déposa un baiser sur la joue de Lyndsey. Lorsqu'elle passa devant lui, Misha eut l'impression que son regard était un peu plus aimable. Même si elle ne le portait pas dans son cœur, elle semblait s'être radoucie.

Si seulement il avait pu deviner ses pensées ! Craignait-elle que Wade McKinna ne se manifeste ?

— Tout s'est bien passé, alors ? demanda Lyndsey, l'arrachant à ses réflexions.

Son air plein d'espoir lui serra le cœur. Il se réjouissait de lui apporter une bonne nouvelle. Avec Wade sorti de prison, elle en avait besoin...

— On n'aurait pas pu rêver mieux, confirma-t-il. La prudence reste de mise, mais je crois que l'intervention aura le résultat espéré. Brody risque d'entendre des acouphènes pendant quelques semaines, le temps que son audition s'ajuste. Ce ne sera pas très long. Il reviendra vite aux claviers, et plus motivé que jamais.

— Pince-moi, je rêve, chuchota-t-elle d'une voix rauque. Cette dernière année a été tellement...

— ... difficile.

— Oui. Bien pire que je n'aurais imaginé.

— Hélas, la mauvaise période ne sera pas tout à fait derrière vous. Après cette oreille, il faudra s'occuper de l'autre.

— Je ne l'avais pas oublié. J'essaye juste de prendre les batailles une par une. Ça m'aide à tenir le coup.

— Tu as raison. Aujourd'hui, Brody a brillamment surmonté une épreuve, et c'est l'essentiel. Le reste viendra en son temps.

— Quand pourrai-je le voir ?

— Dans une demi-heure, peut-être un peu moins.

— Si... tu as cinq minutes à perdre, cela t'ennuierait-il de rester avec moi le temps que je me remette de mes émotions ?

À quoi faisait-elle allusion au juste ? À Brody ou à la remise en liberté de Wade ?

— Cela ne m'ennuie pas, au contraire, répondit-il gentiment.

Quand elle se laissa tomber sur une chaise, il s'assit près d'elle et lui donna un petit coup d'épaule pour lui témoigner sa solidarité. Elle lui sourit, puis elle inspira à fond plusieurs fois, les paupières closes, les mains posées sur les genoux.

— Que ça fait du bien de respirer ! murmura-t-elle. On oublie parfois que ce geste naturel n'est pas si évident pour tout le monde.

Les soupçons de Misha se réveillèrent d'un coup. Wade McKinna avait-il pu faire une chose aussi affreuse que de vouloir tuer Lyndsey ? Il ne voulait même pas l'imaginer. Cet idiot avait aussi bien pu être emprisonné pour cambriolage, trafic de drogue… Il ne fallait pas penser au pire.

Quoi qu'il en soit, le moment était mal choisi pour l'interroger. Elle devait se concentrer sur Brody et personne d'autre.

Après dix minutes de silence total, il n'y tint plus. Il lui pressa le bras, puis se mit debout.

— Si on allait aux nouvelles ?

— Volontiers ! Crois-tu qu'ils l'ont déjà transféré dans une chambre ?

— Si ce n'est pas fait, cela ne devrait plus tarder. Allons voir où ils en sont.

Pendant qu'ils longeaient les couloirs, il lui détailla le protocole de soins à respecter dans les jours à venir. Lorsqu'ils arrivèrent en chirurgie, la surveillante leur apprit que Brody venait d'être installé chambre 321 et qu'il réclamait sa maman.

Misha escorta Lyndsey jusqu'à la porte, puis s'arrêta. Mais à sa grande surprise, elle lui lança un regard apeuré.

— Tu veux bien venir avec moi ? S'il te plaît…

Il opina de la tête, la gorge nouée. Il s'était dit qu'elle aimerait rester seule avec son fils, mais elle semblait vraiment anxieuse !

Impossible d'éviter la séquence émotion. Il ne pouvait plus faire marche arrière.

Lyndsey n'avait jamais trouvé à Brody l'air plus serein.

Allongé sur le dos, ses longs cils recourbés ombrant ses joues roses, il dormait paisiblement. Seule indication qu'il venait d'être opéré, une gaze stérile lui couvrait l'oreille droite. Sinon, il aurait aussi bien pu être dans son lit à la maison !

S'avançant, elle lui caressa le visage comme elle le faisait jadis pour le réveiller en douceur avant l'école. Toutefois, Brody n'était plus un petit garçon. Encore un peu et il deviendrait un homme. Misha et elle n'étaient guère plus âgés lorsqu'ils s'étaient connus…

Cette pensée lui fit monter les larmes aux yeux, mais elle se morigéna. Elle ne voulait pas s'écrouler devant Brody. C'était justement pour cela qu'elle avait prié Misha de l'accompagner.

Son fils détestait les effusions. Il appréciait la droiture, le courage, les gens qui luttaient sans se plaindre. Même s'il avait la carrure de Wade, il était moralement son exact contraire.

Quand il battit des paupières, elle lui prit la main et la serra.

— Coucou, chéri. Tout va bien. L'opération est un succès.

Il la dévisagea, l'air un peu hagard, puis il se mit à regarder partout en tenant des propos incompréhensibles.

— Chut, mon cœur. Repose-toi.

Misha se tenait juste derrière elle. Elle aurait payé cher pour savoir ce qu'il pensait.

— Je voudrais..., commença Brody.

Bouleversée, elle s'apprêtait à lui recommander le silence quand il leva sa main libre pour désigner Misha.

— Je voudrais que tu sois mon père. Que ce soit toi... pas Wade.

Lyndsey eut l'impression que le tonnerre éclatait à ses pieds. Elle se tourna vers Misha et articula un « pardon » muet lorsqu'elle vit son air choqué.

Pourquoi Brody avait-il dit cela ? Certes, il était K-O, mais que cette idée ait pu lui traverser l'esprit la rendait folle. Dieu savait depuis quand il y pensait. Et le plus fort, c'est qu'elle y avait songé aussi. Car même si elle n'était plus amoureuse de Misha, force était d'admettre qu'il aurait été un père formidable.

Épuisée comme jamais, elle pivota vers le lit. Elle frissonna lorsque la paume tiède de Misha se posa sur son épaule. Et Brody qui continuait de les fixer comme s'il les voyait pour la première fois...

— Si j'étais ton papa, Brody, je n'aurais pas eu le droit de t'opérer, dit Misha d'un ton doux.

— Oh ! je... Oui, bien sûr. Ça aurait été dommage. Vraiment très, très dommage...

Brody parut soudain mesurer la portée de ses propos. Lyndsey le comprit en croisant son regard navré.

— Pardon, maman. Je ne sais pas... pourquoi j'ai dit ça.

Elle eut l'impression que son cœur déjà fragile explosait dans sa cage thoracique.

— Ce n'est pas grave, chéri. Tu es en pleine phase de réveil. Souvent, les gens disent des choses bizarres après une anesthésie. Ne t'inquiète pas.

Au fond, elle savait bien que Brody n'avait pas lancé des paroles en l'air. Il venait d'exprimer ce qu'il avait sur le cœur. Comment avait-elle pu être aussi aveugle ? Elle n'avait jamais deviné combien la présence d'un père lui avait manqué. Mais tout de même... il avait choisi un homme qu'il connaissait à peine !

Au fond, cela n'avait rien d'étonnant. Misha était devenu son héros. Il avait accepté de l'opérer. Il s'était intéressé à lui, à ses goûts, à sa musique. Sans doute devrait-elle limiter les contacts entre eux à l'avenir pour éviter à Brody une cruelle déception. S'il croyait que Misha allait s'intégrer à leur vie, il se berçait d'illusions !

Pour l'heure, il avait de nouveau sombré dans le sommeil, et elle le regarda dormir, soulagée. La prochaine fois qu'il se réveillerait, il aurait sans doute l'esprit plus clair. Du moins l'espérait-elle.

La main tiède de Misha était restée sur son épaule. Néanmoins, elle devait se passer de cette chaleur bienfaisante. Elle n'avait pas le choix.

— Je suis désolée. Je me demande ce qui lui est passé par la tête.

— Pas de souci, il a parlé sous l'effet des médicaments. Il va probablement dormir une ou deux heures. Puisqu'il devait venir à jeun, j'imagine que tu n'as pas mangé grand-chose non plus ?

— Non. J'ai juste bu un café.

Et depuis quelques minutes, l'expresso en question lui brûlait l'estomac sous l'effet de la nausée...

— Si on descendait grignoter quelque chose au réfectoire ? suggéra Misha.

— Tu n'as pas besoin de jouer les baby-sitters, répondit-elle en souriant. Tes consultations vont prendre du retard.

— En fait, mon planning est vide jusqu'à demain. Quand j'ai une opération délicate comme celle-ci, je préfère me dégager du temps au cas où. Je n'avais rien prévu d'autre pour la journée.

— Oh ! dans ce cas, merci beaucoup. Un petit en-cas ne serait pas de refus.

À la cafétéria, elle choisit une salade de fruits et un yaourt tandis que Misha commandait des œufs au bacon.

— N'avais-tu pas déjeuné non plus ? demanda-t-elle, surprise.

— Si, mais mes deux tartines sont déjà un vieux souvenir. Et là, je me lâche pour fêter la réussite de l'opération !

— Je n'arrive pas à croire qu'elle soit déjà passée. Dire que je m'en faisais une montagne.

— Eh oui, c'est toujours comme ça quand on est parent. Mais à ta place, je ne m'inquiéterais pas trop. Il y a peu de risques que l'organisme de Brody rejette la prothèse.

Ils attendirent au comptoir d'être servis, puis ils sortirent dans le jardin où Misha était venu la rejoindre après le sauvetage de Joanna. Elle avait l'impression qu'une éternité – et non quelques semaines – les séparait de ce jour-là. Il s'était passé tellement de choses depuis. S'était-il remis du choc des retrouvailles ? Que pensait-il de tout ça au juste ?

— Je suis désolée pour tout à l'heure, dit-elle, encore gênée.

Misha secoua la tête en souriant.

— Il n'y a pas de quoi. Brody ne se souviendra probablement de rien. Les anesthésiants ont tendance à gommer la mémoire immédiate.

— J'espère que ce sera le cas. Il aurait vraiment honte si cela lui revenait à l'esprit.

— Ce ne serait pas la fin du monde. Il est en âge de comprendre les effets des médicaments sur le cerveau… En revanche, j'aimerais te poser une question par rapport à ce qu'il a dit.

À sa manière de froncer les sourcils, elle sut tout de suite où il voulait en venir. Le cœur battant, elle le fixa.

— Je… Laquelle ?

— Qu'est-ce que ce sale type vous a fait, à Brody et à toi ? Je veux la vérité, Lyndsey !

7

Un silence assourdissant planait sur le jardin.

Misha ouvrit la bouche pour dire à Lyndsey d'oublier sa question, mais elle le devança :

— Que veux-tu savoir au juste ?

— Quand je suis entré dans la salle d'attente, tout à l'heure, j'ai vu par hasard le titre de l'article que vous lisiez avec Brittany. Je n'avais pas l'intention de vous espionner, mais... voilà. Le séjour de Wade en prison a-t-il un rapport avec toi ?

Elle se tut de nouveau, et pendant un moment il crut qu'elle allait l'envoyer promener. Si elle s'enfuyait, il ne la rattraperait pas. Néanmoins, les paroles de Brody lui avaient fait forte impression. L'idée que ce gamin ait eu un père violent puis absent le mettait en rage. Il aurait volontiers assommé ce sinistre individu s'il l'avait eu face à lui !

— Oui, ça me concerne, répondit enfin Lyndsey.

— Je te le redemande : qu'a-t-il fait ? Et surtout, Brody et toi êtes-vous en danger ?

— Le jour de sa condamnation, le juge lui a interdit d'entrer en contact avec nous. J'espère que cette décision est toujours valable. Je vérifierai auprès du tribunal avant de rentrer chez moi ce soir.

Il ferma les paupières et compta jusqu'à dix en russe pour se calmer.

— Donc, il t'a fait du mal. J'ai tout de suite pensé que ta réaction face à la blessure de Joanna était bizarre.

— En la voyant, j'ai revécu de très mauvais souvenirs. Elle était enceinte... Moi aussi, à l'époque.

Il ne put retenir un juron. Puis, se tournant, il s'assit sur le banc à califourchon pour mieux regarder Lyndsey.

— Raconte-moi. S'il te plaît.

Même s'il redoutait ce qu'il allait entendre, il voulait connaître la vérité. Il n'aurait plus de paix avant de savoir...

— Après ton départ, Wade est venu me consoler, lâcha-t-elle très vite, en baissant les yeux. Il m'a écoutée, on a parlé. Il se conduisait en parfait gentleman. Et quand il m'a embrassée...

Elle secoua la tête, puis reprit :

— J'étais furieuse contre toi, perdue... En le laissant faire, j'ai eu l'impression de me venger. Avec le recul, c'était une énorme erreur. Je n'étais plus en état de réfléchir posément. Quand les choses ont pris une autre tournure, je n'ai pas pensé une seconde au préservatif.

— Tu es tombée enceinte.

Il eut l'impression de sombrer dans un abîme de colère et de désespoir. Néanmoins, il était trop tard pour reculer. Il avait voulu savoir, il saurait.

— Oui. Et Wade m'a aussitôt proposé le mariage.

Accepter avait dû lui paraître une solution logique, la meilleure option pour son enfant à naître. Il comprenait parfaitement.

Elle releva la tête, croisa les mains sur les genoux et inspira à fond.

— J'ignorais à l'époque qu'il se dopait pour améliorer ses performances au football. Il espérait rejoindre l'équipe d'une université prestigieuse, mais il a fait la fine bouche et a cru bon de refuser deux ou trois offres. La rentrée est arrivée, les propositions ont cessé... J'imagine que son attitude un peu prétentieuse l'a desservi. Bref, il s'est retrouvé sans rien. Il en voulait à la terre entière, et j'étais la personne la plus proche.

On aurait dit que Lyndsey avait ouvert une vanne, qu'elle ne pouvait plus s'arrêter. Peut-être avait-elle besoin de s'épancher ? Elle ne devait pas en parler beaucoup d'habitude...

— Il a commencé à critiquer mon style, mes vêtements, ma façon d'être, expliqua-t-elle. Il disait aussi que les universités refusaient sa candidature parce qu'il était marié. D'après lui, elles préféraient avoir des quarterbacks célibataires pour attirer le public féminin. J'étais enceinte de six mois, je m'étais bien arrondie... « Comment veux-tu qu'on m'engage lorsqu'on voit ta dégaine » ? répétait-il. À force de l'entendre, j'ai fini par le croire. Quand on se trouvait en public, j'essayais de me faire toute petite. Je restais dans mon coin.

Misha laissa échapper un nouveau juron. Wade s'était conduit comme un monstre. Il n'existait pas de mots assez durs pour le décrire !

— J'imagine que les agressions ne sont pas restées verbales ?

— Non, hélas. Plusieurs filles sont venues raconter la même histoire que moi au tribunal. Pour certaines, c'était pendant notre mariage car, oui, il me trompait... Il s'est dédouané à la barre en mettant cette violence sur le compte des stéroïdes associés à l'alcool.

— Le lâche !

— Il s'est mis à boire un peu après la rentrée, quand il a réalisé qu'il était coincé à Centerville. Au mois d'octobre, il m'a frappée pour la première fois. Mais il s'est tellement excusé... Il semblait vraiment honteux... Je n'arrive pas à croire que j'ai cédé à ses promesses. Je l'ai cru quand il m'a dit qu'il ne recommencerait jamais. Quelle erreur !

— Tu étais jeune, Lyndsey. Tu étais perdue. Tu ne pouvais pas savoir.

— La goutte d'eau a été qu'il fasse des avances à Brittany, un jour où ils se sont croisés au supermarché. Elle est aussitôt venue me le dire. Et ce soir-là... il avait trop bu. Quand je lui en ai parlé, il s'est mis dans une colère noire. Il m'a attrapée par les bras, et ensuite... il m'a serré la gorge.

— Lynds !

— Je me suis vue mourir, mais penser au bébé m'a donné la force de réagir. Je me suis accrochée aux doigts de Wade pour desserrer l'étau. Ensuite, je lui ai donné un coup de pied bien placé... et il a fini par lâcher prise. Sitôt libre, je me suis enfuie. J'ai couru sur la nationale, une voiture s'est arrêtée. La dame m'a conduite au poste de police. J'ai tout de suite été hospitalisée... Au procès, Wade a écopé de quinze ans de prison pour tentative d'homicide sur conjointe. Et comme tu l'as lu sur le téléphone de Brittany, il vient de sortir.

— Je comprends mieux pourquoi elle me déteste à ce point.

Lyndsey le dévisagea en silence, puis elle lui pressa la main.

— Elle ne te déteste pas, *toi*. Elle sait pertinemment que tu n'y es pour rien. En revanche, elle est toujours traumatisée par cette histoire. Mais je ne peux m'en prendre qu'à moi-même. Je porte l'entière responsabilité de mes choix.

— Si j'étais resté...

— Si tu étais resté, Brody ne serait pas né. Jamais je ne regretterai d'avoir eu mon fils.

— Bien sûr que non, Lyndsey, mais Wade...

— Wade, et seulement Wade, s'est rendu coupable d'actes répréhensibles. Aujourd'hui, c'est entre lui et sa conscience. Je sais juste qu'être enceinte à l'époque m'a sauvé la vie. Ma mère adore Brody. Nous avons construit une famille solide, du moins je le crois. Mon seul regret est de ne pas être partie plus tôt. J'avais du mal à réconcilier l'image du gentil footballeur avec celle du monstre qu'il devenait. Pour moi, ce n'était pas le même homme. Voilà, je pense, pourquoi j'ai tant tardé.

— A-t-il cherché à te joindre ?

— Oui, par le biais de mon avocat, pour me supplier d'emmener Brody le voir en prison. J'ai refusé. Brody ne sait pas ce qu'il a fait exactement. Je lui ai juste dit que son père s'était rendu coupable d'agression sans donner de détails. Mais peut-être s'est-il renseigné ailleurs ? On trouve tout sur Internet. Et puis, les enfants parlent... Quoi qu'il en soit, il ne m'a jamais rien dit. Et il n'a jamais voulu rencontrer Wade.

Lyndsey avait raison : Brody était un gamin curieux, intelligent. Il en savait probablement plus qu'elle ne l'imaginait. Cela expliquerait pourquoi il avait fait ce commentaire bouleversant sur son lit d'hôpital...

— Je serais plus tranquille de passer la nuit chez toi. Je veux m'assurer qu'il ne vous arrivera rien, à Brody et à toi.

— C'est inutile, voyons ! Je ne pense pas que Wade...

— Après ce que tu m'as raconté, je l'imagine bien chercher à se venger. Je ne lui fais pas confiance. Pour être totalement franc, je ne l'ai jamais porté dans mon cœur.

Lyndsey se tortilla sur le banc.

— Ma voiture est toujours au garage. Brittany nous a conduits ce matin, mais je ne voulais pas la faire attendre toute la journée sans savoir si Brody pourrait sortir. J'ai réservé une suite dans un hôtel sympa à côté de l'hôpital.

— Je t'en prie, Lynds. S'il vous arrivait quoi que ce soit, je ne me le pardonnerais jamais.

Elle hésita encore, puis acquiesça.

— Très bien, je vais annuler l'hôtel. Mais si j'accepte ta proposition, c'est uniquement pour Brody. Et rassure-toi, j'appellerais la police sur-le-champ si Wade se manifestait.

Soulagé, il exhala un profond soupir.

— Génial. Il ne faudra pas t'embêter pour moi. Je dors bien n'importe où.

— J'ai une chambre d'amis, répliqua-t-elle en souriant. Elle me sert parfois à héberger mes oncles, tantes, cousins... C'est pratique.

— Wade connaît-il ton adresse ?

— Il a dû la voir sur les papiers du tribunal... Quoi qu'il en soit, j'espère qu'il aura la bonne idée de s'éloigner. Comme cela, Brody ne le verra jamais. Mes ex-beaux-parents sont morts pendant qu'il était en prison. Ses frères et sœurs habitent loin. Rien ne le retient ici.

La colère qu'il faisait taire à grand-peine se raviva d'un coup.

— S'il lui reste un peu de jugeote, oui, il quittera la région ! Mais dans le cas contraire, je préfère passer une nuit, peut-être même deux, chez toi.

— Une suffira, répliqua-t-elle en souriant. Je suis tout à fait capable de veiller sur Brody... et moi-même.

— Je n'en ai jamais douté.

Elle jeta un coup d'œil sur son assiette vide et secoua la tête.

— Je n'en reviens pas d'avoir tout mangé. J'avais plus faim que je ne le croyais.

Il entremêla les doigts aux siens, les étreignit, puis la relâcha.

— Tant mieux si ce moment de répit t'a fait du bien. Merci... de m'avoir parlé, Lynds. Et merci de m'accueillir chez toi ce soir.

Dans un autre contexte, cette dernière phrase aurait pu paraître équivoque, mais pas là. Les choses étaient claires entre Lyndsey et lui. Il n'avait rien à attendre ni à espérer.

La veille, sa mère l'avait appelé pour lui dire qu'une de ses cousines venait d'avoir une petite fille. Pleine d'espoir, elle lui avait demandé s'il allait rentrer « à la maison » pour accueillir ce nouveau bébé dans la famille. Il l'avait déçue en répondant non, mais qu'aurait-il pu dire d'autre ? Il avait son travail, sa vie... Désormais, sa « maison » était en Louisiane, pas en Biélorussie.

Si sa mère tombait malade, il ferait immédiatement le voyage pour aller la soigner. Néanmoins, il ne s'imaginait pas revivre dans son pays natal. S'il fondait une famille un jour, ce serait aux États-Unis.

Pour l'instant, il n'en prenait guère le chemin. Il risquait de finir ses jours seul, comme un étranger dans cette ville.

Il se secoua. Quelles curieuses pensées lui traversaient l'esprit ! Ce n'était pas le moment d'y réfléchir.

— J'apprécie ton aide, Misha, mais à mon avis il ne faut pas trop s'inquiéter, dit Lyndsey. Wade n'est pas idiot. Il sait qu'il reste sous surveillance... En attendant, je vais appeler Brittany et lui expliquer nos projets pour la soirée.

— Elle sera sûrement ravie que je dorme chez toi, répliqua-t-il, ironique.

— Crois-le ou non, elle se réjouira que tu veilles sur nous. Elle n'en a pas spécialement après toi... enfin, pas tant que ça.

— Content de le savoir, Lynds !

Elle s'esclaffa.

— Brit a tendance à jouer les mères poules. On est très proches toutes les deux. Je ferais la même chose si elle avait un problème grave.

— En parlant de mère poule, si tu retournais voir Brody ? Moi, je dois aller signer les papiers de sortie à l'accueil.

— Je n'arrive pas à croire que tu donnes déjà ton feu vert.

— Il va très bien. Je n'ai aucune raison de le garder en observation cette nuit. Il risque d'avoir un peu mal, mais les antalgiques devraient régler le problème. J'aime mieux ne pas lui prescrire mes fameuses « gouttes magiques », elles risqueraient d'imbiber la prothèse. Et au fait... y a-t-il vraiment un lutin qui s'appelle Décor dans le tiroir de ton bureau ?

— Bien sûr. Sa spécialité, ce sont les patients difficiles âgés de moins de dix ans.

Il éclata de rire.

— C'est fou, mais ça a l'air de marcher !

— Très bien, en effet. Il faut savoir mettre un peu de fantaisie dans notre métier.

— Oh ! mais je peux être drôle, moi aussi.

— Dit « monsieur Sérieux », répliqua Lyndsey, taquine.

— Arrête. J'avais mes bons moments à l'époque.

— Certes, mais ce n'est pas pour ton génie comique que je me souviens de toi.

À son sourire provocateur, il sut à quoi elle pensait. Elle se remémorait les fois où ils avaient fait l'amour jusqu'à en perdre la raison. Souvent, ils avaient à peine repris leur souffle qu'ils avaient déjà envie de recommencer.

— Méfie-toi, Lynds, déclara-t-il d'un ton badin. Si tu me cherches, tu vas me trouver.

— Pardon.

En une fraction de seconde, elle changea de visage, comme si elle se rappelait soudain où elle était et avec qui. Quel idiot ! Pourquoi avait-il tenu ces propos maladroits ? Qu'il continue, et elle allait partir à l'hôtel avec Brody !

Ce soir-là, leur sécurité passait avant tout. Il s'en voudrait terriblement s'il leur arrivait quelque chose en raison de sa stupidité.

— Allons-y, dit-il d'un ton neutre. Brody a dû émerger.

Il avait vu juste : l'adolescent était bien réveillé lorsqu'ils le rejoignirent dans sa chambre. Et comme il le prévoyait, Brody ne fit aucune allusion à Wade ni à ce qu'il avait dit précédemment.

— Combien de temps devrai-je garder ce truc ? demanda-t-il en effleurant son bandage.

— Au moins quatre ou cinq jours. Il ne faudrait pas que de la poussière ou des bactéries se logent dans ton oreille avant que l'os n'ait commencé à cicatriser.

— Celui où vous avez fait un trou ?

— Exactement.

— Et pour l'arrêt de la musique ?

— Je sais que cela te coûte, Brody, mais tu n'as pas le choix. Il faudra apprivoiser certains sons de manière progressive. Abstiens-toi d'écouter des basses pendant deux semaines au minimum, le temps qu'on voie si la prothèse fait bien son travail. Même chose pour le volume : vas-y doucement au début.

Brody laissa échapper un grand soupir.

— Même si on en a beaucoup parlé avant l'opération, j'avais du mal à imaginer le résultat. Est-ce que ça va vraiment marcher ? Le bandage m'empêche d'entendre du côté droit, alors je m'inquiète un peu...

— Je sais, et c'est tout à fait normal. Laisse du temps au temps, Brody. Dès que l'œdème se sera résorbé autour de l'os, je te ferai passer un test d'audition.

— Et... si le résultat est bon, il faudra recommencer du côté gauche ?

— Oui, je le crains.

Il ne pouvait pas lui laisser croire que l'otosclérose allait se stabiliser. Bien que moins atteinte, l'oreille gauche était déjà touchée. À cause de cette maladie dégénérative, il finirait par perdre l'audition de ce côté-là aussi.

— Quand tout sera terminé, tu oublieras vite, crois-moi, assura-t-il.

Restée silencieuse jusqu'alors, Lyndsey se rapprocha de la tête du lit.

— Chaque chose en son temps, dit-elle d'un ton doux. Il ne sert à rien de stresser à l'avance.

— Bien dit, approuva Misha.

— Tu as reçu beaucoup de messages, chéri, embraya-t-elle, cherchant visiblement à détourner la conversation. Veux-tu les lire ?

— Oh ! oui !

Elle sortit le portable de Brody de son sac et le lui donna. Il se mit aussitôt à pianoter sur l'écran, un large sourire aux lèvres.

— Tous mes amis m'ont écrit, c'est génial ! Et Ben, le bassiste du groupe, est en train d'écrire une chanson pour moi. Oh... Il m'a envoyé le refrain. Écoutez un peu :

Le silence m'entoure
Je me pose mille questions
J'ai si peur, et pourtant
Il me semble qu'au loin
Un faible écho résonne
Est-ce un rêve sans lendemain ?
Y aura-t-il un miracle au bout du chemin ?

— C'est tellement beau…, chuchota Lyndsey d'une voix étranglée.

Elle s'assit sur le drap et étreignit longuement Brody. Misha les regarda, bouleversé, incapable d'articuler un mot. Ces paroles l'avaient touché en plein cœur. Elles lui rappelaient ses premières semaines en Biélorussie, quand il avait eu l'impression d'être perdu dans un trou noir…

— Ton ami Ben a beaucoup de talent, dit-il enfin.

— Oui, c'est… incroyable, chuchota l'adolescent. Les gars savent que je suis hors jeu pour le moment, mais ils vont essayer de finir cette chanson, plus une autre qu'on avait commencée. On les peaufinera ensemble à mon retour. Et en attendant, ils m'ont chargé d'écrire des paroles pour de nouveaux morceaux.

Ces gamins, qui avaient déjà fait bonne impression à Misha, montèrent encore d'un cran dans son estime. Brody serait bien entouré avec eux. Il ne risquait pas de revenir sur scène trop tôt car ils allaient le surveiller.

— Du coup, je vais bientôt pouvoir sortir ? demanda celui-ci d'un ton enthousiaste. J'ai hâte de m'y mettre, moi !

— Je vais t'ausculter rapidement. Si tout va bien, je te libère.

Pendant qu'il procédait à l'examen d'usage, Misha songea que le contexte de la seconde opération risquait d'être différent. Il aimait beaucoup Brody, et plus il le côtoyait, plus il se sentait développer des sentiments « paternels ». Ce qui, d'un strict point de vue médical, n'était pas une bonne chose.

Devait-il d'ores et déjà chercher un confrère susceptible de pratiquer l'intervention à sa place ? Lyndsey risquait de s'y opposer, mais il ne lui laisserait pas le choix. Si une complication survenait pendant que Brody se trouvait au bloc, il n'était pas sûr d'avoir le détachement et la réactivité nécessaires.

Il imaginait déjà la réaction de Lyndsey le jour où il lui avouerait qu'il s'était trop attaché à son fils pour rester son chirurgien. Elle se mettrait sûrement en colère. À moins qu'elle n'ait vu venir le problème ?

Après tout, elle savait déjà qu'il outrepassait son rôle. Quel médecin irait dormir chez un patient et sa mère pour garantir leur sécurité ?

Dès qu'il serait rassuré sur ce point, il devrait ralentir le cours des choses. La seconde opération n'aurait pas lieu avant plusieurs semaines, voire plusieurs mois. D'ici là, il aurait intérêt à limiter les interactions au maximum avec Lyndsey et Brody s'il voulait continuer à le soigner.

Selon le protocole de routine, il vérifia la tension et le rythme cardiaque de celui-ci. Il inspecta également le bandage, ne repéra aucun saignement suspect et leva le pouce.

— C'est tout bon. Je peux signer le formulaire de sortie.

— Misha va dormir à la maison cette nuit pour s'assurer que tout va bien, ajouta Lyndsey d'un ton neutre.

Elle n'avait pas parlé de Wade. Toutefois, même s'il désapprouvait ce mensonge par omission, Misha ne s'imaginait pas dire la vérité à Brody. Il devait rester à sa place... celle d'un étranger.

— Super ! s'exclama l'adolescent.

— Oui, c'est gentil de sa part. Mais il ne restera qu'une nuit, précisa Lyndsey.

Misha eut la nette impression que cette dernière phrase s'adressait surtout à lui-même. Lyndsey le « tolérait » chez elle pour une durée restreinte. Il ne devait pas se bercer d'illusions !

Comme le voulait la procédure, Lyndsey alla chercher un fauteuil roulant pendant qu'il réglait les formalités administratives. Tout étant en ordre, elle poussa elle-même Brody jusqu'au parking réservé aux médecins, où Misha avait garé sa jeep.

— Est-ce qu'on peut descendre le toit ? demanda Brody.

Il secoua la tête en souriant.

— Ce serait une mauvaise idée aujourd'hui. Il vaut mieux éviter les courants d'air sur ton oreille. Mais une prochaine fois, bien sûr.

Comme s'il allait y avoir une « prochaine fois ». Il aurait été mieux inspiré de se taire. Au temps pour sa réputation d'homme réfléchi qui ne parlait jamais à tort et à travers !

Brody opina de la tête, s'assit à l'arrière du véhicule et boucla sa ceinture.

— Mon oreille commence à se réveiller, dit-il juste après que Misha se fut installé au volant.

— C'est normal. On s'arrêtera à la pharmacie en arrivant.

— Il y en a une à l'entrée de Centerville, indiqua Lyndsey.

Puis, se retournant vers la banquette arrière, elle ajouta :

— Pas de conversations téléphoniques ce soir, jeune homme !

— Maman ! Tu me prends pour un bébé ? Avec les gars, on tchatte sur le groupe. C'est plus simple.

Misha laissa échapper un petit rire. Il n'était pas sûr que pianoter sur un écran aille plus vite que la parole, mais c'était une question de génération. Ces gamins-là étaient nés avec la technologie, pas lui. Et puis, lire des messages sans arrêt le fatiguait beaucoup. Mais hélas, dans son métier, il en recevait plus souvent qu'à son tour...

Quand Lyndsey pivota vers lui, il croisa son regard amusé et sourit. Il avait l'impression qu'un poids énorme s'était envolé de ses frêles épaules. Un danger potentiel la menaçait en la personne de Wade, mais elle ne manifestait aucune angoisse. Tant que Brody allait bien, tout allait bien. C'était aussi simple que cela.

— Veux-tu qu'on aille chercher tes antalgiques dans une pharmacie de Lafayette, Brody ? demanda-t-il.

— Non merci, la douleur est supportable. Ne vous inquiétez pas, je peux attendre jusqu'à la maison.

— Au fait, j'y pense. J'aimerais mieux que tu t'asseyes du côté gauche, derrière moi. Si tu appuies machinalement la tête contre la vitre, mieux vaut le faire sur l'oreille qui n'est pas opérée. À droite, les vibrations risqueraient de faire bouger les attaches de la prothèse sur la platine de l'étrier.

— Oh ! d'accord !

Brody se décala sur-le-champ, après quoi Misha démarra, direction Centerville. Il regrettait de n'avoir ni couverture ni oreiller dans la jeep, mais il n'en avait guère l'utilité puisqu'il voyageait toujours seul. Il covoiturait parfois pour un déjeuner de travail, rien d'autre. La seule exception avait été le jour du festival avec Lyndsey et Brody !

Il pourrait facilement s'habituer à les avoir comme compagnons, mais pour aller où ?

Ils n'étaient pas censés se promener ensemble. Ils n'étaient pas une famille et ne le seraient jamais. Il serait bien inspiré de s'en souvenir.

8

Lyndsey se réveilla en sursaut, perdue et frigorifiée.

Elle mit un moment à comprendre que Misha s'était garé devant chez elle. Mais... pourquoi était-elle seule dans la jeep ? Pourquoi la portière arrière, côté Brody, était-elle ouverte ?

Un frisson d'angoisse la parcourut. Wade était-il venu ? Avait-il kidnappé Brody ? Blessé ou tué Misha ?

Elle bondit hors de l'habitacle, mais sentit ses genoux se dérober lorsqu'elle vit la porte d'entrée grande ouverte. Faisait-elle un cauchemar ? La scène se déroulait comme dans un film d'horreur dont elle aurait eu le premier rôle.

— Brody ! cria-t-elle depuis le seuil.

Misha se matérialisa près d'elle juste à temps pour l'empêcher de tomber. Ses jambes ne la portaient plus...

— Mais enfin, Lyndsey, qu'est-ce qui t'arrive ?

Elle le fixa, les yeux écarquillés.

— Br... Brody. Où est-il ? Dis-moi où il est !

— Dans son lit. Où croyais-tu qu'il était ?

Elle se prit la tête à deux mains.

— Dans... son lit. D'accord. Il est couché. Donc, Wade n'a pas...

— Oh ! *milyy*... Mais non !

Il l'entoura de ses bras et la serra sur son cœur.

— Je suis désolé. Brody dormait profondément, et je l'ai porté jusqu'à sa chambre. Comme tu dormais aussi, je voulais te laisser émerger en douceur. Pardon. Je n'aurais jamais cru que tu allais paniquer.

Envahie d'un soulagement indescriptible, elle devint aussi

molle qu'une poupée de chiffon. Elle dut agripper les avant-bras de Misha pour rétablir son équilibre.

— Je n'ai jamais eu aussi peur de ma vie, sauf une fois...

Misha déposa un baiser léger sur sa tempe.

— Pardon, chuchota-t-il.

Il se mit à parler en russe, tout doucement, d'une voix grave et profonde. Alors, peu à peu, elle sentit son rythme cardiaque décélérer. Même si elle ne comprenait pas les mots, ce timbre chaleureux l'apaisait. Jamais encore elle n'avait connu pareille sensation...

Encore un peu secouée, elle regarda autour d'elle. Tout était calme. Brody allait bien. Malgré l'imposante carrure de son fils, Misha avait réussi à le porter pour le mettre au lit.

Heureusement qu'il était venu. Sans lui, elle aurait rasé les murs. Elle aurait regardé partout afin de s'assurer que Wade ne rôdait pas dans la maison...

— Mais au fait, comment es-tu entré ?

Il lui lança un regard gêné.

— Ton porte-clés était accroché à ton sac. Je... l'ai pris.

— Tu as bien fait. Merci, Misha. Merci beaucoup.

— Je ne sais pas si je mérite ces remerciements. Je suis vraiment désolé de t'avoir fait peur.

— J'étais à moitié endormie. Je me suis imaginé des choses.

Elle lui lâcha les bras en souriant.

— C'est bon, je tiens debout.

Ils étaient toujours plantés sur le seuil. Misha lança un regard dans la rue.

— Crois-tu que les voisins ont appelé la police ?

— Quoi ? Tu veux dire, à cause de mes cris hystériques ?

— Je ne l'aurais pas formulé comme ça, mais en gros, oui, répondit-il en riant. Je me suis rué dans l'escalier quand je t'ai entendue. Je me demandais bien ce qui t'arrivait.

— Oh ! là, là ! Je n'y avais pas pensé, mais tu as raison. Je vais envoyer un SMS à ceux que je connais pour leur dire que tout va bien.

— Bonne idée. Moi, je vais fermer la voiture.

La portière de Brody était restée ouverte. Dans sa hâte, elle n'avait pas non plus fermé la sienne...

— Tu dois me prendre pour une folle, dit-elle quand Misha revint.

— Non. Juste pour une mère qui aime son enfant.

— Merci, Misha.

— Je vois une cafetière à dosettes là-bas, sur ton comptoir. Normalement, je sais m'en servir. Si je nous préparais un bon café pendant que tu vas voir Brody là-haut ?

— Excellente idée. Il y a de la crème dans le réfrigérateur.

— J'ai réussi à donner ses antalgiques à Brody, précisa Misha. C'était juste avant que je ne t'entende hurler.

Elle eut un rire bas.

— Je vais en entendre parler longtemps...

— *Da*.

— Merci ! Je n'en attendais pas moins de toi.

Sans plus tarder, elle rejoignit la chambre de Brody. Comme elle s'y attendait, ce dernier dormait paisiblement. Misha lui avait retiré ses chaussures et son pantalon, puis il l'avait bordé avec soin.

Elle s'agenouilla près de lui, bouleversée. S'il lui arrivait quelque chose, elle ne s'en remettrait jamais. Mais pour l'instant, tout allait bien.

La joue appuyée sur la couverture, elle articula une prière de remerciement muette. Sa décision était prise : dès le lendemain, elle contacterait le tribunal pour savoir si les mesures d'éloignement étaient toujours d'actualité. Ensuite, elle parlerait à Brody. Elle ne voulait pas l'affoler, mais un garçon averti en valait deux. Il serait plus à même de réagir si son père débarquait de manière intempestive...

Forte de cette résolution, elle embrassa la main de son fils, se leva et descendit au salon. Misha avait posé deux mugs sur la table basse, et une profonde gratitude la submergea quand elle le vit assis là, sur le canapé, qui l'attendait.

— Merci beaucoup, dit-elle en s'installant près de lui. Je vais juste envoyer un SMS à Brittany pour lui dire que tout va bien. Sinon, elle risque de paniquer.

— Bien sûr, je comprends.

Cela fait, Lyndsey se sentit enfin détendue. Elle prit une tasse et se rejeta en arrière sur les coussins. Puis, quand Misha lui entoura la taille, elle appuya la tête sur son épaule avec un soupir bienheureux.

Comme il lui avait manqué. Son odeur, sa présence chaleureuse... Elle n'avait rien oublié de tout ça. Elle s'était toujours sentie à sa place, blottie contre lui, le visage niché dans son cou...

Elle avait vécu ses meilleurs moments avec lui – avant la naissance de Brody en tout cas. Et ce soir, elle était heureuse de convoquer ces souvenirs d'une époque désormais lointaine.

Ils burent leur café en silence. Les mots n'étaient pas nécessaires : ils se détendaient en toute quiétude, savourant la compagnie l'un de l'autre.

Finalement, elle abandonna son mug sur le guéridon et sourit à Misha.

— On est bien là, tous les deux, chuchota-t-elle.

— Oui, très bien, *milyy*.

Sa voix grave lui fit l'effet d'un baume bienfaisant. Elle avait toujours gardé en mémoire ce petit mot doux qui signifiait « ma puce » ou « mon cœur ». Après Misha, elle n'avait plus jamais connu la tendresse d'un homme aimant...

Rejetant la tête en arrière, elle sonda son regard bleu où dansaient de minuscules paillettes d'or. Avait-on le droit d'être aussi beau ? Et dire qu'à une époque cet homme magnifique lui avait appartenu...

Incapable de s'en empêcher, elle bascula sur le côté et s'assit sur lui à califourchon.

— Lynds...

— Dis-moi que tu ne ressens rien.

Elle aurait dû s'arrêter là, mais elle ne le pouvait pas. Les événements du jour avaient exacerbé ses émotions. Elle voulait le toucher. Elle voulait qu'il la touche.

Il enroula le bras autour de son dos pour la retenir, se pencha et déposa son mug sur la table.

— Je ressens beaucoup de choses, répondit-il d'une voix enrouée. Mais si tu as l'intention d'arrêter, mieux vaudrait changer de position tant qu'il est encore temps...

Du bout de la langue, elle s'humecta les lèvres. Oserait-elle ? Après tout, elle n'avait rien à perdre.

Résolument, elle s'accrocha à ses épaules et glissa vers l'avant pour ajuster son bassin au sien. Impossible de se méprendre sur sa réaction : il la désirait autant qu'elle-même pouvait le faire !

— Que penses-tu de cette position ? chuchota-t-elle, provocatrice.

Il poussa un grognement sourd.

— Ce n'est pas drôle, Lyndsey.

Elle lui captura le visage à deux mains.

— Crois-tu que je plaisante ?

— Non. Et tu vas obtenir exactement l'effet recherché… si c'est bien ce que tu veux.

— Oui. Oh ! oui !

Il jeta un coup d'œil par-dessus son épaule.

— Et si Brody descend et nous voit ?

Quelle folie. À quoi songeait-elle ?

— Nous sommes dans une situation compromettante, admit-elle. Mais ma chambre est au rez-de-chaussée, au bout du couloir. Donc, très loin de la sienne…

Sans la moindre hésitation, Misha lui glissa les mains sous les fesses, puis il se mit debout et la souleva en même temps. Alors, en quelques foulées, il leur fit traverser le vestibule. Après être entré dans sa chambre, il referma la porte du bout du pied et enfin il tourna le verrou.

— Je n'aurai pas besoin de ta chambre d'amis, dit-il en riant.

Il la laissa tomber sur le lit sans cérémonie. Elle poussa un petit cri de surprise, puis éclata de rire.

— Non. Même si tes manières laissent à désirer, je te garde, répliqua-t-elle.

Elle se laissa déshabiller sans appréhension, certaine que Misha aimait ce qu'il voyait. Et quand il se dévêtit à son tour, elle se délecta de cette vision merveilleuse. Quinze ans plus tôt, elle avait cru le perdre à jamais. Elle s'était dit qu'il n'y aurait plus de baisers, plus de contacts peau contre peau. Mais il était là, rayonnant de beauté masculine et débordant de tendresse.

Cela ne pourra pas durer. Tu le sais bien.

Fâchée contre elle-même, elle fit taire la petite voix insidieuse qui menaçait de tout gâcher. Ce soir, elle allait savourer l'instant présent. La vie lui avait fait le cadeau d'une nuit supplémentaire avec Misha. Elle l'accepterait comme tel sans se poser mille questions.

Un long frisson la parcourut quand il promena les mains sur ses cuisses.

— Si quelque chose te déplaît, tu me le diras, *milyy* ?

Pensait-il à son mariage et à tout ce qu'elle avait enduré ? Mais il était si différent de Wade. Jamais il ne pourrait lui faire du mal...

— Tout me plaît venant de toi, Misha.

— Hmm... Aimes-tu ça, par exemple ?

Il avait glissé les mains sur son pubis, l'effleurant sans l'effleurer, avec une sensualité à couper le souffle.

— Oui...

Déjà, il caressait son dos, ses épaules, pour redescendre vers sa poitrine.

— Et ça ?

Elle promena les yeux sur son corps parfait. Son érection trahissait le désir qu'elle lui inspirait, et pourtant il ne songeait qu'à lui donner du plaisir. Il la rendait folle...

— Oui, murmura-t-elle dans un gémissement. Misha, viens plus près !

— Tes désirs sont des ordres.

Il s'allongea sur elle, bien calé entre ses hanches, et lui donna un baiser brûlant. Puis, sans crier gare, il captura de ses lèvres le mamelon durci de son sein gauche. Alors, le feu rampant qui couvait en elle explosa d'un coup. Elle noua les jambes autour de sa taille avec un petit cri, qu'il étouffa bientôt de sa bouche.

Comme autrefois, elle enroula la langue autour de la sienne. Un grognement sourd lui parvint en réponse et, sans cesser de l'embrasser, elle sourit. Il aimait toujours les mêmes choses. Après tout ce temps, elle était encore capable de le faire vibrer.

Pourquoi s'en réjouissait-elle à ce point ? Cela n'aurait pas dû avoir d'importance, et pourtant, si. Elle était ravie que rien n'ait changé. Ravie qu'ils soient toujours en osmose parfaite.

Tandis qu'elle continuait de l'embrasser à perdre haleine, il se mit à lui effleurer le front, les joues et même les lèvres. Avait-elle jamais connu moment plus sensuel ? Tout, en lui, était fait pour l'amour. Son physique. Ses mains. Sa voix grave un peu rauque. Il avait toujours su l'émouvoir en lui chuchotant des mots doux dans sa langue. Et il n'avait rien perdu de sa magie...

Soudain, cette prise de conscience l'effraya. Elle n'avait pas peur de Misha, seulement du pouvoir qu'il exerçait sur elle. Quinze ans avaient passé, mais elle ne l'avait pas oublié. Il était resté l'homme de ses rêves. Il le serait probablement toujours.

Pour une nuit, une seule, elle acceptait de laisser libre cours à son fantasme. Et elle comptait bien en profiter au maximum !

Malgré les protestations de Misha, elle s'écarta légèrement.

— Ne t'inquiète pas, dit-elle, taquine. Ce n'était qu'une mise en bouche. Tu vas voir ce que tu vas voir.

L'agrippant aux épaules, elle le poussa de toutes ses forces et le fit s'allonger sur le dos. Puis, sans lui laisser le temps de réagir, elle s'assit sur lui à califourchon, les mains aplaties de chaque côté de sa tête.

— À ton tour de me dire ce que tu aimes, chuchota-t-elle. Ça, par exemple ?

Elle glissa la pointe de sa langue entre ses lèvres, la retira et recommença plusieurs fois.

— Tu sais que oui, gronda-t-il.

— Bien sûr, mais je fais semblant d'avoir perdu la mémoire.

Lentement, elle glissa sur son sexe durci. La réaction ne se fit pas attendre : il eut un soubresaut et s'arc-bouta contre elle.

— J'aime... un peu trop ça.

— Tu aimes comment ? Montre-moi.

— Lynds... On doit se protéger.

Où avait-elle la tête ? Elle avait oublié ce « détail ».

— Ma trousse d'urgence est dans le tiroir à côté de toi, chuchota-t-elle. Je pense qu'il y a un préservatif dedans. Je l'espère.

Si ce n'était pas le cas, elle mourrait de frustration, c'était sûr...

Ils trouvèrent l'objet convoité au fond de la mallette. Sans changer de position, elle protégea Misha, puis se remit à l'embrasser furieusement tandis qu'il parcourait son corps de ses mains enfiévrées. Et soudain, il la prit par les hanches et l'assit sur lui d'un coup de reins puissant.

— Ahh..., lâcha-t-elle dans un souffle.

S'il avait bougé d'un millimètre, elle aurait basculé dans le précipice. Mais il était resté immobile, le visage tendu à l'extrême, en la plaquant contre lui.

Sauf qu'elle ne voulait plus se retenir. Elle n'en pouvait plus d'attendre. Il y aurait peut-être d'autres fois où ils prendraient davantage leur temps. Mais à cette minute précise, garder le contrôle était devenu une épreuve insurmontable.

— Vas-y, Misha, murmura-t-elle.

Elle le sentit se détendre sous elle. Puis ils commencèrent à osciller en rythme, les yeux dans les yeux. Leur couple reprenait vie dans cette danse millénaire qu'ils avaient toujours exécutée à la perfection. Leurs corps n'avaient rien oublié. Ils se reconnaissaient comme au premier jour...

Quand le plaisir l'inonda, elle s'abattit sur l'épaule de Misha. Il jouit à son tour en poussant un cri rauque, et en cet instant parfait elle ne songea plus à rien, sinon à l'univers qui venait de se désintégrer autour d'eux. Le temps et l'espace n'existaient plus. Il n'y aurait pas de lendemain...

Pas de lendemain.

Elle ferma les paupières, laissant son souffle s'apaiser. C'est alors que Misha porta leurs mains jointes à ses lèvres pour les embrasser, en un geste qui lui fit monter les larmes aux yeux.

Pas de lendemain.

La réalité imprégnait déjà sa conscience. Le bonheur se teintait de nostalgie, d'une tristesse incommensurable. Ces instants privilégiés ne reviendraient pas. Elle avait envie de pleurer.

Elle réalisa qu'une larme lui avait échappé quand Misha lui caressa la joue.

— Lynds... Ça va ?

Elle força un sourire sur ses lèvres.

— Oui, très bien. Et toi ?

— Plus que très bien. C'était incroyable.

— Oui. Merveilleux.

Hélas, la magie prenait fin. Elle devait redescendre sur terre. Elle se dégagea doucement, puis roula sur le côté.

— *Niet*, protesta Misha.

— On n'a pas le choix. Si Brody se réveille...

Sa réaction n'avait rien à voir avec Brody. Elle voulait juste éviter de souffrir, mais comment l'exprimer sans gâcher ces instants ?

Misha l'attira contre lui, puis l'embrassa sur le front.

— Laisse-moi rester avec toi un moment, chuchota-t-il. Je te promets que demain matin tu me trouveras dans la chambre d'amis.

Comment aurait-elle pu refuser ? Elle ne rêvait que d'une chose : se blottir au creux de ses bras, comme autrefois.

À l'époque, il s'esquivait au milieu de la nuit pendant qu'elle dormait. Chaque matin, elle se réveillait seule dans un lit froid.

Quinze ans avaient passé, mais rien n'avait changé.

Elle se retrouverait toujours seule. Désespérément seule.

9

Misha n'avait pas utilisé la chambre d'amis.

Réveillé à l'aube, il avait regardé Lyndsey dormir, conscient que ce serait la dernière fois. Car, même s'ils avaient partagé une nuit merveilleuse, elle ne semblait pas prête à s'engager. Elle consacrait toute sa vie à Brody et, sachant cela, il ne voulait pas lui mettre la pression.

À un moment, elle s'était agitée dans son sommeil, puis elle avait crié « non » d'une manière bouleversante. Regrettait-elle d'avoir fait l'amour avec lui ? Même si elle avait semblé ravie, son subconscient lui disait peut-être autre chose ? À moins que leurs étreintes n'aient réveillé le souvenir de Wade ?

Quoi qu'il en soit, elle n'avait pas eu le sommeil paisible d'une femme heureuse. Il devait en tenir compte.

Les choses ne seraient décidément jamais faciles pour eux. Et même s'il rêvait que tout s'arrange, il n'avait pas de baguette magique. La réalité était simple : sans chirurgie, Brody allait devenir sourd du côté gauche. Sauf qu'après les événements de la nuit il doutait de pouvoir l'opérer comme prévu.

Quinze ans auparavant, Lyndsey avait déjà beaucoup souffert par sa faute. Mais hélas, il devait prendre ses distances. Il n'avait pas le choix.

Il ne la verrait plus en dehors du travail. Il ne la toucherait plus. Il n'accepterait aucune invitation à des événements culturels de la part de Brody. Il garderait les paroles de l'adolescent en mémoire comme des souvenirs précieux.

« Je voudrais que tu sois mon père. Que ce soit toi, pas Wade. »

Aux premières lueurs de l'aube, en contemplant Lyndsey endormie, il s'était pris à rêver qu'ils puissent fonder une famille. Alors, les larmes aux yeux, il s'était levé. Il s'était habillé silencieusement. Il avait quitté la chambre. Puis il était sorti de la maison en prenant soin de bien fermer la porte. Et il avait attendu une heure dans sa jeep, à scruter la rue pour être certain que Wade ne rôdait pas aux alentours.

Quand il avait vu le quartier s'animer, il était parti, direction l'hôpital. Et maintenant qu'il se trouvait dans son cabinet, il n'avait rien de mieux à faire que s'allonger et dormir une heure.

En espérant que ce repos serait assez réparateur pour lui permettre d'assurer sa journée de travail.

Depuis cinq jours, Misha n'était plus le même. Lyndsey savait bien qu'il essayait de paraître « normal » devant leurs collègues, mais cette indifférence la chagrinait.

Après leur fabuleuse nuit d'amour, elle s'était réveillée seule dans son lit. Pensant qu'il avait rejoint la chambre d'amis, elle était descendue préparer un bon petit déjeuner. Puis, comme il travaillait, elle avait envoyé Brody le réveiller, mais son fils était revenu perplexe.

— Il n'est pas là. Il n'a pas dû dormir ici, je pense.

Incrédule, elle était montée voir elle-même. Le lit n'avait effectivement pas été défait. Se pouvait-il qu'elle ait tout imaginé ?

Non, impossible. Ses muscles endoloris – ceux qu'elle n'avait pas sollicités depuis longtemps – témoignaient de ce qu'ils avaient fait, et bien fait, la nuit précédente. Misha ne lui avait-il pas chuchoté qu'elle était « merveilleuse » ? Mais alors, pourquoi était-il parti ?

Pendant deux jours, ils avaient peu communiqué puisqu'elle était en repos – hormis par SMS à propos de Brody. Et le surlendemain, en revenant à l'hôpital, elle s'était abstenue de le questionner car elle avait trouvé son attitude bizarre. Il lui avait paru distant, comme s'il ne voulait pas être vu avec elle. Elle avait donc renoncé, certaine que cela irait mieux le jour suivant, mais hélas il s'était comporté de la même façon.

Aussi ce matin-là, avant de partir, avait-elle pris une sage décision : ne plus chercher à comprendre.

Elle avait obtenu du tribunal la confirmation que Wade ne devait ni l'approcher ni tenter de la joindre. La décision s'étendait à Brody, avec qui son père n'était pas censé entrer en contact. Elle se sentait donc plus rassurée, même si elle gardait une légère inquiétude au creux de la tête.

Peut-être cette crainte la suivrait-elle toute sa vie. Mais elle devrait s'y habituer. En tout cas, elle n'appellerait pas Misha en cas de problème.

Il agissait comme si leur nuit d'amour n'avait jamais eu lieu. Sans doute avait-il des regrets. Il en donnait l'impression, en tout cas. Et le jour était mal choisi pour y penser puisqu'elle n'était pas seule : elle était venue avec Brody, dont la visite de contrôle aurait lieu à 10 heures.

Pourvu que Misha ne les accueille pas trop froidement ! En réalité, elle aurait dû mettre les choses à plat afin d'éviter que le rendez-vous ne se passe mal…

Ils rejoignirent la salle d'examen avec un peu d'avance. Mais Misha, lui, était en retard. Et quand il arriva finalement à 10 h 15, il entra comme une tornade sans s'excuser.

— Bonjour, Brody. Comment vas-tu ?

Le fait qu'il ne la salue pas choqua Lyndsey. Elle aurait pourtant dû s'y attendre. Elle s'était préparée à cela. Alors pourquoi prenait-elle les choses tellement à cœur ?

Le regard intrigué de Brody passa de l'un à l'autre. Il avait senti la tension ambiante. Ce n'était pas difficile : l'atmosphère était à couper au couteau !

Mais au fond, peu importait. Tant que l'opération avait réussi, le reste ne comptait pas…

— Je vais très bien, répondit Brody. J'ai hâte de retirer le pansement.

Misha ne lui rendit pas son sourire.

— Il faudra quand même prendre des précautions pendant trois semaines. L'eau ne doit pas entrer dans ton oreille. Si tu veux, je te donnerai des bouchons spéciaux à porter pendant la douche ou à la piscine. Pas d'eau jusqu'à cicatrisation complète. C'est bien compris ?

Brody opina, l'air un peu étonné.

— Oui. Je ferai très attention, c'est promis.

— Il ne faudra porter aucune charge lourde, toujours pendant trois semaines.

— D'accord.

Le froncement de sourcils de Brody s'était accentué. Misha n'agissait plus comme un ami. Il lui donnait des consignes médicales sans lui porter d'intérêt particulier. Pour un changement, c'en était un !

Elle s'était doutée que cette attitude blesserait son fils. Elle avait eu raison de craindre le pire. Personnellement, elle avait eu cinq jours pour s'y habituer, mais cela faisait toujours aussi mal.

Révoltée, elle crispa les poings derrière le dos. Brody n'avait rien demandé à personne. Il était le dommage collatéral d'une histoire d'adultes. Et elle s'en voulait de ne pas avoir bien mesuré les conséquences de ses actes.

Misha, lui, n'avait apparemment aucun mal à prendre ses distances. Elle s'était souvent demandé s'il avait souffert après son départ pour la Biélorussie, quinze ans plus tôt. À le voir là, si froid et détaché, elle en doutait. Il semblait avoir érigé un mur impénétrable autour de lui. Il s'était focalisé sur les aspects médicaux de la discussion, occultant le reste comme si Brody et elle-même étaient des étrangers.

Il leur parlait sans les voir. Il agissait comme un robot. Qu'il la traite ainsi, passe encore, mais Brody... Non, non, non. Elle ne le supportait pas.

À la fin du rendez-vous, elle le coincerait pour lui dire ses quatre vérités. Tant pis s'il était en retard pour le patient suivant. Cela ne l'avait pas dérangé de les faire attendre, *eux* !

— Installe-toi sur la table, Brody, demanda-t-il. Je vais regarder cette oreille.

Il avait enfin souri, mais son regard restait froid. Et plus l'examen avançait, plus elle sentait Brody se crisper. Il avait bien perçu l'indifférence de Misha, dont la préoccupation majeure semblait être les résultats de la chirurgie.

Après quelques tests à l'aide du diapason, il fit entrer Brody dans une cabine où un audiologiste procéda à des mesures d'audition. Quand le technicien eut terminé, il tendit les résultats à Misha, lequel s'était appuyé contre son bureau. Lyndsey vit alors son fils contourner la table pour venir s'asseoir près d'elle, comme s'il cherchait du réconfort...

— Comment décrirais-tu ton audition à droite, Brody ? demanda Misha. Est-elle meilleure, moins bonne ou identique ?

— Je trouve que c'est mieux.

Le ton morne de son fils inquiéta Lyndsey. Il aurait dû exulter, mais c'était loin d'être le cas. Il s'était fait une joie de revoir son « héros » Misha, et pour quel résultat...

La colère qui bouillonnait en elle monta d'un cran. Nul n'avait le droit de traiter un gamin aussi mal. « Il ne me viendrait pas à l'idée de faire payer à un gosse les erreurs de sa mère », avait-il dit le premier jour. Et les erreurs de son chirurgien ? Il avait beau donner de grandes leçons, c'était exactement ce qu'il était en train de faire !

Les choses semblaient claires : il regrettait leur nuit d'amour. Dont acte. Et si elle avait pu deviner que les choses finiraient si mal, elle n'aurait jamais cédé à ce fantasme d'une nuit. Sa chambre d'amis aurait au moins servi à quelque chose...

Malgré leur passif, elle avait cru bien connaître Misha. Avant cette semaine, elle ne l'imaginait pas capable de mépriser une femme après une nuit sans lendemain. Et pourtant, la triste réalité était là. La froideur polaire qu'il lui témoignait montrait tout le mal qu'il pensait d'elle. Elle se sentait rabaissée, humiliée même, chose qui ne lui était plus arrivée depuis son mariage avec Wade.

— Quels sont tes objectifs pour l'oreille gauche, Brody ? As-tu réfléchi à la problématique ?

Lyndsey vit son fils écarquiller les yeux. Quand il se tourna vers elle, elle vit à son expression qu'il était sur le point de pleurer. Jamais elle ne permettrait que Misha soit témoin de son chagrin. C'était hors de question.

Elle lui prit la main, se mit debout et le fit lever en même temps.

— L'objectif d'aujourd'hui est atteint, dit-elle, glaciale. Nous avons eu les réponses à nos questions. Quand tu daigneras fixer une date pour la seconde opération, fais-le-moi savoir. Tu sais où me joindre.

Ayant dit cela, elle entraîna Brody hors du cabinet. À peine avaient-ils fait cinq pas dans le couloir que son fils éclata en sanglots. Bouleversée, elle l'étreignit de toutes ses forces.

— Calme-toi, mon cœur. Ce n'est pas grave.

Brody se redressa et s'essuya le visage d'une main.

— Pourquoi me déteste-t-il tout à coup ?

Elle se mordit la lèvre pour s'empêcher de fondre en larmes. Brody avait besoin d'une épaule solide, pas d'une mère qui s'écroule.

— Il ne te déteste pas. J'en suis certaine.

— Mais alors, qu'est-ce qui lui prend ?

Elle soupira.

— J'ai quelque chose à te dire. Descendons à la cafétéria. On sera plus tranquilles pour parler.

Arrivés au réfectoire, ils prirent un chocolat chaud, puis ils s'installèrent dans un coin isolé près de la fenêtre.

— Si tu te rappelles, je t'ai raconté que Misha et moi étions d'anciens camarades de lycée, attaqua-t-elle, mal à l'aise.

— Oui, je m'en souviens.

— Donc, comment t'expliquer... Nous étions plus que des camarades. Nous étions même très proches.

— Tu veux dire que vous sortiez ensemble ?

— Oui.

— Mais c'est génial. Vous deviez être mignons... Vous avez rompu, c'est ça ?

Les souvenirs menaçaient d'étouffer Lyndsey. Elle but une gorgée de chocolat, puis s'obligea à poursuivre :

— On peut dire ça, oui. Misha a dû rentrer en Biélorussie avec sa famille.

— Et vous n'avez pas gardé contact ?

— Non. Je l'ai revu pour la première fois quand je suis venue à son cabinet, ici même, pour lui parler de tes problèmes d'audition.

Brody se frotta le menton, l'air songeur.

— Donc il ne veut plus sortir avec toi, c'est ça l'idée ?

Elle s'en serait doutée. Son fils n'était pas du genre à tourner autour du pot.

— C'est exactement ça. On commençait à se... parler un peu trop. Maintenant, il fait marche arrière et reprend une attitude plus professionnelle. Cela n'a rien à voir avec toi.

— Mais du coup, cela ne l'empêche pas de rester mon ami !

— En théorie, non. Il devrait avoir l'intelligence de faire la part des choses. Sauf que le cerveau humain est souvent compliqué...

Brody se rejeta en arrière sur sa chaise, un grand sourire aux lèvres.

— Merci d'avoir tout gâché, maman.

Elle s'esclaffa. Brody pouvait lui faire tous les reproches de la terre, pourvu qu'il retrouve sa joie de vivre. Quant à Misha, il allait passer un mauvais quart d'heure. Elle ne le laisserait pas s'en tirer à si bon compte.

— De rien, mon chéri... Tu sais quoi ? Je ne travaille pas ce matin, mais j'ai quelques petites choses à régler dans le service. Si je demandais à Brittany de venir te chercher ? Tu serais mieux à la maison qu'ici à m'attendre.

— Bonne idée ! Misha ne m'a pas interdit d'écouter de la musique, nous sommes d'accord ? Si j'ai bien compris, je dois juste éviter de monter le volume.

— J'ai compris la même chose, en effet. Pourquoi ?

— Avec les gars, on aimerait composer la mélodie de notre nouvelle chanson, celle dont on a déjà écrit les paroles. Enfin, si tu n'y vois pas d'inconvénient...

— Aucun, à condition que tu respectes bien les consignes de prudence.

— Ne t'inquiète pas. Je ferai attention.

Elle le fixa, les larmes aux yeux.

— À en croire les tests, ton audition s'est vraiment améliorée. Tu ne le disais pas juste pour me faire plaisir.

— Bien sûr que non. C'est beaucoup, beaucoup mieux !

— Si tu savais à quel point je m'en réjouis...

— Oh ! mais je le sais, maman, répliqua Brody, malicieux.

Il semblait ragaillardi par leur discussion autant que par l'idée d'aller déjeuner chez Brittany. Cette dernière avait en effet proposé par SMS de l'accueillir chez elle, puis de l'emmener voir ses camarades « juste au cas où » Wade aurait l'idée de se manifester. Rassurée sur ce point, Lyndsey l'accompagna donc jusqu'au parking, où Brittany ne tarda pas à les rejoindre.

Après leur départ, elle remonta en ORL où elle comptait voir Misha. Il était presque midi, et d'habitude il s'accordait une pause-déjeuner de deux heures. Il aurait bien quelques minutes à lui consacrer. Et s'il ne les avait pas, il faudrait qu'il les trouve !

Elle gagna directement son cabinet, où Nelly assurait le secrétariat.

— Le Dr Lukyanov a-t-il terminé ses consultations ? demanda-t-elle. J'aimerais le voir.

— Euh… la dernière patiente vient de sortir, mais il allait prendre sa pause.

— Je n'en ai pas pour longtemps. Peux-tu l'appeler, s'il te plaît ? Au cas où il ne serait pas disponible, on est tous les deux de garde demain. Dis-lui que je lui parlerai pendant le service.

Elle avait précisé cela à dessein, sachant que Misha détesterait cette option. Mais il ne pourrait pas se cacher éternellement. Si elle devait le « coincer » au poste des infirmières, elle le ferait !

Nelly pivota sur sa chaise, prit le téléphone et chuchota quelques mots dans le combiné. Une minute plus tard, elle raccrocha et se tourna vers elle.

— C'est bon. Il va te recevoir dans son bureau.

— Merci beaucoup, répondit-elle avec un grand sourire.

Sa tactique avait fonctionné. Elle était sûre que Misha ne prendrait pas le risque d'un « déballage » en public.

Contournant l'accueil, elle poussa les portes battantes, puis longea le couloir d'un pas tranquille. Elle n'allait pas courir au risque d'arriver hors d'haleine. Au contraire, elle devait être en pleine possession de son souffle pour dire ce qu'elle avait sur le cœur !

La porte du cabinet était déjà ouverte. Assis derrière son bureau, Misha leva les yeux de ses notes lorsqu'elle entra.

— Lyndsey.

Même si la situation n'était pas drôle, elle eut presque envie de rire. Elle trouvait son comportement ridicule.

— Tu aurais dû préciser que mon fils serait puni à vie si on couchait ensemble. Je me serais abstenue, crois-moi.

— Pardon ?

— Tu as compris, ne fais pas l'innocent. Ton petit numéro a

fait beaucoup de peine à Brody. Il a fondu en larmes, persuadé que tu le détestais.

Il se rejeta en arrière sur sa chaise en fermant les yeux. Quand il les rouvrit, son regard brillait d'une étrange lueur.

— J'ai fait ce que j'avais à faire, répondit-il.

— C'est ça, ta vision du suivi postopératoire ? Donner des consignes militaires à un ado sans prendre la peine de discuter avec lui ? Tu ne lui as pas parlé de sa musique !

— Je me suis adressé à lui comme à n'importe quel patient.

— Je n'y crois pas une minute.

— Crois ce que tu veux.

Si ses mots avaient été des balles, elle serait déjà morte. Jamais il ne lui avait parlé sur ce ton !

Pendant un moment, ils se dévisagèrent. Que pouvait-elle ajouter ? Elle aurait voulu le ramener à de meilleurs sentiments, mais il semblait dans de très mauvaises dispositions. S'était-elle trompée à son sujet ? Il lui avait toujours paru gentil, humain, compatissant. Elle peinait à croire qu'il ait joué la comédie...

— Écoute, Lyndsey, marmonna-t-il, rompant le silence tendu. Je dois faire marche arrière. Sinon, je ne pourrai plus être le chirurgien de Brody. Je n'aurai pas d'autre choix que de l'adresser à un confrère.

— Quoi ? s'écria-t-elle, révoltée.

Il se leva en soupirant, puis alla fermer la porte.

— Assieds-toi donc, suggéra-t-il.

Surprise, elle s'exécuta. Elle fut encore plus étonnée lorsque, au lieu de retourner derrière son bureau, il s'installa sur la chaise à côté d'elle.

— En tant qu'infirmière, tu sais que les chirurgiens n'opèrent pas les membres de leur famille ou des personnes... proches. Ils doivent garder la tête froide quoi qu'il arrive. Si les émotions s'en mêlent, il y a un risque pour le patient.

Elle eut l'impression qu'il récitait des phrases apprises par cœur dans un manuel. Décidément, quelque chose ne tournait pas rond.

— Un responsable de l'hôpital a-t-il dit quelque chose sur Brody ou moi ? demanda-t-elle. As-tu reçu des mises en garde ?

— Absolument pas. Mais... j'aime bien Brody. Je me suis un

peu trop attaché à lui. Donc, j'ai pensé que je lui rendrais service en prenant mes distances. Je dois le considérer comme un patient avant tout.

— Je te fais confiance, Misha. Je suis sûre que tu es capable de donner le meilleur de toi-même.

— Merci, mais au bout du compte cela ne change rien. Je dois pouvoir *me* faire confiance pour continuer à bien le soigner. À l'heure actuelle, ce n'est pas le cas.

— Je vois.

Elle leva les yeux au plafond, puis reprit :

— Tu n'as donc rien trouvé de mieux que d'envoyer promener Brody. Tu aurais simplement pu lui expliquer les choses, non ? Il est intelligent, il aurait compris. En attendant, tu l'as tellement déçu qu'il risque de refuser la seconde opération.

— Je suis désolé, Lyndsey. Inutile de te dire que ce n'était pas mon but, au contraire. Mais... en partant de chez toi, l'autre nuit, j'ai réalisé que j'avais franchi une ligne rouge. Je n'aurais jamais dû prendre cette... liberté, du moins pas avant la fin du traitement.

— Arrête de te croire responsable, Misha. On était deux ce soir-là. D'ailleurs, si ma mémoire est bonne, c'est *moi* qui suis venue sur tes genoux.

— Je ne risque pas de l'oublier, répondit-il avec un sourire en coin.

Il lui pressa légèrement la main, puis ajouta :

— Comment puis-je me rattraper avec Brody ? Je dois pouvoir faire quelque chose.

— Parle-lui. Explique-lui que tu dois t'en tenir à des relations professionnelles jusqu'à la seconde opération. Je suis certaine qu'il comprendra. Et puis, cela m'évitera d'avoir un ado déboussolé, convaincu qu'il a fait quelque chose de travers, à la maison...

— Lyndsey, je te prie de m'excuser. Je n'avais pas prévu cette réaction. J'aurais dû être plus vigilant.

— Oui, en effet ! Pour être franche, j'ai pensé la même chose que lui. Tu semblais... regretter notre nuit passée ensemble, au point de vouloir tout gâcher entre nous. S'il n'y avait eu que moi, j'aurais géré. Je suis une grande fille. Mais Brody est un artiste avec une sensibilité à fleur de peau. Il est encore trop jeune pour réaliser que les adultes sont parfois lunatiques. Là, on est passé du blanc au noir en cinq minutes. Il n'a rien compris.

— Tu as cru que je me désintéressais de lui… et de toi ?

— Tu en donnais bien l'impression !

Avant qu'elle n'ait pu réagir, il se pencha et déposa un baiser léger sur ses lèvres.

— Voilà ce que j'ai eu *réellement* envie de faire quand tu es arrivée avec Brody. Est-ce le comportement d'un gars lunatique, d'après toi ?

— Tu… voulais m'embrasser ?

— *Da*. Et c'est justement une partie du problème. Lors d'une intervention chirurgicale, même bénigne, il peut y avoir des complications. Je dois éviter d'avoir… l'esprit ailleurs en pensant à toi. Cela n'arrivera sans doute pas, je te l'accorde. Mais même s'il est minime, ce risque existe, et je refuse de le prendre.

Il « pensait » à elle ? C'était nouveau. Elle ne l'aurait jamais cru en se fondant sur son attitude récente !

— Tout à l'heure, pendant le rendez-vous, tu souhaitais donc agir dans l'intérêt de Brody.

— Oui. J'aimerais essayer de le garder comme patient. Aller voir un autre chirurgien ne lui serait peut-être pas bénéfique.

En entendant ces propos, quelqu'un d'extérieur aurait pu croire Misha vaniteux. Lyndsey savait néanmoins que ce n'était pas le cas. Certes, il était le meilleur praticien de la région et il connaissait sa valeur. Mais il voulait surtout agir pour le bien de Brody, lequel risquait d'être déstabilisé par un changement de spécialiste.

— Je suis d'accord avec toi.

— Je pourrais l'adresser à un confrère du Texas, ce n'est pas si loin, mais il y a quand même de la distance. De plus, il vaut mieux que les deux oreilles soient opérées par le même médecin. C'est plus simple pour l'équilibre de l'audition et les réglages.

— Donc… tu vas lui parler ? Je lui ai déjà dit qu'on était sortis ensemble au lycée.

— Si ma mémoire est bonne, notre relation était un peu plus avancée que cela…

Elle eut un sourire malicieux.

— Je n'allais quand même pas donner tous les détails de ma vie intime à mon fils ! En revanche, il sait que notre histoire a influencé ton comportement d'aujourd'hui.

Quand Misha se passa une main nerveuse dans les cheveux, elle eut, comme d'habitude, envie de les remettre en place. Découvrir ses motivations avait atténué sa colère. Elle le comprenait mieux, à présent.

— Je n'aurais pas à évoquer la nuit qu'on a passée chez toi ?

— Absolument pas. Brody n'est au courant de rien. Je ne tiens pas à ce qu'il le soit.

— Ouf. Dans ce cas, oui, j'irai lui parler. Quel endroit conviendrait le mieux ?

— Hmm... Je dirais en dehors de l'hôpital. Tu pourrais passer le voir au garage, il commence à y retourner. Rassure-toi, une seule fois suffira. Quand tu auras discuté avec lui, il acceptera ton point de vue. Mais je préfère que les explications viennent de toi.

— Bien sûr, c'est normal. Et que ferons-nous après la seconde opération ?

— Comment cela ?

— Y a-t-il une chance qu'on puisse se voir de temps en temps, toi et moi ?

Sous le choc, elle le dévisagea, bouche bée.

— Tu veux dire... Tu aimerais qu'on sorte ensemble ?

— Cela me plairait, oui. Au moins pour voir où cette histoire nous mène. Je suggère d'y aller tranquillement, sans rien précipiter.

— Ne pas brûler les étapes... Cette idée me va bien.

D'un coup, le visage de Misha s'éclaira d'un large sourire.

— Tiens donc. J'ai pourtant eu l'impression du contraire, l'autre nuit.

— Ce genre de choses n'a rien à voir avec la précipitation. C'est juste... une expérience à renouveler, répondit-elle, taquine. Après la seconde opération de Brody, cela va de soi.

Il se mit à rire.

— Dans ce cas, nous aurons deux mois pour tester notre patience.

— Tu pensais l'opérer si vite ?

— Oui, s'il a bien récupéré de l'autre côté.

Deux mois. C'était à la fois très court et une éternité. Mais l'attente était le prix à payer pour le bien-être de Brody. Elle l'accepterait donc de bonne grâce.

Dans l'immédiat, elle se sentait déjà beaucoup mieux. Cela suffisait à son bonheur.

10

Plus les jours passaient, plus Misha trouvait difficile de respecter le marché conclu avec Lyndsey.

Ils avaient fixé ensemble les règles de leur nouvelle relation : pas de sexe, pas de contacts rapprochés. Pas de sous-entendus. Pas de bisous. Il avait même ajouté une clause spéciale pour Lyndsey : pas de battements de cils.

Elle avait protesté, hilare, en prétendant qu'elle ne battait jamais des cils. Ce qui, bien sûr, était faux. Elle avait gardé cette « bonne » habitude du passé et ne s'en privait pas.

Qu'ils soient capables de rire lui avait donné de l'espoir. Il s'était dit qu'une relation amicale – toute provisoire – était possible, à condition que chacun y mette du sien. Mais à certains moments, il était dur de garder le cap !

Ce matin-là, alors qu'il contournait le poste des infirmières, Lyndsey lui tendit une note. Puis, sans rien dire, elle partit dans la direction opposée.

Il déplia le papier et faillit éclater de rire. Elle avait juste écrit trois mots : « battement de cils » !

Il chiffonna le feuillet, puis le mit dans la poche de sa blouse. Et c'est alors que la vérité brute s'imposa à lui : il aimait Lyndsey. Il n'avait jamais cessé de l'aimer. Cela expliquait sans doute pourquoi, après elle, il n'avait jamais entretenu de relation sérieuse.

Partageait-elle ses sentiments ?

Du bout des doigts, il effleura le message caché dans sa poche. Lyndsey devait bien ressentir quelque chose pour lui. Pourquoi, sinon, lui aurait-elle fait ce petit clin d'œil qui ressemblait fort à un mot doux ?

Une conversation s'imposerait dès que Brody aurait été opéré à nouveau. Mais pour l'heure, Misha devrait attendre. La santé de ce gamin était sa priorité. Il ne voulait prendre aucun risque.

Après tout, Lyndsey et lui avaient l'avenir devant eux. Il pourrait lui avouer son amour dès que Brody serait guéri. Le temps jouait en leur faveur. Il n'y avait pas lieu de s'affoler.

Il devrait juste se répéter cela en boucle pendant les deux prochains mois.

Lyndsey essayait chaque jour de s'en tenir à ses bonnes résolutions. Elle n'y avait jamais dérogé, sauf la veille, lorsqu'elle avait glissé un petit message dans la main de Misha. Après tout, nul n'était parfait. Elle avait bien le droit de plaisanter un peu !

Ce matin-là, ayant une question à lui poser sur le planning, elle s'apprêtait à l'aborder dans le couloir. Néanmoins, en se rapprochant, elle vit qu'il était au téléphone. Il s'exprimait en russe et, à voir son expression guindée, la discussion semblait sérieuse.

Quinze ans plus tôt, elle avait mémorisé quelques expressions de cette langue difficile. Avant de s'éloigner à nouveau, elle entendit clairement : « Biélorussie » et : « J'y réfléchirai. »

À quoi allait-il réfléchir ? Avait-il l'intention de partir une nouvelle fois ?

Saisie de nausées, elle regagna le poste des infirmières et s'affala sur un tabouret.

Il était normal que Misha rentre chez lui de temps à autre. Sa mère et toute sa famille vivaient en Biélorussie. Mais s'il y avait autre chose ? Comment réagirait-il si on lui proposait un poste de chef de service dans un hôpital prestigieux, là-bas ?

Elle déglutit péniblement. Elle s'affolait sans doute pour rien. Mais l'expérience lui avait montré que Misha était capable de s'éloigner sans crier gare. Il allait peut-être recommencer !

Pas plus tard que la veille, Brody avait déclaré vouloir apprendre le russe « au cas où Misha aurait besoin de rentrer dans son pays ». Pourquoi là, tout à coup ? Misha avait-il sous-entendu quelque chose ?

S'il devait partir, elle ne supporterait pas d'attendre son retour indéfiniment. Après tout, il travaillait aux États-Unis depuis dix ans, mais il n'avait jamais pris de ses nouvelles. Il n'avait pas cherché à la joindre. Sans leurs retrouvailles improbables, l'histoire se serait arrêtée quinze ans plus tôt.

Elle, en revanche, aurait renoué contact si elle avait su qu'il était là. Du moins, elle aurait essayé !

Pour rien au monde elle ne souhaitait revivre l'angoisse d'un départ. Pire, elle ne se projetait pas avec un homme capable de faire ce genre de choses. Elle devait aussi penser à Brody qui, elle le savait, commençait à tirer des plans sur la comète.

Son fils avait bien compris la raison pour laquelle Misha gardait ses distances. Mais Brody espérait secrètement les voir sortir ensemble après son opération. Cela ne faisait aucun doute. Comment réagirait-il si Misha partait sans espoir de retour ? Il risquait de mal supporter cette « désertion »...

N'y tenant plus, elle se leva. Autant en avoir le cœur net. Si Misha envisageait de quitter l'Amérique, elle devrait alors prendre une décision difficile mais nécessaire : rompre.

L'heure de la pause approchant, il était seul dans son cabinet. Elle passa la tête dans l'encadrement de la porte.

— Coucou ! Puis-je te voir cinq minutes ?

Il leva la tête de ses notes, un grand sourire aux lèvres.

— Bien sûr ! Entre donc.

Elle fit trois pas dans la pièce, hésita et finit par aller se percher au coin de la table d'examen. Misha la considéra en fronçant les sourcils.

— Y a-t-il un problème, Lyndsey ? Tu as l'air bizarre.

— Tout à l'heure dans le couloir... j'avais une question – non urgente – à te poser. Mais tu étais au téléphone et... tu parlais en russe. Avant de faire demi-tour, j'ai entendu : « Biélorussie » et : « J'y réfléchirai. »

Il sourit de nouveau.

— Tu as compris ça ? Bravo, tu m'impressionnes.

— Donc, j'avais raison ?

— À quel sujet ?

— As-tu l'intention de retourner en Biélorussie ?

Soudain mal à l'aise, Misha dévisagea Lyndsey. Elle semblait vraiment contrariée.

— C'est ça, ton problème ? Tu as peur que je me réinstalle dans mon pays ?

— En as-tu l'intention ?

— Absolument pas. Ma mère m'a relayé l'invitation d'un hôpital pour participer à une conférence sur l'otosclérose. Et, oui, j'ai répondu que j'allais y réfléchir.

S'il n'avait pas accepté d'emblée, c'était justement à cause de Lyndsey. La Biélorussie demeurait un sujet sensible pour elle. Il avait eu raison de croire qu'elle tiquerait...

— Je vois, lâcha-t-elle, glaciale.

— Que vois-tu au juste ?

— Y aurait-il d'autres circonstances qui pourraient te faire déménager ?

— Je me demande pourquoi tu poses cette question maintenant.

— Et toi, tu ne réponds pas à la mienne.

Conscient des enjeux, il réfléchit un moment.

— Nul ne peut prédire l'avenir, dit-il enfin. Il se pourrait que je doive y séjourner pendant une durée assez longue.

— C'est-à-dire ? Plusieurs mois ? Plusieurs années ?

— Cela dépendra des circonstances. Quand nous sommes rentrés en Biélorussie, mon père est décédé. Si un jour ma mère contracte une maladie grave, je ferai comme pour lui : je la soignerai. Non seulement ce devoir est ancré dans notre culture, mais à titre personnel je ne m'imaginerais pas faire autrement. C'est ma mère. N'agirais-tu pas de la même façon pour la tienne ou pour Brody ?

— Brody et ma mère vivent aux États-Unis.

— La mienne préfère rester en Biélorussie. Elle serait perdue si je la faisais revenir ici. Je n'en ai pas l'intention.

— Je ne te le demande pas ! J'aimerais juste savoir si...

Sa voix s'étrangla sur les mots. Quand elle se mordit la lèvre, il réalisa qu'elle peinait à se contenir.

— Oh ! Misha... Je sais que tu devras retourner chez toi à certains moments. Loin de moi l'idée de t'en empêcher. Mais qu'on ne puisse pas prévoir la durée de tes absences... La dernière fois, tu es resté parti cinq ans. Je ne suis pas sûre de pouvoir le supporter.

— J'habite ici maintenant. Je reviendrai toujours ! Et il existe des moyens de gérer les séparations, Lyndsey. Regarde les familles de militaires. Les gens y arrivent très bien. Ils n'ont pas le choix.

— C'est vrai mais, moi, je ne suis pas faite pour cette vie-là. De plus, les longues absences sont pénibles pour les enfants. Aurais-tu vraiment le cœur de faire ça ?

— On n'a encore jamais parlé de fonder une famille !

Il avait répondu sèchement sous le coup de l'émotion. Il lui semblait revivre la scène pénible qui avait eu lieu quinze ans plus tôt. À l'époque aussi, Lyndsey avait espéré des choses irréalistes. Et il n'avait pas voulu lui faire de promesses intenables...

— Encore une fois, tu esquives le problème, riposta-t-elle. Et je ne parlais pas de notre future progéniture, seulement de Brody.

Son beau visage s'était durci. Elle s'écarta de la table, puis marcha vers la porte.

— Mieux vaut couper court, Misha. Je ne suis pas faite pour la vie à distance. Je ne le serai jamais. Restons amis et ne pensons plus à autre chose.

Médusé, il la fixa. Elle était prête à remuer ciel et terre pour sa propre famille, mais il n'aurait pas le droit d'en faire autant ? C'était un peu fort.

— Si tu crois qu'on pourra rester « amis », tu te trompes, Lyndsey ! Je ferai en sorte que notre relation professionnelle se passe bien. Mais on n'a pas besoin d'être « amis » pour travailler ensemble. Et je ne le souhaite pas.

Quand la lèvre inférieure de Lyndsey se mit à trembler, il dut se retenir d'aller la prendre dans ses bras.

— Et Brody ? chuchota-t-elle.

— Quoi, Brody ?

— Ne lui fais pas de mal, s'il te plaît. D'accord, je suis incapable de bien gérer ma relation avec toi. Mais je ne veux pas qu'il en souffre.

— Sois sans crainte, cela ne changera rien à l'affection que je lui porte. Je veillerai à toujours lui montrer le bien que je pense de lui. C'est un gamin génial.

— Merci.

Lyndsey le fixa encore un moment, puis elle tourna les talons et s'éclipsa.

Elle venait non seulement de quitter son bureau, mais aussi sa vie. Et il n'avait rien fait pour la retenir, incapable de prononcer les mots qu'elle désirait entendre.

« Si tu aimes quelqu'un, laisse-le partir. »

Il connaissait cette phrase par cœur. Elle était le triste reflet de sa vie.

Quelques jours après sa « rupture » avec Misha, Lyndsey avait décidé d'agir pour arrêter de déprimer.

En premier lieu, elle avait cherché des renseignements sur Wade. Elle avait appris par le biais du tribunal qu'il venait de quitter l'État de Louisiane pour s'installer à l'autre bout du pays. Rassurée sur ce point, elle avait alors donné sa démission.

Elle allait revenir travailler à l'hôpital de Centerville où on lui offrait un poste intéressant. Le directeur du Louisiana Southern avait eu beau essayer de la faire changer d'avis, elle était restée ferme. Elle avait prétexté la fatigue des trajets, le besoin d'être plus près de chez elle. Elle ne risquait pas de donner la vraie raison de son départ !

Ayant cumulé des congés, son préavis avait été court. Elle avait terminé le vendredi précédent et avait dit au revoir à tout le monde lors d'une réception organisée par ses collègues. Misha n'avait évidemment pas montré le bout de son nez. Le contraire eût été surprenant…

Elle ne l'avait pas recontacté depuis leur conversation, sauf une fois. Elle lui avait simplement demandé par SMS s'il voulait toujours opérer Brody. La réponse avait tenu en trois mots : « Oui, comme prévu » !

Son fils, heureusement, allait très bien. Il avait repris les répétitions, mais à présent elle n'y assistait plus systématiquement. Le fait d'avoir vu Misha débarquer un soir au garage l'avait vaccinée. Cette fois-là, elle était sortie par la porte de derrière, puis elle avait attendu la fin de la session dans sa voiture. Elle ne supportait plus de le voir. Elle avait trop mal au cœur.

Seul point positif, il avait respecté sa parole. Il n'avait pas laissé tomber Brody. Pour cela au moins, elle pouvait se réjouir. L'homme qu'elle aimait appréciait son fils. Elle n'aurait osé l'espérer...

L'homme qu'elle aimait.

Bien sûr, elle aimait Misha ! Pourquoi, sinon, aurait-elle éprouvé le besoin de mettre un terme à leur histoire ? Elle s'était simplement voilé la face. Elle avait nié l'évidence par peur de souffrir, jusqu'à commettre une erreur monumentale. Encore une !

Quinze ans plus tôt, Misha n'avait jamais voulu couper les ponts. Il s'était dit prêt à courir le risque d'une relation à distance. Mais elle l'avait rejeté, aveuglée par l'angoisse et la colère. Craignant que les choses ne tournent aussi mal qu'avec son père, elle lui avait refusé sa confiance...

Puisque Misha quittait les États-Unis, elle l'avait quitté, tout court. Quelle idiote ! Si seulement elle avait réfléchi au lieu de s'emporter !

Aujourd'hui cependant, elle n'était plus une gamine. Elle était une adulte responsable. Elle savait que les risques faisaient partie de la vie, qu'on le veuille ou non. Elle avait su prendre les bonnes décisions pour Brody quand son problème de santé était apparu. Pourquoi n'y arriverait-elle pas pour elle-même ?

Bien sûr, la perspective d'une séparation prolongée l'effrayait. Néanmoins, Misha avait eu raison de dire que certaines familles géraient très bien ces choses-là. On prenait l'avion plus facilement aujourd'hui qu'à une époque. Et puis, les conversations vidéo étaient devenues un mode de communication privilégié. Lorsque les sentiments étaient là, les gens cherchaient des solutions. Ils acceptaient des compromis. Un effort qu'elle avait d'emblée refusé de faire.

Quelle horreur. Elle s'était comportée comme une adolescente égoïste. Il n'était pas étonnant que Misha ait rejeté son amitié. Pourquoi voudrait-il rester en bons termes avec elle après ce qu'elle lui avait fait subir, non pas une fois mais deux ?

À présent, elle n'avait plus le choix. Elle devait aborder la situation avec un regard neuf pour tenter d'arranger les choses, à condition qu'il ne soit pas trop tard.

Elle eut un sourire amer. Se montrer responsable signifierait non seulement s'excuser, mais aussi agir. Elle prouverait à Misha qu'elle était capable de changer. Et si, malgré tous ses efforts, il refusait son amour ou même son amitié, elle l'accepterait.

En bonne adulte qu'elle était devenue.

— Il y a encore une dame en salle d'attente, docteur. Elle demande à vous voir.

Misha leva les yeux de ses notes en soupirant. Marie, la nouvelle réceptionniste, ignorait sans doute à quel point il était épuisé. Après cette journée intense, il n'aspirait qu'à deux choses : avaler un bol de céréales et se vautrer devant la télévision jusqu'à l'heure du coucher.

Jamais il n'avait autant regardé de séries américaines dépourvues d'intérêt. Mais il fallait bien passer le temps et surtout s'occuper l'esprit...

— Est-ce une patiente, Marie ?

— Non. C'est une maman dont le fils est soigné ici.

Le cœur de Misha se mit à cogner violemment dans sa poitrine, puis il se traita d'idiot. Il accueillait beaucoup d'enfants dans son cabinet. Il n'y avait aucune raison que Lyndsey soit venue le voir. Elle ne lui avait plus donné signe de vie depuis le SMS où elle lui demandait s'il comptait toujours opérer Brody. Cela faisait plus de trois semaines...

— Docteur ?

Alors que Marie le dévisageait, attendant sa réponse, son regard tomba en arrêt sur un bout de papier qui dépassait de son tiroir. Il le prit sans réfléchir, le retourna...

« Battement de cils. »

Oh ! non. C'était le petit mot de Lyndsey. Il lui semblait qu'une éternité le séparait de ce moment.

L'espoir n'était-il plus permis ? Il peinait à tirer un trait définitif sur leur relation. Il avait beau faire, il n'y parvenait pas.

— Dites-lui que j'arrive, répondit-il enfin.

Après avoir rencontré cette dame, il reviendrait ici, dans son bureau, passer un coup de téléphone indispensable. Il devait le faire pour trouver la paix.

Il aplatit le message dans sa bannette en souriant, puis se leva.

Ce soir, il allait faire ce qu'il aurait dû faire quinze ans plus tôt. À l'époque, Lyndsey lui avait interdit de la contacter, et il avait respecté son choix. Là, que cela lui plaise ou non, elle allait l'écouter.

Certes, elle avait donné sa démission pour ne plus le voir. Mais avec les bons arguments, peut-être pourrait-il la convaincre de lui donner une nouvelle chance ? Il voulait savoir si tout était terminé ou si, avec de l'amour, de la patience et des compromis, ils pouvaient encore sauver leur histoire...

Fort de cette décision, il gagna la salle d'attente. Hallucinait-il ? L'objet de ses pensées était là, devant lui !

Lyndsey se leva comme un ressort en le voyant.

— Qu'est-ce que tu fais là ? demanda-t-il, médusé.

— Désolée de ne pas t'avoir appelé avant. Les visites surprises, c'est mon truc.

— Pardon ?

— Quand je suis venue pour Brody la première fois, j'ai débarqué sans prévenir...

— Ah oui, en effet. Et je suis presque aussi choqué de te voir ici, maintenant, que ce jour-là.

D'un geste discret du menton, elle désigna Marie, laquelle allait et venait pour ranger l'espace d'accueil.

— Pourrions-nous aller... discuter quelque part ?

— Dans mon cabinet, décida-t-il.

Avait-elle quelque chose à lui dire concernant Brody ? Il ne voulait pas s'emballer trop vite en se mettant à croire qu'elle était là pour autre chose. La dernière fois qu'elle était venue le voir, elle avait rompu. Il ne devait pas l'oublier...

Il l'invita à le précéder dans le bureau, puis ferma la porte derrière eux. Cette fois, elle s'installa sur une chaise. Dès qu'il fut assis à côté d'elle, elle rompit le silence.

— Avec Brody et sa santé, je croyais en connaître un rayon sur la prise de risques. J'ai dû me battre pour trouver les meilleurs médecins. J'ai appris la langue des signes en cachette au cas où l'opération échouerait. Et... j'ai découvert le jour J qu'il avait fait la même chose sans m'en parler. Il a signé pour moi avant de s'endormir, et je lui ai répondu...

— Oh ! Lyndsey. Je n'en savais rien.

— Personne n'était au courant.

Elle eut un sourire attendri, puis enchaîna :

— Tu sais ce qu'on a traversé, Brody et moi. Après ça, je me croyais immunisée contre tout. Mais lorsque j'ai surpris ta conversation téléphonique avec ta mère, j'ai réalisé que ce n'était pas le cas. Et depuis, j'ai beaucoup réfléchi. Je ne veux pas commettre la même erreur qu'il y a quinze ans. Parce que, quand on aime quelqu'un, il faut savoir prendre le risque de faire des sacrifices. C'est aussi simple que ça.

À ces mots, le chant d'espoir qui chuchotait en lui devint une mélodie qu'il n'essaya plus de contenir. Lyndsey avait dit trois choses importantes. Elle avait parlé de risque, de sacrifices et d'amour. Se pouvait-il qu'ils soient sur la même longueur d'onde ?

Ému, il lui sourit.

— Tu sais quoi ? Juste avant que tu n'arrives, j'ai compris une chose.

— Ah bon ? Laquelle ?

Se penchant, il attrapa le message rangé dans sa bannette et le brandit sous ses yeux.

— Ces trois petits mots griffonnés sur un bout de papier rendent le risque moins effrayant, le sacrifice dérisoire. Pour ces trois petits mots, je me dis que notre histoire d'amour vaut la peine qu'on se batte.

— Misha… Tu l'as gardé ?

— Je ne l'ai pas fait exprès, il s'est retrouvé par hasard dans un dossier, répondit-il en riant. Comme quoi le destin fait bien les choses… Du coup, je songe à le faire encadrer.

Il reprit son sérieux, inspira profondément et la regarda droit dans les yeux.

— Je t'aime, Lynds. Tant que tu battras des cils pour moi, ma vie vaudra la peine d'être vécue. Je serai prêt à prendre tous les risques, à faire tous les sacrifices.

Elle le fixa, l'air émerveillé, puis elle tendit la main et lui caressa la joue.

— C'est fou, je me suis dit exactement la même chose. Pas pour les battements de cils, mais pour le reste ! Notre amour mérite qu'on lui donne une chance. Je veux tenter le coup. Je ferai le maximum pour que ça marche.

— Et si je dois rentrer en Biélorussie ?

Elle secoua la tête en souriant.

— Tu ferais bien de m'apprendre le russe, histoire que je n'aie pas l'air ridicule devant ta famille et tes amis.

— Tu n'auras jamais l'air ridicule, ma chérie.

D'un coup, son sourire s'effaça. C'était presque trop beau.

— Et Brody ? S'il est encore mineur, il devra nous accompagner. Comment crois-tu qu'il réagira ?

— Beaucoup mieux que tu ne l'imagines. Figure-toi qu'après l'opération il s'est offert un cours de russe en ligne, avec tuteur, pour passer le temps. Quand je l'ai entendu travailler la première fois, je suis tombée des nues. Il m'a dit texto : « Si Misha repart en Biélorussie, j'irai le voir » !

— J'aime ce gosse. Vraiment.

— Je n'en ai jamais douté !

— Oh ! là, là ! Comment allons-nous...

— Si tu t'inquiètes pour l'opération, il n'y a pas de souci. Brody respectera ton choix au cas où tu voudrais l'adresser à un collègue. On lui fera du charme, comme avec toi, et le tour sera joué.

Il éclata de rire. Qu'il était bon de laisser la joie l'inonder ! Cela faisait si longtemps qu'il n'avait pas été heureux. L'avait-il jamais été pendant les quinze dernières années ?

— Pas trop de charme avec les autres, répliqua-t-il, faussement sévère. Sinon, je vais devenir jaloux.

Il lui caressa tendrement les cheveux, puis reprit :

— Es-tu sûre, pour l'intervention ? Je ne te cache pas qu'il serait plus simple d'aller ailleurs. La direction de l'hôpital risque de m'empêcher d'opérer Brody, sauf si on cache notre relation. Mais moi, je ne veux pas. Je tiens à ce que la terre entière le sache.

— Donc, on a une relation ? demanda-t-elle, malicieuse.

— Et comment !

Lorsqu'elle l'embrassa, Misha se dit que jamais ils n'avaient échangé un baiser plus merveilleux. Pour la première fois, leur étreinte avait un goût d'avenir. Elle portait la promesse d'une vie où, quels que soient les obstacles, ils ne seraient plus jamais séparés.

— Plus de règles, déclara Lyndsey lorsqu'ils reprirent leur souffle. Je veux pouvoir battre des cils quand cela me chantera.

— Adjugé, vendu. Mais dis-moi... Il reste un sujet qu'on n'a pas abordé. À propos des enfants...

Le beau regard de Lyndsey se voila immédiatement.

— Si tu n'en veux pas, je comprendrai. Je suis prête à faire ce sacrifice.

— Oh ! mais tu te trompes. J'en veux, au contraire ! Et comme on n'a plus vingt ans...

— Quoi ?

— Je ne suis pas en train de dire qu'on est vieux, juste qu'il ne faudrait pas s'y prendre trop tard. Je n'aurai pas l'énergie d'élever des gosses à quatre-vingt-dix ans.

— Je parie que tu seras un vieillard très sexy.

— Ah bon, tu me trouves sexy ?

— Attends que ta réceptionniste soit partie et tu verras...

Ni une ni deux, il se leva et décrocha le téléphone.

— Marie ? Je voulais juste savoir où vous en étiez. Ne vous inquiétez pas pour les dossiers, vous pourrez finir le rangement demain... Ah, vous avez terminé ? Parfait. Bonne soirée, alors ! À demain.

Il raccrocha puis pivota vers Lyndsey, un grand sourire aux lèvres.

— Tu disais, mon cœur ?

— Ferme donc cette porte à clé, ordonna-t-elle en riant.

Quand il passa devant elle, il rit de la voir battre maladroitement des cils. Comme il l'aimait ! Que la vie allait être belle avec une femme aussi merveilleuse !

Bien sûr, ils connaîtraient leurs joies et leurs peines. Mais quoi qu'il arrive, l'amour les porterait dans tous les moments de leur vie. Et il n'y avait rien de plus important que l'amour.

Épilogue

Postée à l'entrée de la cathédrale, Lyndsey regardait autour d'elle, émerveillée.

Dans quelques instants, Misha et elle allaient devenir mari et femme, chez lui, en Biélorussie. Elle n'en revenait toujours pas que son rêve soit sur le point de se réaliser.

Brody, sa mère et elle-même étaient arrivés deux semaines plus tôt. Parti quinze jours avant eux pour tout préparer, Misha était venu les chercher à l'aéroport. Mme Lukyanov les avait accueillis à bras ouverts, et depuis Lyndsey songeait qu'elle avait beaucoup de chance. Aurait-elle pu imaginer belle-famille plus chaleureuse ?

Alors qu'elle admirait les voûtes de la cathédrale, Brody lui pressa la main.

— Imagine un peu l'acoustique là-dedans, chuchota-t-il.

Elle laissa échapper un rire qui résonna tout autour d'eux.

— Arrête, pouffa-t-elle. Les invités vont se poser des questions.

— Je ne t'ai jamais vue rire autant que ces derniers mois. Ça fait du bien, maman. Et je suis ravi de pouvoir t'entendre.

L'intervention sur l'autre oreille s'était déroulée sans le moindre problème. Brody avait été opéré à New York par le mentor de Misha, un chirurgien de renommée mondiale. Lyndsey ne regrettait pas d'avoir fait le voyage puisque le résultat dépassait leurs espérances.

Quand les dernières notes de la musique jouée par l'organiste se turent, elle lissa les plis de son magnifique fourreau de soie grège.

— Il est l'heure, dit-elle. Prépare-toi.

— Ça me fait bizarre de t'emmener jusqu'à l'autel.

Émue aux larmes, elle l'étreignit.

— Tu seras parfait comme toujours, chéri.

— Tes deux enfants vont assister à ton mariage. Je suis sûr que le bébé comprend.

— J'en suis certaine, chuchota-t-elle.

Six semaines plus tôt, Misha et elle avaient eu la joie d'apprendre qu'ils allaient devenir parents. Ils avaient donc avancé la date du mariage pour qu'elle puisse faire le déplacement sans problème. Mais pour l'heure, personne n'était au courant. C'était leur petit secret à tous les trois...

De retour aux États-Unis – où une autre cérémonie était prévue avec sa famille et leurs amis américains –, il serait temps pour elle d'annoncer la bonne nouvelle. D'autant que la grossesse commencerait peut-être à se voir !

Aux premières notes de la marche nuptiale, Brody glissa le bras sous le sien. Alors, lentement, ils remontèrent la nef pour aller rejoindre Misha qui les attendait.

La cathédrale était noire de monde, mais elle n'avait d'yeux que pour lui. Il était si beau ! Avait-on déjà vu sourire plus radieux, regard plus brillant ?

Comme convenu à la répétition, il vint l'accueillir et lui prit la main pour lui faire monter les marches menant à l'autel. Et comme à chaque fois qu'il la touchait, un long frisson la parcourut. La magie ne prendrait jamais fin. Ils avaient mis du temps à se retrouver, mais ils traçaient désormais leur route ensemble. Pour la vie.

Elle devina plus qu'elle ne comprit les paroles prononcées par le prêtre. Mais Misha lui avait tout expliqué en détail. Ils avaient longuement répété, et c'est le cœur gonflé de fierté qu'elle articula, en russe, les mots scellant cette union.

À la fin de la cérémonie, leur baiser passionné déclencha les rires de l'assistance. Mais quand ils se tournèrent ensemble vers leurs invités, elle s'étonna de voir Brody avec un micro à la main.

— Qu'est-ce qu'il fait ? chuchota-t-elle.

— On a comploté ça tous les deux, répondit-il avec une tendresse touchante.

Soudain, une mélodie qu'elle connaissait par cœur monta d'une travée latérale. Elle l'avait entendue cent fois dans le garage des jeunes à Centerville...

— Mais...

— Oui, ils sont tous là, confirma Misha.

Suivant son regard, elle vit les membres du groupe dans un coin, sur la droite. On avait retiré quelques bancs pour qu'ils puissent s'installer. Les coquins ! Ils avaient dû bien se cacher pendant qu'elle descendait la nef...

Brody avait raison : l'acoustique était exceptionnelle. Et quand il commença à chanter, elle eut l'impression que son cœur explosait dans sa poitrine.

Le silence m'entoure

Je me pose mille questions

J'ai si peur, et pourtant

Il me semble qu'au loin

Un faible écho résonne

Est-ce un rêve sans lendemain ?

Y aura-t-il un miracle au bout du chemin ?

Elle sourit à travers ses larmes.

Elle savait à présent qu'elle ne rêvait pas. Cette vie merveilleuse était devenue sa réalité. Un bonheur de chaque instant.

Submergée par l'émotion, elle serra la main de Misha. Puis, avec tout l'amour dont elle était capable, elle battit des cils.

Rien que pour lui.